The Converted Ones
Die Höllenfahrt

Pola Swanson
schreibt als L.C. Carpenter

Über die Autorin:

L.C. Carpenter ist ein Pseudonym der Autorin Pola Swanson. Mehr Infos gibt es auf ihrer Homepage www.pola-swanson.com. "The Converted Ones - Die Höllenfahrt" ist ihr erstes Fantasy-Buch.

The Converted Ones

Die Höllenfahrt

Pola Swanson
schreibt als L.C. Carpenter

Bibliografische Information der Deutschen Nationalbibliothek:
Die Deutsche Nationalbibliothek verzeichnet diese Publikation in der
Deutschen Nationalbibliografie; detaillierte bibliografische Daten sind im
Internet über http://dnb.dnb.de abrufbar.

© 2022 L.C. Carpenter

2. Ausgabe, ©2023 Pola Swanson

Cover: Hand painted yellow watercolor background ©[Kren Studio] via
Canva.com; fire icon, orange flame illustration, realistic fire ©[pixabay] via
Canva.com; red light ©[esmiloenak] via Canva.com;

Cover Made via Canva

Herstellung und Verlag: BoD – Books on Demand, Norderstedt

ISBN: 978-3-7583-0680-8

Der Hintergrund

Es gab eine Menge Wesensmerkmale, die gemeinhin als frevelhaft galten. Eifersucht und Neid gehörten zu den Attributen, die man tunlichst vermeiden sollte. Und doch war Astamephis, seines Zeichens Magisches Wesen oder auch Fae genannt, der Meinung, dass gerade Gefühle wie diese in der Lage waren, ganze Berge zu versetzen. Er wusste, wovon er sprach. Nicht umsonst stand er kurz davor, die Weltordnung für immer zu verändern.

Als Fae war er es gewohnt, sich der Ordnung der Götter zu unterwerfen. Die Götter der Finsternis und des Lichts, der Unterwelt und Anderswelt hatten ihn erschaffen, dafür gehorchte er ihnen. Aber Astamephis sah schon lange keinen Grund mehr, den Schöpfern stupide zu folgen. Warum sollte er seine Kräfte dazu benutzen, eine Balance auf Erden zu halten? Wieso erhielt er niemals eine Gegenleistung für all die Arbeit, die er leistete? Den Göttern fiel es immer leicht, etwas von ihm zu fordern, letztlich krümmten sie selbst keinen Finger, seitdem sie ihre Kreation auf die Erde entließen. Stattdessen sollte er schuften! Und das ohne jeglichen Dank!

Genau aus diesem Grund beschloss Astamephis eines Tages, seinen Schöpfern den Rücken zu kehren. Gleichzeitig versuchte er, andere Fae auf seine Seite zu ziehen. Sein Ziel war es, die Götter zu stürzen und das Fae-Volk mit ihm als Führer an die Spitze der Macht stellen. Leider gab es niemanden, der ihn in seinem Plan unterstützte. Die meisten seiner Art verehrten die Götter, standen ihnen treu zur Seite. Weshalb sie sich mehr und mehr von Astamephis abwandten. Sie fingen an, *ihn* als etwas Böses zu betrachten, *ihn* als Feind zu sehen. Bald schon war er allein. Abgeschottet von allen anderen Faes. Man sagte ihm nach, er sei ein Nestbeschmutzer. Hasserfüllt und nicht zurechnungsfähig. Astamephis aber glaubte fest, als einziger die Wahrheit zu erkennen. Er musste die Fae von der Zwangsarbeit der Götter befreien. Er allein war auserkoren, die Schöpfer zu stürzen. Und dann herrschte er über alles Leben. Und wenn ihm keiner helfen wollte, so half er sich selbst.

Fortan versuchte er, seinen Hass in etwas Konstruktives umzuleiten. Solange seine Brüder und Schwestern ihm die Führung verwehrten, kreierte er sein eigenes Volk. Unter diesem galt er als Gott und mit seiner Kreation würde er später die Kontrolle über die Fae-Welt erlangen, bevor er sich der Götterwelt zuwenden würde.

Jahrelang experimentierte er mit Magie, versuchte herauszufinden, wie man es schaffte, eine eigene Schöpfung zu gestalten. Es dauerte Jahrhunderte, doch eines Tages gelangte er an ein Zauberbuch, mächtiger als jedes andere Buch auf Erden. Es hieß, es sei geschrieben von Götterhand. Der Inhalt gespickt mit den bedeutendsten Zaubern der Weltgeschichte. Dort wollte er die Antworten auf die Fragen finden, nach denen er schon so lange suchte. Und tatsächlich, er wurde fündig. Nun konnte er seine eigene Kreation erschaffen. Astamephis, voller Energie und Siegeswillen, machte sich sofort ans Werk. Er formte seine Schöpfung aus Teilen seiner eigenen Seele. Diese war seit Jahrhunderten korrumpiert, weshalb seine Geschöpfe aus der Dunkelheit aufstiegen. Für ihn waren sie perfekt, denn sie stellten sein Ebenbild dar. Er nannte sie Dämonen. Diese Gestalten waren niederträchtige Kreaturen, willig, alles und jeden zu quälen und zu piesacken, was ihren Weg kreuzte. Astamephis kümmerte es nicht. Im Gegenteil, da er nun selbst sein eigenes Leben erschuf, musste er nach den göttlichen Regeln Teil des Götterolymps werden und brauchte sich um nichts Weltliches mehr kümmern.

Das sahen die Urgötter anders und lehnten ihn und seine Schöpfung konsequent ab. Sie verstießen ihn und warfen ihm vor, ihre eigene Kreation pervertiert zu haben. Sie erkannten seine Kreaturen nicht als göttliche Schöpfung, sondern als missglückte Experimente an. Rasend vor Wut, beschloss Astamephis, den ultimativen Verrat. Wenn die Götter seine Kreation ablehnten, so sollten sie ihre eigene verlieren und Astamephis würde zum einzigen Gotteswesen auf Erden aufsteigen. Denn ein Gott konnte nur jemand sein, der von seiner eigenen Schöpfung angebetet wurde. Mit dem Glauben kam die Macht. Und damit seine Herrschaft.

Es dauerte nicht lange, da fand er endlich einen Spruch, der es schaffte, die Fae für immer auf seine Seite zu ziehen. Sie zu *seinen* zu machen. Er vermischte die Essenz der Fae mit der der Dämonen und erschuf so ein weiteres Wesen, welches allein seiner Herrschaft unterstellt war. In binnen weniger Tage verbreitete sich sein Zauber wie ein Virus über die gesamte Welt. Die Fae wurden dämonisiert, ihre Seelen und Kräfte verfinsterten sich. Sie waren nunmehr keine Anhänger ihrer Urgötter, sondern unterstanden nur einem: Astamephis. Ihrem neuen Schöpfer.

Leider gab es einen Haken bei dem Ritual. Der Ursprungskern der Fae blieb bestehen. Sie transformierten sich nicht komplett in Dämonen, stattdessen entwickelten sie sich zu einer Art Halbdämonen, Hybriden, die ihre Kräfte aus ihrem Vorleben als Elfen, Feen oder anderen magischen Kreaturen mit den neuen Fähigkeiten vermischten. Sie waren lediglich in eine andere Gestalt übergetreten. Aus dem Grund nannte er sie Konvertierte. Genau wie erhofft, verloren sie mit ihrer Transformation auch den Glauben an ihre Götter. Astamephis' Zauber zerstörte die Möglichkeit, Kontakt zu ihren Urschöpfern aufzunehmen. Dies führte dazu, dass er an Macht zunahm, derweil die Urgötter mit jedem verlorenen Fae an Kraft einbüßten.

Die Änderung der Kraftverhältnisse machte sich schnell bemerkbar. Denn als Gott war Astamephis nun in der Lage, seine eigenen Schöpfer zu töten – etwas, was zuvor als undenkbar galt. Zuerst zog es ihn in die Unterwelt, wo er die Götter der Finsternis tötete. Er war bereit, jegliche Göttlichkeit außer die Seinige auszulöschen. Sein nächstes Ziel galt den Göttern des Lichts, die in der Anderswelt residierten. Hierhin sollte er es nicht mehr schaffen.

Denn plötzlich änderte sich alles. Astamephis rechnete nicht mit einem Gegenschlag, seitens der verbliebenen Urgötter. Als Antwort auf seine Aggression schufen diese ein weiteres Wesen, so widerstandsfähig und rein, dass es allem Bösen widerstand, was Astamephis auf die Erde losließ.

Das Einhorn.

Die Einhörner blieben die einzigen Kreaturen, die den Kontakt zu den Urgöttern am Leben erhielten. Im Kampf gegen Astamephis gründeten sie eine Armee, die sie Walküren nannten. Diese würde für die nächsten Jahrhunderte in einen gnadenlosen Kampf gegen Astamephis und seine Dämonenarmee ziehen. Sie waren die Einzigen, die die göttliche Schöpfung verteidigten. Genau aus diesem

Grund versuchte Astamephis alles, was in seiner Macht stand, um die Wesen zu vernichten. Doch die Einhörner blieben resistent. Sie rekrutierten ihre ehemaligen Brüder und Schwestern, klärten sie über die Urgötter auf und hielten sie standhaft im Glauben. So war es den Göttern des Lichts möglich, ihre Macht teilweise zurückzuerlangen und Astamephis in die Unterwelt zu verbannen. Sie schlossen ihn hinter mächtigen Portalen ein, in der Hoffnung, ihn nie wieder auf Erden wandeln zu sehen. Er sollte büßen, die Balance von Gut und Böse durcheinandergebracht zu haben. Ihn selbst für seine Taten zu richten, blieb ihnen jedoch verwehrt. Astamephis galt nach den Morden an den Göttern der Unterwelt als die einzige Quelle des Bösen. Da er verbannt wurde, waren auch die restlichen Urgötter zum Rückzug gezwungen. Denn Göttern von Gut und Böse war nur erlaubt, sich in denselben Sphären aufzuhalten. Daher zogen sich alle göttlichen Gestalten von der Erdenwelt in ihre eigenen Welten zurück. Nur die Einhörner und die Walküren blieben auf Erden, um das Portal der Unterwelt zu bewachen und darauf zu achten, dass Astamephis' Anhänger ihn niemals befreiten.

Hier beginnt die Geschichte.

Prolog

Mai 2003

Manchmal glaubte man kaum, wie schnell die Zeit verfliegen konnte, wenn man nicht darauf achtete, dachte Eoin Harlow. Es war so lange her und doch fühlte es sich an, als wäre es erst gestern gewesen, als er die Stadtgrenze der schönen Kleinstadt Hel zum letzten Mal übertreten hatte. Dabei lag sein dieser Besuch über sechzig Jahre zurück. Und genau wie damals gab es bloß einen Grund für seine Wiederkehr: Um ein Einhorn zu töten, bevor er den großen Gott Astamephis heraufbeschwören und ihn aus der Hölle befreien konnte.

Dies war nur einmal alle einhundert Jahre möglich. Am Jahrestag seiner Höllenfahrt. Bislang waren seine Pläne stets von kleinen, nervigen Einhörnern vereitelt worden. Die Prophezeiung sagte aus, ein Einhorn bewache das Portal zur Unterwelt. Und bisher stimmte die Weissagung, denn in der Vergangenheit ruinierten ihm die gehörnten Pferde immer wieder seinen Plan. Genau aus diesem Grund versuchte Harlow seit Jahrhunderten alle von ihnen abzuschlachten. Mit Erfolg. Als er vor sechzig Jahren das vermeintlich letzte Einhorn tötete, sah er sich endlich am Ziel seiner Träume. Bis er die Nachricht erhielt, dass ein weiteres Einhorn auf der Erde wandeln sollte – nur Tage vor der nächsten geplanten Höllenfahrt.

Sicherlich, die Frage kam auf, wie ein Einhorn es schaffte, so einfach unbemerkt von seinem Radar zu verschwinden. Der Grund dafür folgte auf der Stelle. Denn anders als erwartet, handelte es sich hier beileibe nicht um ein Vollblut, das vermeintliche Einhorn trug ebenso dämonisches Blut in sich. Das erklärte, weshalb Harlow so lange im Dunklen tappte. Gleichzeitig machte es Hoffnung, denn wenn er nichts von dem Einhorn wusste, wusste das gehörnte Pferd vielleicht ebenso wenig von ihm.

„Ich weiß, wer sie ist", sagte er zu Filidor, einem seiner treusten Gefährten. „Es kann nur die Brut von Aífe und Cathmor sein."

„Meister, Sie haben Sie ermordet, als sie schwanger war."

„Tja nun, da wird das kleine Miststück uns was vorgelogen haben, was?" Harlow schnaubte. „Es gibt keine andere Möglichkeit. Ein Einhorn blüht während ihrer Pubertät auf. Spätestens dann sind ihre Kräfte entwickelt. Und dann erfahren wir von ihr. Es gibt keinen Grund zur Annahme, dass es mehr als eines gibt, dass sie Aífes Enkelin sein könnte. Ihr Blut stammt vom Original. Ich kann es spüren."

Nachdenklich schaute Filidor ihn an. „Aber sie müsste über sechzig sein."

„Ich weiß."

„Wie?"

Harlow hatte nicht die geringste Ahnung. Aber es interessierte ihn auch nicht. „Ihr Alter schert mich herzlich wenig. Mir ist nur eins wichtig, dass sie tot ist, bevor sie mitkriegt, was ich vorhabe." Er schaute zu Filidor. Daraufhin kramte er ein Pendel aus seiner Jackentasche, sowie eine Karte. „Ich werde das Einhorn finden und dann werde ich es ermorden, bevor sie weiß, was los ist."

Allein der Gedanke daran, das Mädchen zu töten, zauberte ihm ein Lächeln aufs Gesicht. Hel sollte die Stadt werden, in der Astamephis auferstand. In der die Linie der Einhörner für immer beendet würde. Hier würde er Geschichte schreiben. Hier würde er die Welt in den Untergang stürzen.

1

15. Mai 2003

Es war nichts Ungewöhnliches, den Tod zu schmecken. Als Banshee war es für sie normal, den Geschmack des Todes auf ihrer Zunge zu fühlen und damit zu erahnen, wer als Nächstes auf der Liste des Sensenmannes landete. Mittlerweile schaffte sie es ganz gut, die verschiedenen Aromen des Todes auseinanderzuhalten. So konnte sie schnell herausfinden, welcher Tod vermeidbar war und welcher leider zum Leben dazugehörte.

Visionen, auf der anderen Seite, waren neu für sie.

Schweißgebadet fuhr Áine Bailey aus ihrem Traum empor. Oder das, was sie zunächst für einen Traum hielt. Der bekannte, bittere Geschmack des Todes lag ihr noch auf der Zunge ... und doch ... hatte sie das untrügliche Gefühl, dass ein leiser Duft von Schwefel in der Luft lag. Den ganzen, vergangenen Tag hatte sie sich schon komisch gefühlt. Seitdem sie sich in der Schule aus Versehen an einem Rosenstrauch den Finger pikste. Zunächst dachte sie sich überhaupt nichts dabei, doch im Laufe des Tages fühlte sie sich immer kränker.

Ihr Pflegevater Graeme Wilder meinte, das rühre von der Aufregung her, schließlich stand ihr letzter Schultag unmittelbar bevor. Und doch, dieser Traum hatte sie mehr als nur aufgerüttelt. Ihr Magen rumorte und ehe sie sich versah, fand sie sich über der Toilettenschüssel wieder, wo sie ihr Abendessen erbrach. Erschöpft lehnte sich Áine zurück, ihr Hinterkopf ruhte auf den kalten Badezimmerfliesen. Der Uhr nach zu urteilen, war es mitten in der Nacht. Nicht die beste Zeit, um aufzuwachen. Für gewöhnlich passierte nie etwas Gutes zwischen Mitternacht und sechs Uhr morgens.

Wie gesagt, als Banshee war sie es gewohnt, dem Tode nah zu sein. Nicht umsonst nannte man sie Ahnfrau. Sie erahnte den Tod. Sie sah ihn nicht voraus. Der Legende nach konnte der Schrei einer Banshee Menschen töten. Ihrer reichte vielleicht gerade für ein paar geplatzte Trommelfelle. Aber je älter sie wurde, umso stärker wurde auch ihr Ruf. Neben dem berühmten Schrei war sie ebenso in der Lage, ihre eigenen Wunden durch die Berührung von toten oder sterbenden Wesen zu heilen. Das Stichwort lautete Lebensenergie. Während Leichen oft nur oberflächliche Blessuren heilten, war sie in der Lage, mit Energie von lebenden Menschen sogar schwere Verletzungen zu kurieren. Mit diesem Trick zeigte ihr Graeme vor einigen Jahren, dass sie eine Banshee war. Und genau dasselbe Spektakel führte sie durch, als ihr bester Freund ihr nicht glauben wollte, ein übernatürliches Wesen zu sein.

Momentan drehte sich in ihrem Kopf all ihre Fragen nur um eins: Ihren Traum. Was genau hatte sie gesehen? Angestrengt erinnerte sie sich zurück. Eine Höhle. Tropfstein. Ein See, bestehend aus Lava. Und eine Plattform. Sie spürte Hitze aus dem Boden aufkommen, Panik schürte ihr die Kehle zu. Plötzlich bemerkte sie einen stechenden Schmerz, direkt in den Magen, gefolgt von ihrem Torso. Ihr Blick fuhr an ihrem Körper herunter. Blut pumpte aus den Wunden heraus. Ihr wurde schummrig ... sie schaute auf ... und erblickte das Antlitz des Teufels. Sein olivgrünes Gesicht durchzogen von blutigen Strähnen, aus dem Blut floss. Die Zähne lang und spitz verlaufend, doch gezackt, wie bei einer Säge. Die Augen schwarz und die Nase ... nonexistent.

Bevor mehr passierte, schreckte Áine aus dem Schlaf, gefolgt von ihrem Ausflug zur Toilette. Um ganz sicherzugehen, hob sie ihr Schlafshirt hoch, fuhr mit der Hand über ihren Bauch. Es gab keine Wunde. Im Gegenteil. Vielleicht sah sie das Resultat von zu viel Schokolade in Form einer kleinen Wampe, sonst war alles in Ordnung. Sie holte tief Luft. Es war nur ein Traum gewesen. Und doch ... es hatte sich so verdammt real angefühlt. Als ob ihre innere Stimme sie warnen wollte, dass aus ihrem Traum Wirklichkeit werden würde ... die Frage lautete bloß: *Wann?*

Nach ihrem Albtraum schaffte sie es nicht mehr, wieder in den Schlaf zu finden. Eine Schande, wo der heutige Tag ein wahrlich einschneidendes Erlebnis werden sollte. Man graduierte nicht jeden Tag von der Schule. Um halb fünf gab sie jegliche Versuche auf, sich im Bett herum zu wälzen, und stieg unter die Dusche. Danach zog sie sich an, schminkte sich dem Anlass entsprechend und begab sich gegen sechs Uhr in die Küche.

Als Banshee – oder Dämon, wie der Volksmund sie nannte – lebte sie nicht etwa in einem schnöden Haus oder einer Wohnung, sondern in einer Höhle. Ebendiese Wohnhöle befand sich ein paar Meter unter der Erde. Es gab zwei Etagen und beide waren durch eine gusseiserne Wendeltreppe miteinander verbunden. Oben fanden sich Schlaf-, und Badezimmer sowie Graemes Büro. Im unteren Stockwerk waren Wohnzimmer, Küche und ein kleines Waffenzimmer zu finden. Hier bewahrte Graeme diverse Schwerter, Äxte und andere Waffen auf. Zwar verdiente er sein Geld als Schulpsychologe ihrer Schule, trotzdem besaß ihr Pflegevater eine ansehnliche Waffensammlung. Soviel sie wusste, blickte er auf eine bewegte Vergangenheit zurück. Nichts Ungewöhnliches für jemanden, der über dreihundert Jahre alt war.

Ihr Wohnzimmer war ein ganz besonderes Zimmer, da es aus mehreren Elementen bestand. In der linken Ecke gab es eine Fernsehecke, während in der Mitte des Raumes ein etwa fünf Meter großes Bücherregal mit allerlei okkulten Büchern zu finden war. Das Regal, oval geformt, umrandete einen massiven, runden Esstisch. Die Leseecke auf der rechten Seite gehörte Graeme. Dort las er meistens in Ruhe, während Áine eher vor dem Fernsehen herumlungerte. Von der Höhle aus gab es zwei Ein- bzw. Ausgänge. Bog man in die eine Richtung ab, kam man im Wald heraus, die andere führte sie zu den Abwasserkanälen, die unter der Hauptstraße der Stadt angelegt waren.

Zur Feier des Tages trug Áine ihr schönstes Sommerkleid. Altrosa mit kleinen Blümchen. Daneben Silberohrringe mit einem grünen Edelstein, sowie ihre dazu passende Kette. Es waren nur noch ein paar Stunden, bis sie der Schule für immer Lebewohl sagte, und darauf freute sie sich riesig.

Es wunderte sie nicht, Graeme so früh in der Küche anzutreffen. Er galt als Frühaufsteher – leider regelmäßig einhergehend mit guter Laune. Er war ein großer Mann, durchtrainiert mit vollem, dunklen Haar und einem kleinen Hauch von Bart auf den Wangen. Graeme trug eine Brille, die mit Fensterglas ausgestattet war. Er vertrat die Meinung, die Brille verbessere das Vertrauensverhältnis zwischen ihm und seinen Patienten, da man Brillenträgern mehr Vertrauen schenke. Sie wusste nicht, ob das stimmte, aber im Grunde war es ihr egal. Es war komisch zu wissen, dass sie ab dem Herbst weniger Zeit miteinander verbringen würden, da sie sich nicht mehr in der Schule über den Weg liefen. Und doch freute sie sich auf ihren neuen Lebensabschnitt.

Die grünen Augen mit den goldenen Punkten blitzten auf, sowie sie Áine entdeckten. Graeme war ebenfalls ein Dämon. Besser gesagt, ein Berserker, jemand, der sich in eine Art Bär transformierte.

„Áine!" Er lächelte breit. Wie immer lagen seine Haare ein wenig struppig auf seinem Kopf. Er trug einen weißen Pullover und eine beige Stoffhose. „Du bist früh auf. Nervös?"

Sie nickte. „Ein wenig. Was gibt's zu essen?"

„Pfannkuchen. Ich dachte mir, zur Feier des Tages mache ich uns etwas Besonderes. In weniger als drei Stunden findet schließlich deine Abschlussfeier statt."

„Du scheinst mir übermäßig fröhlich zu sein." Als ob er es nicht erwarten könne, sie aus dem Haus zu kriegen.

Er grinste. „Ich bin einfach stolz auf dich. Dein erster Abschluss! Das ist ein großes Ereignis."

„Ich werde wahrscheinlich noch ein paar Mal die Schulbank drücken müssen. Ein Dämon kann schließlich nicht die nächsten Jahrhunderte mit einem Zeugnis von 2003 rumlaufen."

„Spiel nicht herunter, was du geschafft hast, Áine. Du weißt, du hast hart dafür gearbeitet. Und das kann dir keiner nehmen."

Vielleicht hatte er Recht, dachte sie sich und zuckte nur mit den Schultern.

Graeme wandte sich wieder seinen Pfannkuchen zu. „Hast du etwas Schönes geträumt?"

Große Güte, ahnte er etwa von ihrem Traum? „Nö. Eigentlich nicht Vielleicht ein bisschen komisch."

„Komisch?" Er packte die fertigen Eierkuchen auf einen Teller und schüttete neuen Teig in die brutzelnde Pfanne. „Wie meinst du das?"

Sie winkte sofort ab. „Ist nicht wichtig. Vielleicht hätte ich gestern nicht den Horrorfilm im Fernsehen gucken sollen."

„War das nicht eher eine Liebesschnulze?"

„Liebesschnulze, Horrorfilm ... wo ist da der Unterschied?" Sie lächelte unsicher. Graeme hingegen durchbohrte sie mit eisernen Blicken. „Vielleicht kommt es von der Aufregung."

Áine nickte. „Ja. Es ist nur ..." Sie schüttelte den Kopf. „Egal."

„Bist du sicher?" Er war alarmiert. Seine gute Laune fort.

„Sicher, klar. Es ist nichts."

Und doch wurde sie das Bild des Teufels vor ihrem inneren Auge nicht los. Unbewusst legte sie ihre Hand auf ihren Magen. Es war nur ein Traum, dachte sie. Wissend, dass sie sich selbst belog.

Weimar, 1903

„Ich gebe es offen zu. Ich habe es mir nicht so schwer vorgstellt, einem reinen Dämon einen Blutdiamanten zu stehlen." Banu, ihres Zeichens Furie, stieß ein leichtes Stöhnen aus, als sie sich unter Schmerzen auf das kleine Sofa in ihrer Waldhütte niederließ. Sie war noch nicht lange eine Walküre, und vor allem war es ihre erste Apokalypse, doch sie lernte früh, dass der Kampf um das Weltende unerbittlich war. Ihr Bein fühlte sich gebrochen an, aber ihre Entschlossenheit schien weiterhin vorhanden. Sie würden es schaffen, Harlow aufzuhalten. Obschon ihr letzter Plan vor der Apokalypse komplett schief lief.

Banu erinnerte sich genau an den Tag zurück, als Aífe, Einhorn und Anführerin der Walküren, ihnen die gesamte Problematik bezüglich der Apokalypse erklärte. Für Banu und ihren Lebenspartner Alejo war es der erste Tag im Walkürenbund. Neben den beiden Neuankömmlingen weilten auch die Sandfrau Oona und Aífes Ehemann Cathmor an ihrer Seite. Die Walküren waren ein Bündnis aus magischen Kreaturen, die den Einhörnern im Kampf gegen den Höllengott Astamephis und seiner Dämonenarmee zur Seite standen. Mit der Zeit und den damit verbundenen Schlachten verringerte sich die Zahl beider Gruppen immens. Mittlerweile gab es nur noch wenige echte Anhänger Astamephis'. Angeführt wurden sie von Eoin Harlow. Aber auch auf der Walküren-Seite verblieb bloß eine bescheidene Anzahl an Kämpfern. Vor allem die Zahl der Vollbluteinhörner schrumpfte in den vergangenen Jahrhunderten immens. Aífe galt als das letzte Einhorn auf Erden. Und damit lag die gesamte Last der Weltrettung auf ihren Schultern. Für Banu ein schier unmöglicher Druck.

„Das Ritual findet alle einhundert Jahre statt. Wenn sich Astamephis' Verbannung in die Unterwelt jährt", erinnerte sich Banu an Aífes Schilderung. Was übersetzt hieß, in den sogenannten Dreierjahren – wie 1903. „Ein bestimmtes Datum gibt es nicht, was es schwieriger macht, die Vorbereitungen zu orten", fuhr sie fort. „Der Ort des Rituals findet stets in einer Höhle statt. Höhlen sind näher am Erdkern, ergo näher an der Unterwelt, weshalb der Ort immer unterirdisch zu finden sein wird. Jede Höhle besitzt mindestens ein für die meisten Lebewesen unsichtbares Siegel. Ein sogenanntes *Siegel der Unterwelt*. Dies ist das Portal zur Hölle. Lediglich Einhornblut hat die Fähigkeit es zu versiegeln, so kann es Harlow nicht öffnen und Astamephis freilassen."

Da hakte Banu näher nach. „Für immer?"

Aífe nickte. „Ja. Einmal verschlossen, kann es nicht mehr geöffnet werden. Jedenfalls nicht von Eoin. Das Problem ist, dass Eoin überall auf der Welt die Möglichkeit hat, eine neue Höllenfahrt auszulösen, da man die Siegel in jeglichen unteridischen Gängen oder Höhlen findet. Dies wurde am Anbeginn der Zeit verursacht, damit man den Göttern der Unterwelt die Möglichkeit gibt, schneller zwischen den Welten zu pendeln. Ein gleiches Pendant gibt es bei den Göttern der Überwelt – auch Anderswelt genannt. Als Astamephis sie tötete, verschlossen die restlichen Götter die Ausgänge durch einen Zauberspruch."

„Aber warum versiegelten sie sie nicht sofort?"

Aífe zuckte mit den Schultern. „Ich weiß es nicht. Aber man erzählt sich, dass die Urgötter einer Balance unterstehen. Jedes versiegelte Unterweltssiegel, verschließt gleichermaßen eines in den anderen Welten. Wenn sie also sofort alle Siegel der Unterwelt für immer verschlossen hätten, gäbe es auch für sie kein Zurück mehr."

Banu nickte. „Deshalb fahrt ihr Einhörner ihm nach und versiegelt nur diejenigen, die er gerade öffnen will."

„Ja. Auch, *weil* wir sie nur aktiviert versiegeln können. Als es noch mehr von uns gab, teilte man sich die Aufgabe. Aber natürlich haben Eoin und seine Kameraden dafür gesorgt, dass sie uns in ihrer *Freizeit* auslöschten. Auch Eoin hat in diesem Kampf Hunderte von Anhängern verloren. Als er vor einigen Jahren meine beste Freundin Artemis tötete, machte er mich damit gleichzeitig zum letzten Einhorn. Es war seine Rache, da Artemis vor knapp zweihundert Jahren seinen letzten Bruder tötete." Sie schluckte hart. Über diese Erfahrung zu reden, schmerzte sie. „Eoin gehört zu den Ersten seiner Art. Wurde geschaffen durch Astamephis' Hand. Astamephis ist sein Vater. Eoin trägt dessen Blut in sich. Seine Brüder und Schwestern starben – genau wie meine. Deshalb kürte er sich zum Anführer der reinen Dämonen. Die mittlerweile nur noch das verwaschene Blut Astamephis' in sich tragen."

„Während wir Konvertierten ...?"

„Ursprüngliche Fae und/oder Faerries seid. Astamephis ließ euch durch einen Zauber zu halben Dämonen mutieren. Doch euer Kern blieb. Der Kern, der euch durch die Urgötter geschenkt wurde. Der euch zu magischen Wesen formte. Mit der Zeit verschwamm die Wahrheit mit der Fiktion und die Konvertierten vergaßen woher sie kamen. Viele wechselten sogar die Seiten und kämpften für Harlow. Deshalb wurde es mit den Jahren immer schwerer, die Walküren aufrecht zu erhalten und neue Mitglieder zu finden."

In dem Moment mischte sich Banus Freund Alejo ein. „Na gut, das verstehe ich. Aber zurück zum Diamanten. Wozu ist er gut?"

Aífe seufzte. „Blutdiamanten sind nichts anderes als Edelsteine. Für Konvertierte oder Einhörner komplett ungefährlich. Reine Dämonen gehen bei der Berührung in Flammen auf. Man sagt, sie seien als einzige fähig, das Portal der Unterwelt zu öffnen. Der Krux dabei ist, dass Harlow ihn nicht selbst anfassen kann."

„Also wird er Konvertierte oder Menschen dafür bezahlen, es zu tun", schlussfolgerte Banu.

Aífe nickte. „Er findet immer jemanden, der ihm den Stein an einen sicheren Ort bringt. Die Sache ist nur die, der Stein muss ein besonderes Alter aufweisen. Er muss zu den gehören, die das Portal damals bei der Verbannung verschlossen. Und diese sind nicht einfach zu finden."

„Was heißt, wenn wir sie ihm wegnehmen, braucht er erst eine ganze Weile, bis er einen neuen findet?" Auch diese Frage stammte von Banu.

Aífe nickte. „Er kann das Ritual nicht durchführen, wenn wir ihm den Stein vorher wegnehmen." Nach Aífes Aussage hatten die Walküren der letzten Jahrhunderte diesen Plan bereits des öfteren durchgeführt. Manchmal funktionierte er – und dann gab es Zeiten, in denen sie versagten. „Es ist die einfachste Taktik. Ansonsten kommt die schwierige Aufgabe auf uns zu", meinte sie.

„Die da wäre?" hakte Banu nach.

Aífe antwortete knapp. „Die Höllenfahrt an Ort und Stelle zu verhindern."

Das wollte Banu auf keinen Fall. „Wie viel Zeit bleibt uns, um ihn zu finden?"

Hier war Aife weniger optimistisch. „Das Schicksal sieht vor, dass zwischen der Aneignung des Diamanten und der Durchführung des Rituals aller höchstens ein paar Stunden liegen. Finden wir den Stein, wissen wir, dass das Ritual nur ein Katzensprung entfernt ist."

Ein erschreckender Gedanke, weshalb die Gruppe sofort anfing, Aufenthaltsorte für Blutdiamanten zu recherchieren. Diese Nachforschungen dauerten etwa sechs Monate. Sie fanden einige mögliche Steine und Orte. Dennoch mussten sie ihre Suche weiter eingrenzen. Das Schicksal kam ihnen dabei zur Hilfe. Vor ungefähr drei Wochen erhielt Aife eine Vision, die ihnen den Weg nach Deutschland wies.

„Ich habe etwas gesehen", teilte sie allen mit. „Menschen sprachen deutsch und einmal hörte ich heraus, wie jemand über die Stadt Weimar redete."

„Du meinst, wir sollte nach Deutschland?" fragte Cathmor. Sie befanden sich zu dem Zeitpunkt in Paris. Es würde eine lange Reise werden. Und man durfte keine Zeit mit falschen Fährten verlieren.

Aife nickte. „Wir müssen. Meine Visionen werden stärker, je näher wir der Höllenfahrt kommen."

Daraufhin packten sie ihre Sachen und begaben sich auf die Reise von Paris bis nach Weimar. In der Stadt angekommen, wurden sie letztlich durch einen Zeitungsartikel darauf aufmerksam, dass ein großer Edelstein in der Gegend gefunden worden sei. Aife war überzeugt, dass dies der Stein sein musste. Mit dem Auffinden des Juwels wurde ihr ebenfalls bewusst, dass ihnen nicht mehr viel Zeit blieb, den Weltuntergang aufzuhalten.

Sie handelten eilig und griffen Harlow und seinen Trupp an, sowie diese Hand an den Stein legten. Zunächst sah es so aus, als sei die Walkürengruppe im Vorteil. Bis sich die Situation in Sekundenschnelle zu ihrem Nachteil entwickelte und es Harlow schaffte, den Stein doch noch in Gewahrsam zu bringen. Eine Sache, die vor allem Aífe ins Mark traf, da es nun darauf ankam, die Höllenfahrt im letzten Augenblick zu verhindern.

Wieder in ihrer Hütte angekommen, war die gesamte Gruppe still. Alle Mitglieder der Walküren kehrten verletzt heim, aber wenigstens blieb niemand auf dem Schlachtfeld zurück. Während sich Banu im Kampf ein Bein brach, trug Oona eine saftige Fleischwunde an der Schulter davon. Alejo kehrte mit diversen Stichwunden und verstauchten Glieder zurück.

Cathmor und Aífe hatten noch am meisten Glück gehabt. Aífes Verlobter Cathmor beklagte eine Menge Blutergüsse, während Aífe ein paar Schnittwunden aufwies. Die Höllenfahrt stand in wenigen Stunden an und das Einhorn bezweifelte, dass sie als Gruppe in den Kampf ziehen konnten. Erneut verlangte das Schicksal von ihr, dass nur das Einhorn im Endkampf dem Dämon gegenüberstand. Es war frustrierend, dass sie die Prophezeiung niemals zu ändern vermochte.

„Ich bin so müde", bemerkte Aífe erschöpft. „Uns bleibt nicht mehr viel Zeit und wir wissen nicht einmal, wo er das Ritual durchführen wird. Hier in der Stadt gibt es keine einzige Höhle."

„Und was machen wir jetzt?" fragte Cathmor schließlich.

Aífe schnalzte mit der Zunge. „Uns bleibt nur noch eine Möglichkeit, wenn ich keine Vision zur Höhle erhalte: Wir müssen das Menschenopfer finden."

Saalfeld, im Sommer 1903

Wie erhofft erhielt Aífe eine Vision, die ihr das Menschenopfer zeigte, nur wenige Stunden nach dem verlorenen Kampf um den Blutdiamanten. Der Verlust der Schlacht hatte sie tief getroffen. Obwohl Aífe wusste, dass ihre neue Walküren-Truppe aus starken, cleveren Kriegern bestand, so war niemand von ihnen erfahren genug, was den Kampf um die Höllenfahrt betraf. Es war die erste Apokalypse, in der sie als Einhorn komplett allein agierte – was sie zu Tode ängstigte. In ihrer Vision fand sie die meisten Antworten auf ihre Fragen. Wie gewöhnlich war das Opfer ein junger Mann, der vor einigen Jahren dem Tode geweiht schien und ganz wie von Zauberhand gesundete.

Das Menschenopfer hielt sich in einer Stadt namens Saalfeld auf. Die Stadt war nicht allzu weit von Weimar entfernt und doch würde es für sie erneut einen gewaltigen Zeitverlust kosten, den Weg zurückzulegen. In der Region um Saalfeld gab es die sogenannte Feengrotte. Perfekt für das Ritual. Das Menschenopfer, einmal gefunden, würde sie mit Sicherheit direkt zum Ort des Rituals führen, spätestens dann, wenn Eoin es aktivierte.

Da die restlichen Mitglieder ihrer Truppe weiterhin verletzt waren, beschlossen Aífe und Cathmor, sich alleine auf den Weg nach Saalfeld zu machen. Eine Tatsache, die sie verunsicherte. Unweigerlich kam in Aífe der Gedanke auf, ob 1903 nicht tatsächlich das Jahr werden würde, das die Menschheit in den Abgrund zöge. Wie konnte sie nur gegen Eoin bestehen? Ihre Armee bestand bloß noch aus Cathmor und ihr. Zwar versuchte sie zunächst, ihre Freunde zu heilen, aber es kostete sie zu viel Kraft. Kraft, die sie brauchte, um Eoin zu bekämpfen, weshalb sie die anderen drei Walküren zuhause ließen.

Es war zum Heulen!

Die Kutschfahrt bis nach Saalfeld zog sich hin. Und die meiste Zeit blieb Aífe mit ihren Gedanken allein. Bis etwa eine Stunde vor Ankunft, wo Cathmor fragte: „Menschenopfer sind für mächtige Dämonenzauber für gewöhnlich zu schwach. Wie will Harlow einen Gott damit beschwören?"

Das war einfach zu beantworten. „Es geht nicht um das Blut des Menschens, sondern darum, dass das Opfer Dämonenblut in sich trägt. Sobald Astamephis aus der Unterwelt aufersteht, ist er geschwächt. Er benötigt einen Körper, um Kraft zu schöpfen. Vorzugsweise Dämonen, da er sie selbst schuf und sie sehr mächtig sind. Der Dämon, der von Astamephis besessen ist, erhält beinahe grenzenlose Macht, weil seine Kraft mit der des Gottes verbunden wird." Aífe seufzte. „Das Problem beim Ritual ist jedoch, dass es ein Blutopfer verlangt. Der Dämon, der Astamephis beschwört, muss sein gesamtes Blut opfern, ergo all seine Lebensenergie."

Cathmor nickte. „Was ihn umbringen würde. Oder wenigstens so schwächen, dass er kaum noch zu etwas fähig wäre."

„Genau", stimmte Aífe zu. „Astamephis würde sich daher den nächstbesten Dämon oder Körper im Raum aussuchen. Das Menschenopfer übernimmt somit den Part des Ausblutens und des darauffolgenden Todes. Astamephis' Geist erkennt das Blut aus dem Ritual wieder und versucht den Körper zu finden, um diesen zu besetzen. Ist er noch stark genug, wird er in ihn fahren. Sonst sucht er sich den nächstbesten. Deshalb will Eoin keine anderen Dämonen in seiner Nähe, wenn er das Ritual durchführt. Nicht, dass unser Höllengott sich den falschen aussucht und ihn mit unbändiger Macht austattet, während er selbst leer ausgeht."

„Er ist immer allein?" hakte Cathmor nach.

Aífe nickte. „Ja." Und das war der einzige Vorteil, den sie besaß.

„Und der Mensch? Spürt er nicht wenigstens etwas? Dass er bärenkräfte besitzt oder nicht mehr verletzt werden kann?"

Sie schüttelte den Kopf. „Nein, das Opfer bemerkt die Veränderung nicht. Allerhöchstens hält er sich für gesünder oder stärker als gewöhnlich. Doch besitzt er keine besonderen Kräfte – bis auf die Unsterblichkeit." Sie seufzte schwer. „Es ist frustrierend, dass es nicht mehr von uns gibt. Es gab Jahrhunderte, da schaffte er oder seine anderen Brüder es nicht einmal, ein Menschenopfer zu finden, ähnlich wie beim Blutdiamant. Je weniger wir wurden, desto einfacher wurde es für die andere Seite." Aífe seufzte. „Mittlerweile sind wir nur noch zu zweit. Eoin gegen mich. Und wie es aussieht, besitzt er deutliche Vorteile."

„Der Mann ist grausam. Sucht sich nur Kinder für seine Rituale aus. Lässt sie nicht einmal in der ewigen Ruhe, so wie es sich gehört."

„Es die einzige Möglichkeit, Dämonenblut in einen Menschen zu pumpen. Es muss bei seinem letzten Atemzug geschehen, in dem Moment, wenn der Körper von den Lebenden zu den Toten wechselt. Sonst würde sich eine Art Hybrid entwickeln."

„Wie bei Vampiren?"

Aífe nickte. „Genau. Und ein Hybrid ist wiederum ein Dämon. Ein Zombie hingegen ist ein Untoter. Das Menschenopfer lebt nur durch das Dämonenblut weiter. Dass er seine Persönlichkeit behält, hat damit zu tun, dass Eoin den Zauberspruch durchführt, bevor die Seele den Körper verlässt. Ergo, bevor der Körper zu verrotten beginnt. Er benötigt einen starken, jungen Körper, damit der das Ritual durchhält. Deshalb sucht er sich junge Burschen."

„Nur Männer, was?!"

„Das ist sein persönlicher Wiedererkennungswert", entgegnete Aife. „Eoin hat ein Problem mit dem weiblichen Geschlecht. Ich nehme an, dass kommt daher, weil nur Frauen Einhörner sein können und sie ihm regelmäßig in den Hintern treten. Sobald er das Blutritual beginnt, wird der Stein durch das Blut schmelzen und das Portal öffnen. Ich hoffe nur, das Menschenopfer zeigt uns den Weg zur Höhle. Denn meine Visionen lassen mich damit im Stich."

Der Sommer war für gewöhnlich heiß und schweißtreibend. Und auch dieses Mal blieben sie von hohen Temperaturen nicht verschont. Aife hasste die langen, schweren Kleider mit den Korsetts, die sie kaum atmen ließen. Besonders in den warmen Monaten waren sie eine reine Qual. Warum musste die Mode nur so ungemein unbequem sein?, fragte sie sich. Trotzdem spielte sie das Spiel mit, zog sich wie eine feine Dame der Gesellschaft an – nur um nicht aufzufallen. Genau aus diesem Grund versteckte sie ihre weißen Haare unter einem Hut. Ein so junges Gesicht wie das Ihre verursachte meistens Gerede, wenn schlohweißes Haar zu Tage trat.

Eoin erwählte immer einen Mann. Er musste dem Tode geweiht sein – durch einen Unfall oder eine Krankheit. So sahen es die Regeln vor. Harlow würde ihn mit dem Bluttausch am Leben erhalten – bis zum Tag der Höllenfahrt. Der Knackpunkt: Nach Ablauf des Rituals starb das Menschenopfer, ungeachtet des Ausgangs des Ritus. Genau aus diesem Grund brauchte Eoin jedes Mal ein neues Opfer.

Aífe seufzte. Die Sonne brannte heiß auf sie herab. Dennoch, sie hatte ihr Ziel direkt vor Augen. Niemand vermutete, sie könne einen jungen Mann beobachten, der dabei war, seinem Vater beim Wochenmarkt unter die Arme zu greifen. Der Bursche arbeitete an einem Obststand. Er war tüchtig und stark. Keiner mochte glauben, dass er dem Tod näher stand als dem Leben.

„Ich hätte ihn mir anders vorgstellt." Cathmor rückte seinen Hut zurück. Der enge Kragen des Hemdes schnürte ihm beinahe die Luft ab. Er fühlte sich in seinen Kleidern so unwohl wie Aífe. Die beiden kannten einander seit Jahren und bislang war er immer jemand gewesen, dem sie zu einhundert Prozent vertraute. Er war ihr Seelenverwandter und umgekehrt. „Er sieht mir nicht ... tot aus."

„Das tun sie selten, trotzdem bin ich mir sicher, dass er es ist. Er sieht aus wie in meiner Vision. Als ich vor wenigen Minuten bei dem Hutstand war, habe ich ein Gespräch von zwei anderen Damen mitangehört. Gestern Abend hat er einen Pferdetritt direkt vor den Kopf bekommen. Sein halber Kopf, komplett eingedrückt. Niemand hätte das überlebt."

„Kein *Mensch*."

Aífe nickte. „Wir müssen trotzdem sicher gehen. Riechst du etwas dämonisches an ihm?"

Als Berserker war es Cathmor vergönnt, Dämonen zu erschnüffeln. Im Normalfall erkannte er meistens Konvertierte. Hin und wieder schaffte er es aber auch, reine Dämonen ausfindig zu machen. „Nein. Nichts."

„Alle glaubten, er sei tot. Deshalb holten sie einen Priester. Gegen Mitternacht schrie der Geistliche, ein Wunder sei geschehen. Er wollte sogar in den Vatikan schreiben. Die Eltern sind stolz, glauben, ihr Sohn wurde von Gott auserkoren."

„Dabei steckt der Teufel im Detail." Cathmor schluckte hart. „Was ist mit dem Jungen?"

„Kann sich an nichts erinnern. Wie immer. Sobald ihnen etwas passiert, wachen sie auf – ohne irgendwelche Erinnerung." Sie presste ihre Lippen aufeinander. „Und doch kann man sie am Ende niemals retten."

Cathmor schaute sie mit einer Mischung aus Mitgefühl und Resignation an. Er wusste, dass sie darunter litt, den Menschenopfer nicht helfen zu können. „Er ist bereits tot."

„Jede Jahrhundertwende dasselbe Spiel. Das einzige, was ich tun kann, ist, ihnen zu folgen, um vielleicht einen Hinweis darauf zu erhalten, wo die Höllenfahrt stattfindet." Sie schnaubte. „Ich hasse diese Unfähigkeit."

„Tote kann man nicht wiedererwecken. Sobald der Spruch nachlässt, holt sich der Sensenmann das, worauf er die Jahre gewartet hat." Er neigte den Kopf. „Die Vorgehensweise ist Schicksal."

„Ich weiß." Und dennoch fühlte sie diese unfassbare Frustration in sich aufsteigen.

„An was denkst du?" Cathmor holte sie aus ihren Gedanken zurück.

„Ich frage mich nur, wie er so stark werden konnte. Manchmal habe ich das Gefühl, dass ich mit einem unsterblichen Gegner konkurriere. Er scheint stärker zu werden, während ich an Kraft verliere."

„Nichts ist für die Ewigkeit", bemerkte Cathmor. „Irgendwie werden wir einen Weg finden, ihn zu stoppen. Wichtig ist jetzt erst mal, das Siegel zu finden."

Doch Aífe schüttelte den Kopf. „Das Problem ist nicht unsere Vorgehensweise. Das Problem ist das Schicksal, das die Prophezeiung auslöst. Das müssen wir ändern. Sonst bleiben wir für immer in derselben Zeitschleife. Ich weiß zwar, dass wir ihn immer aufgehalten haben. Aber solange er nicht tot ist, wird er es wieder und wieder versuchen. Und das Schicksal bietet mir immer nur dieselbe Vorgehensweise. Um die Zeitschleifen zu brechen, brauchen wir eine andere Ausgangslage. Nur leider weiß ich nicht, wie wir sie schaffen."

„Wann denkst du, wird es passieren? Wann findet das Ritual statt?"

„Es kann sich nur noch um Stunden handeln. Wir sollten ihn verfolgen." Sie schaute ihn an. Eine dichte Furche entstand auf ihrer Stirn. „Jetzt wird es ernst. Es gibt kein Zurück mehr!"

Er nickte, nahm selbstbewusst ihre Hand und drückte sie an sein Herz. „Du kannst auf mich zählen, Aífe. Ich stehe dir bei, bis zu meinem letztem Atemzug."

Gegenwart

„Was wissen wir über sie? Haben wir ihre Spur aufgenommen?" Eoin Harlow starrte aus dem Fenster des Ferienhauses, das bereits seit Jahrhunderten in seinem Besitz war. So viele gute Erinnerungen hingen an diesen vier Wänden. Schließlich hatte er hier vor sechzig Jahren den Mord am letzten Einhorn gefeiert. Allein der Gedanke bereitete ihm Freude. Vor allem wenn er daran dachte, nun ein weiteres zu töten. Obgleich ein halbes Einhorn nicht wirklich zählte.

„Wir nahmen ihre Spur gestern gegen dreizehn Uhr auf. Die Erde bebte und das Pendel zeigte einen deutlichen Ausschlag. Vielleicht hat sie irgendwo Blut verloren." Filidor wirkte ebenso aufgeregt wie er. Er gehörte zu den Tentakeldämonen, dennoch blieb er momentan in seiner humanen Form. Mittelgroß, schlaksig, mit dunklen, lockigen Haaren. Normalerweise war es ihm möglich, mehrere lange Arme mit messerscharfen Tentakeln aus seinem Rücken wachsen zu lassen. Ein wahrhaft netter Anblick!

„Und wo hält sie sich momentan auf?"

„Das werden wir herausfinden. Wir benutzen Aífes Haarsträhne, um ihre Spur aufzunehmen. Bis zum Sonnenuntergang wird sie tot sein."

Harlow nickte. „Fein. Beeilt euch. Es sind keine drei Tage mehr bis zum Ritual. Wenn sie bis dahin nicht tot ist ..."

„Sie wird es sein. Sie haben mein Wort, Meister."

Mehr wollte er gar nicht hören.

2

15. Mai 2003, ABENDS

Áine konnte es kaum glauben. Nach so vielen Jahren Schule hielt sie nun endlich ihr verdammtes Abschlusszeugnis in der Hand! Nie wieder pauken, niemals mehr die Schulbank drücken! Nie wieder musste sie ihre Lehrer und vor allem, ihre Mitschüler sehen! Sie fühlte sich glücklicher denn je. Bei all dem Trubel vergaß sie sogar ihren Albtraum/Vision für einen Moment.

Ihrem besten und einzigen Freund Luke ging es da nicht anders. Nachdem sie so lange als Außenseiter in der Schule gegolten hatten, stand ihnen jetzt die ganze Welt offen. Während Luke sich auf die Uni freute, die im Herbst startete, überlegte Áine weiterhin, was sie mit ihrem Leben anfangen sollte. Heute scherte sie sich allerdings nur um eins: Ihre Abschlussfeier!

Diese feierten sie in dem, besonders bei jungen Leuten angesagten, Café/Club *Insomnia*. Betrieben wurde es von zwei Brüdern. Tagsüber war es ein Café, in den Abendstunden ein Club. Es war keine Überraschung, dass die Abschlussklasse hier feiern wollte. Diesmal kamen sie auch nicht allein, sondern brachten ihre Familien sowie alle Lehrer mit. Kein Wunder, dass die Bude aus allen Nähten platzte.

„Also", fragte Luke sie, nachdem sie an einem der Tische Platz nahmen. Er war ein mittelgroßer Junge, mit dunkelblonden Haaren und einer Brille auf der Nase, die ihm überhaupt nicht stand. „Schon entschieden wie's im Herbst weitergeht?"

Áine schnaubte. „Ich bin eine verdammte Banshee in meinem ersten Zyklus. Ich finde, mir bleibt genug Zeit, um später über Semester und Klausuren und so was nachzudenken."

Andere Menschen würden bei so einem Satz die Nase rümpfen, doch Luke verstand sofort, was sie meinte. Sie hegte keinerlei Geheimnisse vor ihm. Als sie sich vor knapp drei Jahren kennenlernten, fand er schnell heraus, dass seine neue Freundin nicht so normal war, wie es auf den ersten Blick erschien. Für Áine war so eine Feststellung nicht befremdlich. Schließlich hatte sie seit ihrer Geburt weiße Haare. Fragen zu ihrer Haarfarbe waren daher nicht ungewöhnlich. Auch nicht zu ihren Augen, dessen Iris regelmäßig die Farbe wechselte. Momentan strahlte ihr linkes Auge in grün, das rechte blau, mit braunen Sprenkeln. Dass Luke demnach nicht überrascht war, dass sie nicht der Norm entsprach, lag auf der Hand. Er war sein Leben lang ein Außenseiter gewesen – genau wie sie. Aus diesem Grund freundeten sie sich rasch an, als er neu auf ihre Schule kam.

Nach etwa einem halben Jahr gestand sie ihm, wer – oder besser gesagt *was* – sie war. Natürlich glaubte er ihr ihre Geschichte erst, als sie ihn mit in eine Leichenhalle nahm. Dort ritzte sie sich in den Finger und heilte sich in wenigen Minuten selbst, nur weil sie eine Leiche berührte.

„Eine Banshee zu sein, ist da von Vorteil", sagte sie damals zu Luke. Kurz darauf fiel er in Ohnmacht. Aber seitdem waren sie unzertrennlich. Er mochte sie so, wie sie war. Áine respektierte das. Nicht jeder würde so cool mit ihr umgehen. Herrje, wahrscheinlich würden die meisten Menschen sie auf dem Scheiterhaufen brennen sehen wollen.

Luke gönnte sich zur Feier des Tages ein Bier. Er war seit zwei Tagen achtzehn und behauptete von sich, jetzt endlich offiziell die *Sau rauslassen* zu können. Natürlich wusste Áine, dass das eher übertrieben war. Mehr als ein Bier würde er sicher nicht vertragen. Sie, die weiterhin siebzehn war, gab sich mit einer Cola zufrieden.

„Du hast also immer noch keinen Bock auf Uni? Auch nicht mit mir?" Luke missfiel Áines Unwillen, die Universität zu besuchen. Hatte er gehofft, sie würden einander weiter regelmäßig sehen.

„Ich glaube nicht. Jedenfalls nicht in nächster Zeit. Meinen ersten Zyklus wollte ich eigentlich ein wenig actionreicher gestalten."

„Der erste Zyklus ... das heißt, dass du in den ersten hundert Jahren deines Lebens normal alterst, nicht wahr?"

Áine nickte. „Jap."

„Wäre es da nicht von Vorteil was zu lernen? Dämon oder nicht, aber eine Rente solltest du haben."

„Was denn für eine Rente? Hast du mal einen alten Dämon gesehen? Die sind immer noch stark – körperlich wie geistig. Lediglich das Aussehen altert. Außerdem, wenn ich jetzt – keine Ahnung – Medizin studiere, was bringt mir das in einhundert Jahren? Ich meine, es ist gar nicht mal so lange her, da haben sich Ärzte nicht mal die Hände gewaschen. Um da andauernd mitzuhalten, müsste ich fünfmal Medizin studieren."

„Du hast so viele Möglichkeiten, Áine."

„Eben. Und die werde ich ergreifen. Eine nach der anderen."

Luke schnaubte. „Was sagt Graeme dazu?"

Was sollte der alte Berserker schon sagen? Seitdem er sie vor fünf Jahren aufnahm, verhielt er sich wie ihr Vater. Mit allen nervtötenden Nebenwirkungen. „Graeme ... nun ..." Mit dem stritt sie sich seit Monaten über das Thema. Genau wie Luke, wollte er sie im Herbst auf die Universität schicken. Áine wollte erst einmal Abstand von der Schule. Schließlich schaffte sie ihren Abschluss gerade so mit Ach und Krach.

„Áine", sagte er stets mit seinem herrlich melodiösen irischen Akzent, „die Uni ist etwas ganz anderes als Schule. Dort belegst du Fächer, die du wirklich magst."

„Wie Faulenzen?"

„Es gibt an der hiesigen Uni einen Kurs über Filme."

Damit hatte er sie beinahe überredet. Áine liebte Filme. Jedoch konnte sie schlecht sagen, ob sie sie auch noch liebte, wenn sie ständig darüber Hausarbeiten verfassen musste. „Graeme ist unzufrieden. Aber ich werde in drei Monaten achtzehn und dann ist alles egal. Vielleicht fange ich hier im *Insomnia* an, suche mir ne Wohnung ... niemand kann mir was vorschreiben."

„Deinen Mut will ich haben." Luke leerte seine Bierflasche. Plötzlich verzog er das Gesicht. „Mann, keine Ahnung, ob Alkohol was für mich ist. Schmeckt irgendwie ... komisch."

Áine wollte kichern, doch das Lachen blieb ihr im Halse stecken. In dem einen Moment befand sie sich noch in trauter Zweisamkeit mit ihrem besten Freund, in der anderen spürte sie schlagartig den leisen Hauch des Todes um sich. Plötzlich roch alles verdorben, klirrende Kälte umgab sie. Ein komischer Geschmack machte sich in ihrem Mund breit. Panisch sah sie sich um. Sie wusste, was das bedeutete, jemand war dem Tode geweiht. Sie versuchte zu lokalisieren, um wen es sich handelte. Normalerweise erkannte sie an der Aura, wer dem Tode nahe war. Und auch jetzt wurde sie fündig. Leider schockierte sie dies mehr, als sie ahnte.

Denn niemandem im Café umgab eine dunkle Aura.

Niemandem ... außer ihrem besten Freund Luke!

Saalfeld, 1903

Ihr ganzer Körper schrie vor Schmerz auf. Es gab nicht eine letzte Körperstelle, die nicht blau leuchtete. Ihr Gesicht war zerschlagen, die Lippe blutete, ihr rechtes Auge geschwollen. Aus ihrer Stirn lief Blut und der Rest ihres Körpers? Nun, es würde einige Zeit dauern, bis sie wieder richtig laufen konnte.

Sie stand vor einem Kreis mit einem Durchmesser von etwa einem Meter, in dessen Mitte ein kindskopfgroßer, roter Stein lag. Das Siegel an sich war nichts Besonderes. Es gab weder feine Schriftzeichen, die zu sehen waren, noch besaß es eine speziell herausstechende Farbe. Tatsächlich schien das Siegel unscheinbar, fast unwichtig. Es ähnelte mehr einem sehr weich geschliffenen dunklen Stein. Und doch, allein in der Nähe des Siegels spürte sie eine große Macht entweichen, gepaart mit unbändiger Hitze. Sowie sie die Messerklinge über ihren Arm fuhr und ihr Blut über den Rest des Blutdiamantens tropfen ließ, fühlte sie, wie die Wärme des Bodens langsam entschwand und das Portal zur Hölle ein weiteres Mal versiegelt wurde. Und doch war Eoin zu ihrer Schande erneut entkommen! Schwerverletzt, aber immer noch am Leben.

Erschöpft rappelte sich Aífe wieder auf die Füße. Cathmor lag nur wenige Meter bäuchlings von ihr entfernt. Eoin hatte ihm im

Kampf bewusstlos geschlagen, aber er würde überleben. Natürlich wollte sie ihn so schnell wie möglich heilen. Doch momentan schaffte sie es kaum, sich selbst auf den Beinen zu halten, geschweige denn Cathmor zu helfen.

So eilig wie sie ihre Füße tragen konnte, schlurfte sie zu ihrem Verlobten. Sie setzte sich neben ihn, legte eine Hand auf seinen Rücken. Ihre Berührung schien ihn aus seinem Delirium zu holen. Ein leises Stöhnen drang aus seiner Kehle. Er hustete, versuchte, sich aufzurappeln. Seine Augen sahen müde aus, doch nahmen sie echte Besorgnis an, sowie er in ihr zerschlagenes Gesicht schaute. „Meine Güte, Aífe!"

Unter Schmerzen schenkte sie ihm ein breites Lächeln. „Es geht mir gut. So oder so ähnlich sehe ich jedes Jahrhundert aus."

Cathmor fluchte. Langsam richtete er sich auf. Er wurde von dem Dämon ausgeknockt, noch bevor er seiner Verlobten zur Hilfe eilen konnte. In diesem Moment fiel Cathmor der arme Junge wieder ein. Aífe und er hatten das Ritual ganz am Anfang unterbrochen, dennoch kamen sie bei dem Jungen zu spät. Er sah bereits aus wie ein wandelnder Toter. Leichenblasse Haut, gerötete Augen und deutliche Verwesungsspuren waren sichtbar. Auch jetzt hing er nur leblos an einem Gerüst über dem Siegel. Seine Kleidung blutig. „Wie lautete sein Name?"

„Fritz Reiser." Aífe räusperte sich, biss sich dann auf die Lippe, damit sie bloß nicht weinte. Ihre Stimme klang brüchig, dazu fühlte sie sich so ungeheuer müde. „Ich weiß, er ist bereits drei Jahre tot, aber…meine Güte, er ist doch noch ein Kind."

Liebevoll umfasste Cathmor ihr Gesicht, vorsichtig, ihr nicht wehzutun. „Du hast alles getan, was du tun konntest."

„Ich habe ihn wieder davonkommen lassen."

„Dann finden wir ihn eben das nächste Mal."

„Das nächste Mal? Graeme, dann haben wir 2003. Ein neues Jahrtausend! Wie lange soll ich denn noch hinter ihm her? Ich ... er ist mir immer einen Schritt voraus."

„Deine Visionen-"

„Erhalte ich erst, wenn es zu spät ist. Allein diese Anreise aus Paris hat uns zu viel Zeit gekostet! Es ist Schicksal, dass ich ihn erst drei Tage zuvor finde. Er kann vor meinen Augen sein und doch erfahre ich es erst drei Tage zuvor, wer er ist." Sie seufzte. „Es wird jedes Mal schwieriger, ihn aufzuhalten. Je mehr Einhörner starben, umso schwieriger wurde es." Aífe schüttelte den Kopf. „Ich versage immer wieder."

„Und genau das tust du nicht! Du bist seit Jahrhunderten auf seinen Fersen und er hat es nie geschafft, die Hölle auch nur einen Spalt zu öffnen! Aífe, wenn einer versagt, dann ist er es!"

Sie senkte den Kopf. Und was sie danach sagte, ließ ihn erschaudern: „Ich habe das Gefühl, dass ich es nicht schaffen werde, bis zum nächsten Mal, Cath. Er schwor Rache. Und irgendwie denke ich, dass er sie bekommen wird."

3

Gegenwart

Das Leben als Amazone war hart, aber ehrenhaft. Doch vor allem verlief es meistens kurz. Linnea wusste das. Unter den Amazonen galt ein Großteil als Waise. Und dennoch, egal wie schwer das Leben schien, so ging jedes Mitglied des Ordens voller Stolz seiner Bestimmung nach. Als Amazone jagte sie Dämonen. Und das machte sie nicht einmal schlecht. Sie schloss die Akademie der Amazonen als Klassenbeste ab. Weit vor allen anderen Mitstreitern ihres Jahrgangs. Die nur aus weiblichen Anhängerinnen bestehende Gemeinschaft wurde in der Antike gegründet und existierte bis heute. Mit den Jahrhunderten war die Gründungsgeschichte leicht verschwommen weitergegeben worden, doch von Anfang an ging es darum, gegen Dämonen zu kämpfen. Und genau das tat Linnea.

Vor etwa einem Jahr schickte man sie nach Hel. Hier sollte sie für Recht und Ordnung sorgen, die Menschen vor Monstern retten. Bislang gab es wenig Klagen. Auch wenn ihre Mentorin Imogen sie drängte, ihren Jagddurchschnitt weiter nach oben zu treiben. Es war nichts Ungewöhnliches, dass der Orden ihre Mitglieder in alle Städte der Welt entsandte. Kleinstädte wie Hel beherbergten meistens eine Amazone, während sich in Großstädten mehrere tummelten. Die Regel lautete, einen Dämon zu töten, sobald man ihn entdeckte. Obwohl es sich am Anfang einfach anhörte, so war Linnea der Meinung, dass diese Vorgehensweise nicht zum gewünschten Ergebnis führte. Die meisten Monster blieben für den Großteil des Tages in ihrer humanen Form. Ebenso beobachtete sie, dass nicht jeder Dämon gleich viel Schaden anrichtete. Manche waren harmlos, ließen die Menschen in Ruhe und versuchten sogar, sich anzupassen. Deshalb kam ihr nicht richtig vor, sie zu töten, wenn sie überhaupt nichts Böses anstellten. Diese Kreaturen ließ sie meistens in Frieden.

Etwas, was Imogen ihr stetig vorwarf. „Jeder Dämon ist aus der Saat des Teufels entsprungen, Linnea. Manche von ihnen töten vielleicht nicht täglich, aber alle von ihnen tun es. Dir ist bewusst, dass Verbrüderung mit dem Feind verboten ist und zum direkten Ausschuss aus dem Orden führt."

Das wusste sie. Und der Ausschluss galt als größtmögliche Demütigung. Zumal man als Amazone in die Linie hineingeboren wurde. Und ja, Linnea war bewusst, dass Dämonen böse waren. Nichtsdestotrotz hatte es für sie keinen Sinn, ihre Zeit mit kleinen Fischen zu vertreiben, wenn viel gefährlichere Wesen in der Dunkelheit lauerten. Sie selbst würde sich eher als eine Art Polizistin/Richterin beschreiben. Sie suchte sich Fälle, jagte die Täter und richtete sie.

Genau wie am heutigen Tag. Momentan war sie auf der Suche nach einem Dämon, der seine Opfer mit einer Art kegelförmigen Waffe verwundete, sie lähmte und daraufhin ausweidete. Ihrer Recherche nach zu urteilen, handelte es sich hierbei um einen Dorndämon. Ein großes, grünliches Wesen mit stachliger Haut. So gefährlich, dass selbst Dämonen einen Bogen um ihn machten. Das musste schon etwas heißen.

Sie besuchte den letzten Tatort des Monsters, zwei Tage nach seiner Tat. Das Opfer war ein älterer Mann, anfang siebzig, der beim Müllrausbringen getötet wurde. Der arme Kerl wurde in einem Hinterhof überrascht, nicht weit von dem beliebten Café *Insomnia* entfernt. Linnea begutachtete den gesamten Ort mit Argusaugen. Auf dem Boden konnte man stets die Blutlache des Opfers erkennen, wenn auch nur teilweise. Daneben entdeckte sie einen seltsamen dunklen Fleck.

Bingo! Sie lächelte. Das musste Dämonenblut sein. Transformiert glänzte es stets schwarz. „Ich krieg' euch Schweine immer!"

Eilig kramte sie ihren Dämonenkompass aus ihrer Hosentasche hervor. Mit der Nadel kratzte sie über den dunklen Fleck. Der Kompass nahm jetzt die Spur auf und führte sie in die Richtung des Monsters. Bewegte sich die Nadel nur etwas, so brachte er sie in die Richtung *eines* Dämons, verlor die Nadel die Kontrolle, zeigte sie *ihren* gesuchten Dämon. Und genau wie erhofft, machte sich der Kompass sogleich ans Werk, sowie die Nadel das Dämonenblut berührte.

Linnea neigte den Kopf. „Mmh, nach Norden, meinst du?" Sie grinste. „Direkt zum *Insomnia*? Fein. Gehen wir."

Áine schnürte sich vor Angst der Hals zu. Das Gefühl des Todes überkam sie meistens dann, wenn sie in der Nähe von Orten war, in denen der Tod ein und aus ging. Wie zum Beispiel Krankenhäuser. Ihren besten Freund damit konfrontiert zu sehen, schockierte sie dermaßen, dass es sich anfühlte, als schlüge man ihr in den Bauch.

Sie wich zurück, ignorierte den aufkommenden Geruch des Todes und den Geschmack von Blut auf ihrer Zunge. Das bittere Aroma im Mund, vermischt mit einem Hauch Schwefel in der Luft. Ihre wurde schlecht, als sie den Drang des Heulens überkam. Der Schrei der Banshee!

Kein gutes Zeichen.

„Áine?" Luke schaute sie verdutzt an. Ihm war ihre plötzliche Veränderung auf der Stelle aufgefallen. „Alles in Ordnung?"

Sie handelte augenblicklich. Es gab nur einen, der ihr jetzt helfen konnte. „Nichts ist in Ordnung! Wir, äh, wir müssen sofort zu Graeme. *Ich* muss zu ihm."

Aufgebracht sprang sie von ihrem Platz. Luke war direkt hinter ihr. In der großen Menschenmenge schien es schier unmöglich, Graeme ausfindig zu machen. Sie wusste, er hielt sich im *Insomnia* auf, doch wo konnte er sein? Frustriert ließ sie einen Fluch los. Das Café war voller als gewöhnlich. Kein Wunder, bei all den Absolventen. Mühevoll bahnte sie sich einen Weg durch die Menge.

„Könntest du mir vielleicht sagen, warum wir das hier tun?" Luke klang ein wenig außer Atem, als er ihr folgte.

Áine antwortete ihm nicht. Sie konnte nicht, denn momentan konzentrierte sie sich nur darauf, ihren Pflegevater zu finden, damit er ihnen half. Auch wenn sie als Ahnfrau die Todesenergie um die Menschen erkannte, hieß das nicht unbedingt, dass die Leute sterben *mussten*. Sie konnte einen Unterschied sehen, zwischen erzwungenen und natürlichem Tod. Das Blut auf ihrer Zunge sagte ihr, jemand wolle Luke etwas antun. Es ging um Mord. Und genau das musste sie verhindern. Das *konnte* sie verhindern. „Wir müssen hier weg!"

„Moment! Hey! Warte!" Abrupt hielt er an. Auch Áine stockte daraufhin.

„Luke!" drängte sie, wollte ihn mit sich ziehen, aber er blieb hartnäckig.

„Deine Banshee-Seite! Du hast was gesehen! *Gespürt*!" Es waren keine Fragen, die er stellte. „Sag mir, was los ist!"

„Ich, äh, ich habe Schwingungen aufgenommen."

„Schwingungen?" Schlagartig machte Luke große Augen. „Du hast den Tod vorausgehen!" Und da schien es ihm plötzlich klar zu werden. „Du hast *meinen* Tod vorausgesehen!"

„N...nein!" Sie holte tief Luft. „Nun, vielleicht. Aber es ist nicht so wie du denkst. Wenn wir Graeme finden..." Sie streckte die Hand nach ihm aus. Luke jedoch zuckte zusammen, als würde diese kleine Berührung ihn verbrennen.

„Ich ... ich kann das hier nicht!" stieß er aus.

Er machte auf der Stelle kehrt, wollte möglichst weit weg von ihr. Und herrje, wer konnte es ihm verübeln? Wie würde sie reagieren, würde man ihr von ihrem nahenden Tod berichten? „Luke, warte!"

Eilig versuchte Áine hinter ihrem Freund herzulaufen. Doch bevor sie ihn erreichen konnte, lief er direkt durch den Hinterausgang ins Freie.

1936

„Sind Sie sich sicher, Sir? Ist dieser Spruch einmal ausgesprochen, ist er unwiderruflich. Das Opfer was Sie bringen, erscheint mit zu groß."

Vielleicht hätte Harlow Filidor für den Zweifel an seiner Zurechnungsfähigkeit umbringen sollen – doch er tat es nicht. Obschon ihm nicht mehr viele Stunden blieben, in denen er zum Töten fähig war. Er hätte es auskosten können, jedoch war es klüger, den Burschen nicht anzurühren. In Zukunft brauchte er Gefolgsleute, den er vertrauen konnte. Filidor gehörte zu diesen Leuten, obwohl er manchmal den Bogen überspannte. Es wäre kontraproduktiv, ihn zu töten. Egal, wie wütend Harlow sein Einwand machte. „Es geht nicht anders. Um das Einhorn ein für alle Mal mit Erfolg zu töten, muss ich das aufgeben, was mir am wichtigsten ist. Und das ist nun mal das Töten. Und weil der Spruch sechzig Jahre anhält, ist er genau am Tag der Höllenfahrt vorbei. Es ist das perfekte Timing."

„Sir..."

„Es wird Gründe geben, warum die Dämonenbibel uns diesen Spruch erst vor kurzem zeigte. Diesmal sollen wir triumphieren. Im neuen Millennium werden wir endlich fähig sein, die Hölle auf Erden ausbrechen zu lassen und Astamephis zu befreien. Wir schaffen so einen neuen Ausgangspunkt."

Freudig strich Harlow über den ledernen Einband eines alten Buches, welches er stets bei sich trug. Auch am heutigen Tage. Denn dieses Buch würde für seine Zukunft wichtig sein. Es beinhaltete jegliche schwarzmagischen Zaubersprüche, die ein guter Dämon benötigte. Ebenso stand dort die Vorgehensweise des Höllenfahrt-Rituals verzeichnet. Geschrieben von Astamephis persönlich, in einer antiken Dämonensprache, zeigte ihm das Buch alles, was er brauchte. Und doch musste er selbst das größte Opfer bringen, damit er das bekam, wonach er so lange lechzte: Das letzte Einhorn zu töten.

Sie hielten sich seit den frühen Morgenstunden im Wald von Hel auf. Hier sollte er endlich das vollenden, wofür er all die Jahrhunderte gekämpft hatte. Er stand so kurz vor seinem ersten Etappensieg.

„Hast du mir den Menschen besorgt?" Harlow wandte sich an Filidor.

Dieser nickte. „Er wartet hinter dem Baum. Er wird das Buch in den Baum des Lebens legen."

Harlow wirkte erfreut. „Fein. Ich habe das Messer mit dem Horn des Einhorns." Er lachte. „Ich finde es poetisch, sie mit den Hinterlassenschaften ihrer besten Freundin aufzuspießen. Artemis hat um ihr Leben gefleht, als ich sie umbrachte. Ich frage mich, ob Aífe auch um Gnade betteln wird."

„Sie scheint mir ein harter Brocken zu sein." Dann zuckte er mit den Schultern. „Allerdings ist sie guter Hoffnung, also warum nicht?"

„Oh ja, die Brut des kleinen Biests nehme ich mir als erstes vor. Ich muss meine letzten Stunden schließlich auskosten." Harlow seufzte, schaute zu Filidor. „Wie viele Stunden bleiben mir noch?"

„Sieben, Meister."

„Ich hoffe, Elyson hält ihren Teil der Abmachung ein. Wenn dem so ist, wird es nicht mehr lange dauern, bis sie hier sein wird."

„Meister, sind Sie sich sicher? Dieser Kampf wird das erste Mal sein, dass Sie außerhalb der Prophezeiung aufeinandertreffen. Was, wenn der Zauber früher eintritt und Sie nicht mehr töten können?"

Filidor sollte weniger denken und einfach das tun, was man ihm sagte! „Im Zweifelsfall musst du mir dann eben diese Ehre abnehmen. Verstehst du nicht, Filidor?! Sie ist schwanger! Sie führt die verdammte Linie fort! Ich muss sicher sein, alle ausgerottet zu haben, die das Blut der Urlinie in sich tragen. Die, die Macht in sich tragen. Dieses Miststück darf auf keinen Fall weitere Einhörner produzieren. Heute wird Aífe sterben. Und ich werde ihr Henker sein!"

Gegenwart

Natürlich rannte Áine Luke eilig hinterher. Es war verständlich, dass er sich überfordert fühlte, nachdem er erfuhr, dass sie seinen Tod voraussahnte. Trotzdem, sie konnte ihn jetzt unmöglich alleine lassen. Auf dem Weg nach draußen nahm sie ihr Handy aus ihrer Hosentasche und schrieb ihrem Pflegevater rasch eine SMS.

Bin hinter Luke her. Meine Banshee hat sich gemeldet. Luke ist in Gefahr. Wir müssen reden.

Daraufhin verließ sie das *Insomnia* durch den Hinterausgang. Doch sobald sie die schwere Tür hinter sich schloss, japste sie erschrocken nach Luft.

Ein Schrei blieb ihn ihrer Kehle stecken. Fassungslos starrte sie auf eine grünlich schuppige Gestalt, die ihren besten Freund mit einer Art Messer aufspießte, das direkt aus seinem Arm zu wachsen schien. Die Kreatur hob ihn mit aller Kraft in die Höhe, während Luke ein seltsames Gurgeln ausstieß. Blut rann ihm aus dem Mund. Sein Körper zuckte einige Sekunden, bis er schlaff wurde und das Monster ihn mit einem breiten Lächeln auf den Boden fallen ließ. Áines größer Albtraum wurde wahr, ihre Todesahnung bewahrheitete sich.

Luke war tot. Und es gab nichts, was sie dagegen tun konnte.

4

Mit schreckgeweiteten Augen beobachtete Áine, wie der leblose Körper Lukes zu Boden glitt. In seinem Magen erstreckte sich ein großes Loch, aus dem literweise Blut pumpte. Seine Augen standen starr auf, die Zunge quoll heraus. Áine keuchte. Sprachlos starrte sie auf die Leiche ihres Freundes. Sie fühlte sich gelähmt, unfähig zu handeln. Was zum Teufel sollte sie tun?

Gleichzeitig schaute sie ein vollkommen zufrieden wirkender olivgrüner Dämon an. Er war groß, sein Körper mit schwarzen Streifen und rot glühenden Hörnern übersät. Erst auf den zweiten Blick erkannte Áine, dass das Messer, welches aus dem Arm wuchs, aus Knorpelgewebe bestand.

„Den brauchtest du doch nicht mehr, oder?" sagte er grinsend. Er machte einen Schritt vor, bereit sie als Nächstes anzugreifen. In diesem Moment brach es aus ihr heraus. Áine streckte den Rücken, ihre Augen blitzten schwarz auf. Die Banshee in ihr war gewillt, ihren Freund zu rächen.

„Du bist hübsch! Ich wette, deine Eingeweide schmecken besonders gut."

Ihr Ekel war ihr offen anzusehen. Obwohl sie vor Angst zitterte, gewann ihre Wut die Oberhand. Dieser Scheißkerl hatte ihren besten Freund getötet! Auf keinen Fall würde er damit durchkommen! Dank Graeme, der sie immer dazu nötigte, trug sie stets ein Messer bei sich. Besser gesagt, ein Dolch mit Blutdiamanten.

Gefürchtet von allen reinen Dämonen. Und genau das würde ihr jetzt das Leben retten. Eilig ging sie in die Hocke, zog das Messer aus ihrem Knöchelholster hervor. Aber bevor sie auch nur in irgendeiner Weise fähig war zu handeln, tauchte die Klinge einer Machete schlagartig aus dem Bauch des Monsters auf. Das Biest schrie schmerzerfüllt auf, instinktiv machte Áine einen Schritt zurück. Der Dämon fiel in sich zusammen, sowie die Klinge wieder aus seinem Körper gezogen wurde. Die Banshee staunte nicht schlecht.

„Keine Sorge, er kann dir nichts mehr tun." Ein Mädchen, kaum älter als Áine, steckte ihre Machete zufrieden in den Halter zurück, der an ihrem Rücken befestigt war.

Die Unbekannte war hochgewachsen und durchtrainiert. Ihre dunklen Haare lagen streng zusammengebunden an ihrem Kopf. Sie trug kein Make-up und ihre Kleidung wirkte wie die eines Soldaten. Praktisch und unauffällig. Dazu hatte sie einen Handschuh über ihre rechte Hand gezogen. Er bestand aus kleinen silbernen Plättchen. Áine hoffte, dass es kein Eisen war. Als Konvertierte verbrannte Eisen ihre Haut.

„Wer zum Teufel bist du?" fragte die Banshee. Jemand, der es mit einem voll transformierten Dämon aufnahm, konnte nur selbst einer sein ... oder etwa nicht?

„Es ist besser, wenn du es nicht weißt." Die Fremde versuchte zu lächeln, doch wirkte es mehr wie eine Grimasse. „Komm, ich bringe dich hier weg."

Áine schüttelte den Kopf. Im selben Moment dachte sie wieder an Luke und spürte, wie ein leiser Schrei aus ihrer Kehle entweichen wollte. Aber bevor sie weiter darüber nachdenken konnte, passierte schon das nächste Unglück.

„Wie es scheint, stören wir eine Party. Zum Glück ist das Einhorn noch geblieben."

Ein langer Tentakelarm schleuderte Áine entgegen, noch bevor sie realisierte, was vor sich ging. Die Fremde handelte augenblicklich, zog erneut ihre Machete zur Hand und schnitt einmal quer durch den Arm. Dieser wurde abgetrennt und fiel mit einer Art *Plop*-Geräusch auf dem Boden.

„Was geht hier vor?" rief die Fremde.

Áine schüttelte nur den Kopf. Woher sollte sie das wissen? Dass einzige, dessen sie sich bewusst war, war, dass die neuen Angreifer ebenso Dämonen waren.

Die Fremde streckte ihren behandschuhten Arm aus, berührte Áine und wollte sie aus der Gefahrenzone schubsen, da spürte die Banshee einen brennenden Schmerz auf ihrer Haut.

„Ah! Verflucht, was soll das?" Sie fauchte, ihr Arm war rot und zeigte einen Abdruck. Natürlich, wäre ja zu schön gewesen, wenn heute etwas richtig laufen würde! Es war ein verdammter Eisenhandschuh!

Die Fremde riss ihren Kopf um, musterte Áine voller Verachtung. „Du bist ein Dämon!"

Leider schaffte sie es erneut nicht, eine Antwort zu formulieren. Bereits im nächsten Atemzug preschte ein weiterer Tentakelarm hervor. Diesmal traf er die fremde Rächerin am Bauch. Mit einem gezielten Schlag schluderte er sie meterweit, bis sie bewusstlos gegen eine Mülltonne landete und in sich zusammensackte.

„Eisen", erklärte der Tentakeldämon. Die langen, glitschigen Arme brachen aus seinem Rücken hervor. Die Saugnäpfe an seinen Tentakeln waren messerscharf. Ihre Retterin hatte Glück, nicht davon aufgeschlitzt worden zu sein. Ein einzelner Blick genügte jedoch, um zu sehen, dass ihre Kleidung von dem Angriff zerrissen wurde. „Amazonen tragen für gewöhnlich Gegenstände aus Eisen bei sich. So erkennen sie Konvertierte sofort." Er neigte den Kopf. „Nicht, dass es für dich noch einen Unterschied machen wird."

Eine Amazone? Sicher! Klar, warum war sie nicht selbst drauf gekommen. Das Mädchen musste eine Dämonenjägerin sein! Na super, umzingelt von Feinden. Die Leute hatten Recht, wenn sie sagten, dass es nach der Schule bergab gehen würde. Ein Tag raus und schon wurde sie auf eine Kopfgeldliste gesetzt!

Die Kreatur machte einen Schritt vor. Erst jetzt bemerkte Áine zwei weitere Dämonen, die hinter dem Tentakelkerl aus dem Schatten ins Licht traten. Während der Tentakeldämon größtenteils in seiner menschlichen Form blieb und nur eine Menge Arme aus seinem Rücken zu wachsen schienen, tauchten seine Monsterfreunde zur Hälfte transformiert auf. Der eine war dunkelgrau, mit spitzen Zähnen und krabbenähnlichen Scherenhänden. Der andere schimmerte grünbraun. Seine Haut bewegte sich, als krochen kleine Würmer darunter. Áine brauchte nicht so zu tun, als habe sie gegen diese drei irgendeine Chance. Allein der Wurmkerl war nicht kleinzukriegen, weil er seine Körperteile abwerfen konnte. Da ihre Kampfausstattung lediglich aus einem kleinen Messer bestand, sanken ihre Überlebenschancen rapide.

Ihr Blick glitt zu dem Punkt, wo eben der Dorndämon lag. Zu ihrer Überraschung war er verschwunden! Wow, nicht mal der war tot! Super! Was kam als Nächstes? Die Apokalypse?

Áine zückte ihr Messer, hielt es vor sich. Sie merkte, dass ihre Hand zitterte. Ihre beste Chance war der Rückzug, doch musste sie das erst einmal schaffen. „Ich werde nicht kampflos aufgeben."

„Keine Sorge, das haben wir von einem Einhorn auch gar nicht erwartet", erwiderte der Tentakelkerl. Sein Lächeln zeigte zwei spitze Zahnreihen. Daraufhin sprang er ihr entgegen.

Hel, 1936

Aífe hatte kein gutes Gefühl, als sie am Morgen aus dem Bett aufstand. Und je weiter der Tag voranschritt, umso schlechter wurde es. Es lag nicht direkt am Tag per se, dass sie sich komisch fühlte, sondern eher an den Schwingungen, die seit einigen Tagen um sie herumschwirrten.

Wie jeden Morgen wickelte sie ihre gerade erst drei Wochen alte Tochter, stillte sie und legte sie dann gleich wieder schlafen. Áine war ein hübsches Mädchen. Aífe konnte gar nicht aufhören, zu lächeln, wenn sie sie ansah. Sie weinte wenig, dennoch besaß sie eine rigide Bockigkeit, sobald sie etwas haben wollte. Normalerweise hörte sie erst auf zu schreien, sofern man ihr gab, wonach sie lechzte. Ihre Pubertät würde hart werden. Und doch, Aífe konnte ihr Glück kaum fassen.

„Du bist durch und durch mein Schatz", murmelte sie, derweil sie eine leichte Decke über Áines kleinen Körper legte und ihr dann über den weißen Schopf strich. Áine war die perfekte Mischung aus

Cathmor und ihr. Es fühlte sich so unwirklich an, plötzlich Mutter zu sein. Und doch war sie glücklicher als je zuvor.

Sie freute sich darauf, herauszufinden, in welche Richtung sich Áine entwickeln würde. Käme der Dämon oder das Einhorn in ihr zum Vorschein? Vielleicht sogar beides? Sie war nicht das erste Baby, dessen Eltern aus einem Dämon und einem Einhorn bestand. Zwar gab es nicht viele, aber es gab sie. Leider wurden auch sie auf Eoins Jagdliste gesetzt. Mit Erfolg, die Einhornlinie galt so gut wie ausgerottet. Die, die das Einhorn noch in sich trugen, waren oft nicht stark genug, ihre Fähigkeiten hervorzubringen, weshalb es schwierig war, sie zu finden. Hinzu kam, dass nicht jedes Halbeinhorn Siegel verschließen konnte. Selbst bei Áine war sie sich nicht komplett sicher, ob sie dazu fähig sei. Natürlich hoffte Aífe, ihre Tochter könne eines Tages in ihre Fußstapfen treten. Wahrscheinlich müsste sie es sogar. Es war nicht einfach, alle einhundert Jahre die Welt zu retten. Und doch, für manche gehörte es zu ihrem Schicksal.

Sowie sie sicher war, dass Áine schlief, begab sie sich ins Wohnzimmer der kleinen Wohnhöhle und schaltete das Radio ein. Die Nachrichten waren im vollen Gange, als sie ein Klopfen an der Tür hörte.

Nicht viele kannten den geheimen Eingang zur Höhle. Es musste also entweder ein Freund sein ... oder ihre Feinde hatten sie gefunden. „Wer ist da?"

Eine weibliche Stimme antwortete. „Elyson."

Das Gefühl der Besorgnis nahm ein wenig ab, sobald ihr klar wurde, wer vor der Tür stand. Elyson gehörte zum Teil ihrer Gruppe und mit Sicherheit käme sie nicht her, um ihr zu schaden.

Sie lernten Elyson vor etwa einem Jahr kennen. Sie war eine Konvertierte, die behauptete, ein Einhorn in sich zu tragen. Es war verwaschen, wie sie ihnen mitteilte, dennoch sollten ihre Urahnen in der Walkürenarmee gekämpft haben. Es war ein Wunder, dass sie noch lebte, schließlich versuchte Harlow alles zu töten, was auch nur nach Einhorn aussah.

Aífe öffnete die Tür. „Elyson! Wie reizend, dass du uns besuchst", sagte sie.

„Ist Graeme da?" Elyson war eine große, schlanke Frau mit roten Haaren und grünen Augen. Sie überragte Aífe um einen ganzen Kopf.

„Er ist oben. Er war die gesamte Nacht mit Áine wach. Ich übernehme die Tagesschicht."

Elyson nickte. Etwas unhöflich drängte sie sich an ihr vorbei. Sie studierte ihre Umgebung genau – als ob sie sicher sein wollte, dass niemand sie stören könnte. „Ich habe Neuigkeiten", sagte sie.

Aífe verschränkte die Arme vor der Brust. „Neuigkeiten?"

Die andere Frau nickte knapp. „Ich habe endlich eine Spur gefunden. Zur Dämonenbibel."

Aífe schien ihren Ohren nicht zu trauen. Die Dämonenbibel?! Sie suchte seit Jahrhunderten nach einer Ausgabe dieses Buches. Die mächtigsten Zaubersprüche ... und vor allem der Transformierungszauber, der die magischen Wesen einst in Dämonen verwandelt hatte, sollten darin verzeichnet stehen. Das Auffinden wäre ein echter Vorteil für sie. „Bist du dir wirklich sicher, dass es das Buch ist?" fragte sie.

„Bislang gibt es keinen Grund, von etwas anderem auszugehen."
„Wo ist es?"

„Das ist der Spaß an der Geschichte. Harlow hat es so offensichtlich versteckt, dass man nie danach suchen würde."

Das klang interessant. „Wo?"

„Im Baum des Lebens."

Aífe stutzte verdutzt. Der Baum des Lebens war eher eine Metapher als ein reales Konstrukt. Alle Pflanzen, Bäume, Blumen und Pilze waren miteinander verbunden. Und alle sollten aus dem Baum des Lebens entstanden sein und sich danach auf der Welt verbreitet haben. Der Baum des Lebens befand sich in der Anderswelt und seine Wurzeln reichten bis in die Dieswelt. Früher galt er als Verbindungsweg der Fae zwischen ihrer, der göttlichen und der weltlichen Welt. Aber seit der Konvertierung war es ihnen nicht mehr möglich, in die Anderswelt zu gelangen.

Es gab in jeder Stadt Bäume, die aus den direkten Wurzeln des Urbaums stammten. Auch in Hel. Der älteste Baum in Hel besaß ein großes Loch, dass etwa zwei Meter über der Erde ragte. Dort gab es ein geheimes Portal in die Anderswelt. Aber nur Aífe und ihre engsten Vertrauten wussten darüber Bescheid. Der Stamm wurde von einer Mischung von Pilzen und Blumen eingekreist. Dies nannte man Feenkreis. Er diente als Schutz vor Mensch und Dämon, die fürchterliche Strafen erhielten, betraten sie diesen Zirkel. Allein magischen Wesen war es erlaubt, den Ring zu betreten. Ergo, blieb bloß noch Aífe die Möglichkeit dazu. Aífe – und nun auch Áine. Hoffte sie zumindest. „Du meinst den Baum im Feenkreis?" hakte sie nach.

„Nenn es wie du willst. Offiziell heißt er Baum des Lebens."

„Wie hat Eoin das Buch in den Baum bekommen?"

Elyson zuckte mit den Schultern. „Vielleicht hat er einen Menschen gefragt."

„Menschen sterben, wenn sie den Kreis länger als ein paar Sekunden betreten."

„Ich glaube, es ist ihm ziemlich egal, was mit den Menschen passiert, oder nicht?"

Nun, da hatte sie recht. Theoretisch hätte er sogar eins seiner Menschenopfer fragen können. Bei ihnen war es egal, ob sie starben. Elyson schien die Wahrheit zu sagen. Aífe sah keine Anzeichen für eine Lüge in ihren Augen. Dazu würde es erklären, warum man davon ausging, dass sich Eoin in den letzten Jahren des Öfteren in Hel aufhielt. Es war das perfekte Versteck, denn Aífe würde niemals im Baum des Lebens nach dem Buch suchen.

„Ich muss sofort zu dem Baum. Ich muss herausfinden, ob die Dämonenbibel dort ist." Sie wollte bereits aufbrechen, da fiel ihr Áine ein. „Einen Moment, ich bringe die Kleine eben zu Cath."

„Du möchtest ihn aufwecken?" Klang Elyson etwa alarmiert? Ach was, wahrscheinlich bildete Aífe sich das nur ein.

„Ich bringe das Kind zu ihm hoch. Ich wecke ihn nicht. Ich lege ihm eine kleine Nachricht aufs Kissen. Nur damit er sich keine Sorgen macht."

Sowie dies geschehen war, brachen die beiden Frauen sofort auf.

Sie legten einen Fußweg von ungefähr fünfzehn Minuten zurück, bis sie den Baum des Lebens erreichten. Die gesamte Zeit sprachen beide Frauen kaum ein Wort miteinander. Würden sie tatsächlich die Dämonenbibel finden ... Aífe hätte damit die volle Macht auf ihrer Seite. Mit etwas Glück schaffte sie es sogar, Eoin zu zerstören.

In diesem Buch gab es eine Menge Zaubersprüche, die ihr zeigten, wie sie den Dämon vernichten konnte. Das würde das Spiel für immer verändern.

Weil der Frühling in voller Blüte stand, konnte man bereits die ersten Knospen an dem Baum sehen. Aber Aífe hatte nur eines im Blick: Das große Loch im Stamm des Lebensbaums. Sie betrat den Feenkreis ohne Probleme. Daraufhin kletterte sie am Stamm hoch, um ihre Hand ins Loch zu stecken.

Und tatsächlich! Aífes Herz pochte wild vor ihre Rippen! Sie spürte es! Sie spürte den ledernen Einband unter ihren Fingern. Ungeduldig holte sie das Buch hervor. Wie erwartet bestand die Hülle aus alter, vergorener Dämonenhaut. Es war schwer und sie schätzte, dass es mindestens zweitausend Seiten beinhalten musste.

Sie lachte. „Das ist es! Elyson! Ich fasse es nicht! Wie hast du es überhaupt herausgefunden? Ich meine, weißt du, was wir jetzt für einen Vorteil Eoin gegenüber haben?"

„Es freut mich, dass du glücklich bist", meinte sie.

„Also, woher weißt du es?" Sie schaute sich das Buch genauer an. Sie spürte seine Macht allein, wenn sie es in ihrer Hand hielt. Es musste einfach das Original sein!

„Sie hat den Tipp von mir."

In binnen von einer Millisekunde veränderte sich die Situation zu ihrem Nachteil. Bevor Aífe auch nur reagieren konnte, spürte sie, wie sich zwei starke Arme um ihren Körper schlangen. Das schwere Buch fiel aus ihren Händen, direkt auf den Boden. Der Dämon hielt derweil ihre Arme wie in einem Klammergriff und als sie mit ihren Füßen um sich treten wollte, umfassten zwei starke Tentakelarme diese. Ein schneidender Schmerz durchfuhr ihre Knöchel. Der verfluchte Tintenfisch hatte Messer an seinen Saugnäpfen. Und diese benutzte er.

Sie hob den Kopf und sah in die Augen Eoin Harlows. Breit grinsend hielt er ein langes Messer mit Perlmuttgriff in der Hand. Die Klinge bestand aus dem Horn eines Einhorns. Die einzige Waffe, die ein Einhorn zu töten vermochte.

Sie schluckte hart. In diesem Moment wusste sie, heute würde sie sterben. Sie würde ihre Tochter nie wieder sehen. Würde Cath nie wieder sehen! Es war vorbei. Alles war vorbei. Mit ihrem Tod stürbe die direkte Linie der Einhörner aus. Und damit vielleicht auch die Menschheit. Denn in nur sechzig Jahren stand die nächste Apokalypse an. Und wer wusste, ob es Áine so lange schaffte zu überleben oder überhaupt fähig war, ein Siegel zu verschließen.

Es tut mir so leid, ihr beiden! Ich habe euch im Stich gelassen!

„Ich hätte nicht gedacht, dass es die Gier nach dem Buch sein wird, die dich an den Abgrund bringt. Aber na ja, Gier ist so eine Sache, was?" Harlow zuckte mit den Schultern. „Du fragst dich sicher, wer dir die Ehre geben wird, was? Mit welchem Horn werde ich dich aufspießen? Ich glaube, der Name Artemis wird dir etwas sagen."

Artemis? Sie biss sich auf die Zunge. Artemis und sie waren für lange Zeit die beiden letzten Einhörner auf Erden. Sie war ihre beste Freundin, bedeutete ihr die Welt! Und nun folgte Aífe ihr in den Tod, stürbe durch ihr Horn.

Aífes Blick glitt zu Elyson. Sie konnte nicht glauben, dass sie sie verriet. Einer Konvertierten, der sie vertraut hatte. „Warum?"

Diese zuckte mit den Schultern. „Er hatte die besseren Argumente."

Harlow lachte. „Es hat mich eine Menge Geld gekostet. Aber jetzt bin ich dort, wo ich immer sein wollte. Ich habe das letzte Einhorn in meiner Gewalt." Er trat zu ihr, strich ihr mit der Messerspitze über den Bauch. „Ich habe gehört, du seiest guter Hoffnung."

Dachte er etwa, sie sei ... ja, das dachte er! Er dachte, dass sie schwanger war. Das hieß, dass er von Áine wusste. Nur nicht, ob sie bereits geboren wurde. „Halt dein dreckiges Mundwerk!" sagte sie, spuckte ihm direkt ins Gesicht.

Harlow lachte bloß. „Damit machst du mich nicht wütend. Nicht heute." Unachtsam wischte er sich ihre Spucke von der Wange. „Elyson? Ist sie schwanger?"

Oh Gott! Elyson würde sie verraten. Sie würde ihm von Áine erzählen. Und dann? Dann würde er sie jagen! Und sie töten! Ihr kleines Baby!

„Elyson! Ich rede mit dir. Ist sie schwanger?!" Eoin schaute die Verräterin drohend an.

Zu Aífes riesengroßer Überraschung nickte sie. Warum log Elyson? Welchen Plan verfolgte sie? Beschützte sie ihr kleines Mädchen oder hatte sie selbst etwas mit ihr vor? „Ja, äh, sie ist schwanger."

„Ich bin also noch nicht zu spät, was?" Er lachte. Daraufhin stieß er ihr mit voller Wucht das Messer in den Bauch. Er stach dreimal zu, bis er die Waffe wieder aus ihr herauszog. Aífe schrie vor Schmerzen auf. Harlow hingegen packte ihr Kinn, und zwang sie, ihn anzusehen, während er ihr Blut von der Klinge leckte.

„Ist dir eigentlich bewusst, wie mächtig Einhornblut ist?" fragte er. „Je mehr ich davon trinke, umso stärker werde ich. Und die

Legende besagt sogar, wenn man das Blut des letzten Einhorns trinkt, ist es möglich Unsterblichkeit zu erreichen!" Er verzog das Gesicht zu einer Grimasse. „Heute werde ich dein Blut trinken, Aífe. Und das deines ungeborenen Babys. Und dann werde ich unsterblich sein. Niemand wird mich dann mehr aufhalten können, das Portal zu öffnen." Er stach das Messer erneut in sie, drehte es in ihrem Bauch.

Aífe schrie. Der Schmerz war kaum auszuhalten. Trotzdem presste sie zwischen zusammengebissenen Zähnen hervor: „Cathmor-"

„Cathmor wird überhaupt nichts, meine Hübsche. Jetzt hast du genug geschnattert! Ich habe Durst. Es war mir eine Ehre, Aífe. Aber irgendwann müssen wir alle abtreten. Nun, *ihr* alle."

Aífe schnaubte. „Dir ist klar, dass du damit die Prophezeiung änderst, nicht wahr? Du änderst damit zum ersten Mal die Vorgehensweise. Das Schicksal."

Harlow lächelte, entblößte spitze Zähne. „Nur leider gibt es dann niemanden mehr, der mich aufhalten wird." Brutal zog er ihr den Dolch aus dem Magen, daraufhin fuhr er mit der Klinge ihren Körper hoch, bis er auf ihrer rechten Torsoseite Halt machte. Dort, wo alle Einhornherzen schlugen. „Ein paar letzte Worte?" fragte er.

Blut sickerte aus ihrem Mund. Angewidert spuckte sie Eoin ein weiteres Mal an. „Fahr zur Hölle!"

Er lachte. „Liebend gern."

Sterben dauerte nicht lange. Die Art und Weise war schmerzhaft. Als Harlow ihr das Horn des Einhorns in ihr Herz rammte, spürte sie einen Schmerz wie nie zuvor. Er pumpte durch ihren ganzen

Körper, ließ sie aufbäumen. Sie biss ihre Zähne fest zusammen, bis glaubte, sie würden zerplatzen.

Danach gab es nur noch Frieden.

Elyson zeigte ihr die Dämonenbibel? Cathmor konnte kaum fassen, was er las, als er aufwachte. Aíne wurde unruhig und er erwachte aus einem traumlosen Schlaf. Zuerst war er leicht verwirrt, seine Tochter neben ihm auf dem Bett vorzufinden, dann aber entdeckte er die Nachricht seiner Frau.

Wie konnte Aífe einfach alleine mit Elyson zum Baum des Lebens laufen?! Herrje, Harlow könnte überall lauern und sie angreifen. Er war so wütend auf seine Frau! Also beschloss er kurzerhand, ihr zu folgen. Nur wohin mit Aíne?

„Ach verdammt, Aífe!" stieß er zornig aus. Und dann behaupte sie immer, er sei stur! Erbost rannte die Wendeltreppe der Wohnhöhle herunter, als er es an der Tür klopfen hörte. „Wer ist da?" fragte er.

Keine Antwort.

Um ganz sicherzugehen, brachte er Aíne zurück in ihr Bett, erst dann machte er die Tür auf. Bewaffnet mit einer Machete.

Keiner stand davor.

Dachte er zunächst. Doch sowie sein Blick den Boden schweifte, konnte er nicht anders, als einen lauten, herzzerreißenden Schrei loszulassen.

Der regungslose Leib seiner Frau lag auf der Erde. Ihr Körper übersät mit Stichwunden. Ihre Augen waren weit aufgerissen, doch leblos. Auf ihrer Stirn prangte ein großes, blutiges Loch. Ihr Horn! Der Mistkerl hatte ihr Horn gestohlen! „Aífe!"

Seine Stimme klang unwirklich. Schluchzend glitte er zu Boden, zog sie in seine Arme und wiegte sie. Immer in der Hoffnung, sie würde aufwachen. Der Schmerz, der ihr Tod in ihm auslöste, war beinahe unerträglich. Er fühlte sich hilflos, wütend und so verdammt schwach zugleich. „Bitte, Aífe! Bitte!" rief er. Hielt sie eng an sich gepresst.

Doch es war zu spät. Ihre Seele hatte ihren Körper längst verlassen. Es gab kein Zurück mehr. Sie war fort. Tot. Und Harlow musste ihr Mörder sein. In diesem Moment schwor sich Cathmor: Er würde den Scheißkerl dafür büßen lassen! Und wenn es das Letzte wäre, was er täte.

5

Gegenwart

Aine benutzte ihr Messer, doch der Angreifer schlug es ihr mit einer seiner Tentakelarme aus der Hand. Klirrend fiel das Stück Metall auf den Boden. Dennoch sie gab nicht auf. Als eine seiner langen Arme sich um ihre Taille schlang, biss sie mit aller Kraft hinein. Sie keuchte schmerzerfüllt auf, sobald sie die Stiche rund um ihre Taille wahrnahm, die seine Tentakeln hinterließen. Trotzdem verursachte sie ihm mit ihrem Biss ebenso welche.

Ihr Angreifer schrie auf, lockerte den Griff, sodass sie mit einem harten Wums auf dem Boden knallte. Sofort rollte sie sich ab, schnappte sich das erstbeste, was sie finden konnte – den Deckel eines Mülleimers und schleuderte diesen direkt ins Gesicht des Dämons.

Er wich zurück, rückte zum Gegenschlag aus, indem er erneut versuchte, sie mit einem seiner langen Arme zu ergreifen, doch Áine erreichte endlich ihr Messer und schnitt mit der Klinge in einen der Arme hinein. Eine Feuerwalze kletterte von dem Einschnitt bis hin zu seinem Rücken.

„Du verdammte Schlampe!" Ihr Angreifer schrie unter Schmerzen.

Einer seiner Arme war verbrannt, fiel verkohlt von seinem Rücken ab. Der Rest von ihm ... unverletzt.

„Wie?" Warum brach er nicht in Feuer aus?

„Ich kann sie abwerfen bevor das Feuer meinen Körper erreicht, Miststück!"

Er machte erneut einen Schritt auf sie zu, als im selben Moment das Unmögliche geschah. Zuerst zischte die erste Stichflamme hoch, dann die zweite. Von der plötzlichen Unterbrechung überrascht drehte sich der Angreifer um. Seine Männer waren in Flammen aufgegangen. Bei ihnen wirkten die Blutdiamanten sofort.

Áine atmete vor Erleichterung auf. Graeme hatte sie gefunden! Und mit ihm eins seiner Schwerter.

„Cathmor?!"

Áine runzelte die Stirn. Warum nannte der Kerl Graeme Cathmor? War das einer seiner ehemaligen Namen? Kannte er ihn aus der Vergangenheit? Áine für einen Moment vergessen, attackierte der Tentakeldämon Graeme. Zwei seiner Arme schossen hervor, doch Graeme schnitt sie brutal ab. Erneut wanderte das Feuer seine

Tentakel wie bei einer Lunte entlang, bis sie verkohlt aus seinem Rücken abfielen.

Áine wollte die Gunst der Stunde nutzen und dem Kerl das Messer direkt in den ihr zugewandten Rückseite stechen, da begann Graemes Transformation. In binnen von Sekunden wuchs er über drei Meter hinaus. Seine Kleidung platzte. Gleichzeitig schwollen seine Arme an, die Haut wurde haariger, bis sich ein leichter Flaum über seinem Körper verteilte. Seine Muskeln wuchsen, spannten sich an. Die grünen Augen wechselten zu gelb, und seine Hände verwandelten sich in mächtige, kräftige Pranken. Von Rage gepackt griff einer seiner Klauen den Tentakeldämon am Hals. Mit einem tiefen Grölen, was seiner Kehle entsprang, warf er Áines Angreifer voller Wucht vor die nächste Steinwand. Dieser ließ einen undeutlichen Laut von sich. Leichte Panik stand in seinen Augen.

„Wo ist er, Filidor?!" Seine Frage klang wie ein Grölen, doch war unmissverständlich. „Wie habt ihr ihn zurückgeholt?"

Filidor, wie der Knabe anscheinend hieß, antwortete nicht. Im Gegenteil, lieber schlängelte sich einer seiner Arme um Graemes Bärenkörper, bis er ihn voller Wut gegen sein Auge schlug.

Graeme schrie auf, lockerte seinen Griff kurzerhand. Diese Chance ließ Filidor nicht verstreichen und trat augenblicklich zum Rückzug an. Zunächst verfolgte ihn Graeme für einige Meter. Áine blieb zurück. Ihr war nicht wirklich bewusst, was da gerade geschehen war. Instinktiv wusste sie jedoch, dass es auf keinen Fall ein zufälliges Ereignis gewesen sein konnte.

Ihr Bauch schmerzte, dort wo die Tentakel ihren Spuren hinterlassen hatten. Doch sie war sicher, die Wunden würden heilen. Sie drehte ihren Kopf. Genau wie der Dorndämon, war auch ihre fremde Retterin mittlerweile verschwunden. Wer allerdings weiterhin regungslos auf dem Boden lag, war Luke. Tränen traten in ihre Augen. Nun, wo der Angriff vorbei war, überwältige sie die Welle der Trauer. „Oh Luke!"

Schluchzend setzte sie sich zu ihm auf den Boden. Legte seinen leblosen Kopf in ihren Schoß. Die Todesenergie um ihn herum war deutlich sichtbar. Seine Aura war schwarz und um seine Augen sah sie bereits den weißen Hauch seiner Seele aufsteigen.

„Es tut mir so leid, Luke!" sagte sie, während Tränen aus ihren Augen liefen. Der Trauerschrei der Banshee bahnte sich seinen Weg. Es war ein langer, ohrenbetäubender Schrei, der die gesamte Trauer in ihr widerspiegelte.

„Bist du okay?!" Graeme, von der Verfolgungsjagd außer Atem, kehrte eilig zurück. Sanft legte er ihr die Hand auf die Schulter, sowie ihr Schrei versiegte. Mittlerweile hatte er seine menschliche Form wieder angenommen, aber seine Kleider waren von der Transformation zerfetzt. Er kniff eines seiner Augen zu, dort wo der Dämon ihn verletzt hatte. Dennoch schien er mehr mit einem Schreck als einer Wunde davongekommen zu sein. Graemes Blick glitt zu dem Toten Luke in ihren Armen. Er seufzte schwer.

„Ist dieser Tentakelkerl tot?" fragte Áine. Ihr Schrei versiegte.

Graeme schüttelte den Kopf. Strich ihr sanft über die Wange. „Nein. Er ist entkommen."

„Wer war er? Warum hat er dich Cathmor genannt?"

Der Berserker kniete sich neben sie auf den Boden, beantwortete ihre Frage jedoch nicht. „Es tut mir leid, Áine."

„Graeme?"

„Lass uns zuhause darüber sprechen."

Áine nickte stumm. Zärtlich streichelte sie Luke über den Kopf. Die Tränen wollten überhaupt nicht mehr versiegen, als das Unfassbare geschah. Lukes Seele, die seinen Körper eigentlich längst entwichen war, sank erneut in ihn hinein. Genau wie seine Aura. Gerade noch strahlte sie dunkel wie der Tod, so nahm sie nun einen preußischblauen Ton an. Áine zuckte zusammen. Auch Graeme schien die Veränderung zu bemerken.

„Was siehst du?"

„Er ... er war tot, Graeme! Er war tot und nun ... ich ... ich ... ich glaube, er...!" Sie lachte erstickt. „Graeme, er kommt wieder zu sich!"

Glücklich strahlte sie ihn an. Bemerkte nicht einmal, wie erstarrt ihr Pflegevater vor ihr saß.

„Was ...?" Lukes Lider fingen an zu zucken. Schmerzerfüllt verzog er das Gesicht. „Was ist passiert?"

„Erinnerst du dich? Luke?!" Áine lachte voller Erleichterung. „Luke?"

„Sind wir noch in der Schule?"

„Nein. Aber ... keine Sorge, jetzt wird alles gut."

Und während Áine ihr Glück kaum fassen konnte, saß Graeme neben ihr, unfähig sich zu bewegen. Denn wenn er eines wusste, dann war es, dass das Unfassbare erneut begonnen hatte. Etwas, was eigentlich nicht mehr hätte passieren dürfen. Die Apokalypse stand ihnen in wenigen Stunden bevor. Und sie waren nicht im Geringsten vorbereitet.

1936

Sein Leben glich einem Scherbenhaufen. Es waren erst wenige Tage vergangen, seitdem Eoin Harlow seine Seelenverwandte getötet und damit seine neugeborene Tochter zu einer Halbwaise gemacht hatte und doch fühlte es sich wie eine Ewigkeit an. Er konnte den Schmerz kaum in Worte fassen, der dieser Verlust in ihm auslöste. Seine Trauer lähmte ihn komplett. Seit Tagen fühlte er sich wie in einem Traum gefangen. Zwar halfen ihm seine Freunde in dieser schweren Zeit, wirklich besser fühlt er sich trotzdem nicht. Es wunderte Cathmor daher nicht, dass sie hinter seinem Rücken über seinen fragilen Zustand sprachen. Nur zufällig belauschte er eines Tages ein Gespräch zwischen Banu und Oona. Normalerweise vertraute er beiden Frauen sein Leben an. An ihrer Loyalität gab es keinen Zweifel. Und doch schienen sie mittlerweile einen Plan zu verfolgen, der ihm den Boden unter den Füßen wegreißen würde.

Nach Aífes Tod kümmerte sich Oona um seine kleine Tochter. Deshalb wohnte sie übergangsweise bei ihm. Besagtes Baby hielt sie schützend in ihren Armen, als sie mit Banu über die Zukunft redete. Sie glaubten, er schliefe, doch in Wahrheit schlief er seit Aífes Tod nicht mehr.

„Harlow weiß etwas. Es gibt Gerüchte, dass er eventuell von einem neuen Halbeinhorn gehört hätte. Bisher weiß er noch nicht, wer das letzte Einhorn ist, aber er wird es bald herausfinden." Banu spielte nervös mit den Händen. „Was, wenn er etwas von Áine mitbekommen hat? Sie ist das letzte Halbeinhorn. Das nächstbeste zum Vollblut."

„Kaum einer weiß von ihr, Banu."

„Nun, wir können Elyson nicht vertrauen, nicht wahr? Wer weiß, was sie ihm noch alles erzählt hat, bevor sie Aífe in die Falle lockte. Wir können uns nicht sicher sein, dass er nicht von Áine weiß. Es könnte sich nur noch um Stunden handeln, bis er eine neue Spur findet, die ihn zu ihr führt. Irgendwie wird er einen Weg finden, die Wahrheit zu erfahren. Wir befinden uns in großer Gefahr. Das Baby ist in Gefahr. Er weiß, wo Cath wohnt, herrje!"

Das schien Oona zu überzeugen. Man konnte sehen, wie sie mit sich kämpfte. „Und was gedenkst du zu tun, Banu?"

Ihr Gegenüber biss sich auf die Lippen, daraufhin beugte sie sich gen Sanddämon. „Das weißt du. Sie hat es uns gesagt. Es war ihr Notfallplan und diesen müssen wir umsetzen."

Der Notfallplan! Cathmor schluckte hart. Diesen Plan wollte er eigentlich auf keinen Fall in Kraft treten lassen! Und doch, wirklich Unrecht hatten die beiden Frauen nicht. Alles in ihm sträubte sich. Egal, wie sehr er versuchte, Banu und Oona in diesem Moment zu hassen, so wusste er, dass sie recht hatten. Irgendwie musste Harlow von seinem kleinen Mädchen erfahren haben. Und herrje, er würde nicht aufhören, bis er sie endlich fände und tötete.

Cathmor stand vor der schwersten Entscheidung seines bisherigen Lebens. Dass ihm aber zum zweiten Mal in so kurzer Zeit das Herz gebrochen wurde, überstieg alles bislang Dagewesene. Er wollte sein kleines Baby nicht verlieren. Trotzdem war es der einzig richtige Entschluss. Er musste den Schutz seiner Tochter über seine Bedürfnisse stellen. Harlow durfte nicht auch noch ihr Leben nehmen. Niemand konnte ahnen, wie viel Harlow über Áine wusste. Elyson war zu lange Teil der Gruppe gewesen, so dass sie Cathmors

Erzfeind eine Menge nützlicher Informationen hätte zukommen lassen können. Ihr Verrat war groß genug, warum sollte sie Áines Existenz außen vor lassen? Ihnen könnten bloß noch Stunden bleiben, bis Harlow auch an sie Hand legte. Ein kleines, schutzloses Baby ... wie könnte es sich wehren?

Zusammen mit Oona, Banu und seinem besten Freund Alejo begaben sie sich nur wenige Tage nach dem folgenschweren Gespräch in den nächstgelegenen Wald. Dort suchten sie den höchsten Punkt einer Lichtung. Ihr erster Blick galt einem großen Baum, der bereits tausend Jahre auf dieser Erde weilte. Die Äste schmückten saftige, grüne Blätter und doch färbten sich einzelne von ihnen langsam gelb. Der Herbst stand so gut wie in den Startlöchern.

„Ist er das?" fragte Cathmor. In seinen Armen hielt er seine Tochter eng umschlungen. Er hoffte, dass Harlows Schergen ihm nicht gefolgt waren, betete, dass Alejos Schutzzauber ihnen wenigstens Zeit für einen Abschied ließ. Um den dicken Baumstamm herum ringelte sich ein Kreis, bestehend aus Pilzen und Blumen. Ein Feenring, wie man ihn nannte. Seine Wurzeln verbanden die gesamte Welt und sollte sogar bis in die Anderswelten reichen. Sie waren eines der letzten Überbleibsel aus einer Zeit voller Magie. Bevor die Dunkelheit alles dämonisierte.

Oona machte einen Schritt vor. „Wir dürfen den Kreis nicht betreten, aber gemäß Aífes Erzählungen, muss er es sein."

Cathmor biss sich auf die Lippen. „Ich bin mir unsicher. In ihr steckt auch ein Dämon. Und Dämonen ist es untersagt, einen Feenring zu nutzen." Die Sorge stand ihm ins Gesicht geschrieben.

Banu legte ihm eine Hand auf die Schulter. „Ich verstehe deine Furcht, Cath, aber Aífe hat uns versichert, dass es klappen wird. Sie wird eure Kleine keiner unnötigen Gefahr aussetzen. Und sobald Harlow tot ist, können wir sie zurückholen. Hier ist sie sicher. Hier altert sie nicht. Wenn du sie wieder hast, wird sie genauso aussehen wie jetzt. Du wirst keinen Tag ihres Lebens verpassen."

Obschon ihm bewusst war, dass Banu Recht hatte, so fiel es ihm dennoch nicht leichter, seine einzige Tochter abzugeben. „Ich liebe dich, meine Kleine. Ich hole dich bald ab", versprach er ihr. Ein letztes Mal küsste er sie auf die Wange. Daraufhin übergab er sie dem Baum. Er achtete darauf, den Kreis nicht zu betreten. Er hielt seine Arme gen Baum, sodass sein kleines Mädchen glucksend die Händchen ausstreckte, um den Stamm zu berühren.

Allein der Kontakt ihrer winzigen Hand mit dem Baumstamm ließ grelles, weißes Licht aus der Rinde erstrahlen. Der Lichtschein begann an den Wurzeln des Baumes und wanderte nach oben, bis es die Krone erhellte. Das herausbrechende Licht schien so grell, dass Cathmor seinen Kopf abwenden musste. Im ersten Moment hielt er seine Tochter in den Händen, im nächsten Augenblick verschluckte sie der Baum. Und mit ihr verschwand alles, was Cathmor im Leben noch heilig war.

Jetzt half ihm nur die Hoffnung.

6

Gegenwart

Wie um alles in der Welt konnte das passieren?! Er war so dumm gewesen! Man hatte ihm vor Jahren versichert, Harlow sei gestorben und er hatte es geglaubt! Einfach so! Dabei hätte er diese Geschichte nicht einfach für bare Münze nehmen dürfen, stattdessen hätte er sich mit eigenen Augen davon überzeugen müssen! Natürlich spielte Harlow ihnen seinen Tod vor. Denn so verlor er mit einem Schlag all seine Feinde! Und es gab auch keine Einhörner mehr, die ihn ausfindig machen konnten! Ergo waren alle seiner Spuren verwischt. Verdammt! Warum hatte er nicht selbst nach ihm gesucht?! Der Grund dahinter war simpel: Er *wollte* glauben, dass sein Erzfeind tot war. Denn so hatte er die Möglichkeit erhalten, endlich Kontakt zu ihr aufzunehmen! Hätte er Harlows Tod nicht geglaubt, wäre er niemals an Áine herangetreten.

Graeme seufzte. Seine Gründe waren nebensächlich. Plötzlich schien alles nebensächlich, denn eine viel größere Gefahr lauerte hinter dieser neuen Erkenntnis. Mit Harlows Auftauchen und der fatalen Jahreszahl im Nacken, konnte es nur eines heißen: Harlow plante eine erneute Höllenfahrt! Und dies bedeutete, dass lediglich ein Einhorn es schaffte, ihn aufzuhalten. Ein Einhorn ... ergo, ein Wesen, dass es nicht mehr gab. Im Umkehrschluss besagte es, dass das zweitbeste zu einem Vollbluteinhorn nun ein halbes war. Und dies ließ nur auf eine Person schließen. Graeme schluckte hart. Der Tag, den er seit so vielen Jahren fürchtete, stand bevor. Áine musste die Wahrheit erfahren. Ihre Vergangenheit, ihre Herkunft. Alles. Leider bedeutete dies ebenso, dass er ihr gestehen müsse, sie fünf Jahre lang belogen zu haben.

Áine ahnte noch nicht, dass in drei Tagen die Apokalypse bevorstünde. Und überdies, dass sie dafür auserkoren wurde, diese aufzuhalten. Allein. Große Güte, und das war nicht einmal das einzige, womit sie im Dunkeln tappte. Wie zum Teufel, konnte er ihr all seine Geheimnisse verraten, ohne dass sie ihn für immer verabscheute? Und die Geheimniskrämerei, die sie betraf, war längst nicht die Spitze des Eisbergs! Ganz im Gegenteil, ihr bester Freund Luke wurde ebenso in die Geschichte hineingezogen!

Es war für Graeme mehr als offensichtlich, was heute Nachmittag mit dem Jungen geschah. Er stand von den Toten auf! Und zwar ohne jegliche Erinnerung. Bislang hatte Graeme dieses Phänomen nur einmal gesehen: Kurz vor der letzten Höllenfahrt, als Aífe und er das Menschenopfer fanden. Damals, als sein Name noch Cathmor lautete und er glaubte, mit Aífe sein Leben verbringen zu können.

Dass Luke die Opfergabe war, brachte ihn vollends aus dem Konzept. Er war die ganze Zeit so nah bei ihnen und doch hatte er nie bemerkt, dass der Junge Harlows Blut in sich trug! Graeme schluckte hart. Das Opfer selbst zu kennen, machte alles nur schwerer. Gerade für Áine. Wie sollte er ihr klar machen, dass ihr bester Freund dem Tode geweiht war? Wie sollte er ihr überhaupt etwas erklären? Dazu kam, würde sie ihm glauben? Alles passte zusammen. Wodurch sein jahrelang sorgfältig aufgebautes Kartenhaus in Sekunden in sich zusammenbrach. Über Jahre hinweg belog er sie, er habe sie nur bei sich aufgenommen, weil sie niemanden hätte, der ihr beibrächte, ein Dämon zu sein. Pah! Pustekuchen.

Sie würde ihn hassen.

Auf dem Heimweg blieb Graeme größtenteils still und in seinen eigenen Gedanken versunken. Nachdem Luke wieder zu sich gekommen war, packte Graeme Áine und ihn eilig ins Auto, um nach Hause zu fahren. Áine saß neben ihm auf dem Beifahrersitz, derweil Luke auf dem Rücksitz schlief. Wie erwartet, erinnerte sich der Junge nicht an seinen Tod, sondern fühlte sich mehr oder minder erschlagen. Áine löcherte in der Zwischenzeit Graeme mit Fragen, was überhaupt geschehen sei.

„Gehörte der Dorndämon zu ihnen?" Mit *Ihnen* meinte Áine ihre Angreifer.

„Ich denke nicht", erwiderte Graeme. Der Dorndämon gehörte eher zu einer gemeinen Fügung des Schicksals. Es sah nicht so aus, als sei er von Harlow geschickt. Graeme seufzte. War Lukes Tod etwa ein Wink des Schicksals? Aífe bekam stets Visionen und Träume, kurz vor der Höllenfahrt. Könnte das Schicksal Áine mit ihren Banshee-Kräften auf das Ereignis vorbereiten wollen? Oder sah er die Sache zu kompliziert?

„Und diese Fremde mit dem Handschuh?"

Das war simpel. „Eine Amazone."

Sie nickte. „Eine Dämonenjägerin, genau wie ich gedacht habe. Und wie dieser Filidor es gesagt hat." Er erwiderte nichts, weshalb Áine die Stirn runzelte. „Graeme, ich mache mir Sorgen um dich. Alles okay?"

Er nickte knapp. Er wusste, seine Einsilbigkeit war nicht hilfreich, doch seine Gedanken beschäftigten ihn momentan zu sehr. Wie sollte er mit der Tür ins Haus fallen, ohne ihren geballten Hass abzubekommen?

„Warum nannte er dich Cathmor? Dieser Filidor?"

Graeme seufzte. Auf diese Frage wartete er bereits. „So hieß ich bis vor ein paar Jahren. Damals, im Kampf gegen Harlow."

„Oh." Áine verstand. „Du meinst den Kerl, der längst unter der Erde verroten sollte."

„Er sollte, ja. Aber ... aber er ist es nicht. Filidor würde niemals alleine ... ich ... hör zu, ich verspreche dir, dass ich dir alle Antworten geben werde. Nur nicht jetzt. Ich brauche Zeit zum Nachdenken."

Sie nickte. „Gut, denk nach. Aber ich würde dennoch gerne erfahren, warum er mich ein Einhorn nannte."

„Okay." Seine Stimme klang rau. Diese Erklärung würde ihr Leben auf den Kopf stellen.

Den Tag ihres Schulabschlusses hatte Áine zugegebenermaßen anders geplant. Nie im Leben wäre sie davon ausgegangen, von einer Horde Dämonen beinahe umgebracht zu werden. Und doch war sie wenigstens froh, am Ende ihren besten Freund nicht verloren zu haben. Lukes Tod und der darauffolgende Angriff erschütterten sie bis ins Mark. Und dass dieser nun wieder auferstanden war ... diese Tatsache verwirrte sie ungemein, obgleich sie keinen Grund sah, ihre Freude darüber zu verbergen.

Nichtsdestotrotz schwirrten ihre Gedanken um den glücklichen Zufall. Stand er unter einem Zauber? Möglich. Aber welcher

Zauberspruch erweckte Tote zum Leben? Graeme sagte stets, Wiedererweckungszauber seien praktisch unmöglich – und wenn, brächten sie nur die seelenlose Hülle des Verstorbenen zurück. Theoretisch war es demnach eher ungewöhnlich, dass ein Zauber ihn wiedererweckte. Auch weil sie sah, dass seine Seele weiterhin in seinem Körper weilte. Und doch stand Luke wieder voll im Leben. *Nachdem* er gestorben war. Áine stutzte. Im Grunde war sie nicht viel schlauer als vorher, trotzdem fühlte sie sich glücklich, egal, welche Schicksalsfügung nun für Lukes Heilung verantwortlich war.

So oder so, Graeme war daran gelegen, ihren besten Freund und sie rasch in die Höhle zu bringen. Vor allem, dass Luke sich nicht mehr an die letzten Stunden erinnerte, schien ihren Pflegevater zu verunsichern. Anders konnte sie sich nicht vorstellen, warum er sich überhaupt nicht freute, dass Luke dem Tod noch einmal von der Schippe sprang.

Sowie Áine durch die Tür der Wohnhöhle schritt, wurde sie auf zwei Leute aufmerksam, die breit grinsend im Wohnraum standen. Es waren Rana und Mateo, Graemes beste Freunde und für sie so etwas wie Onkel und Tante.

„Herzlichen Glückwunsch zum Abschluss!" Freudig sprangen beide auf und ab. Rana zog Áine sogar in eine innige Umarmung.

„Danke." Obschon der Tag sie vollkommen auslaugte, tat es ihr gut, die beiden zu sehen.

Auch Luke, der nur kurz nach ihr durch die Tür trat, nickte ihnen zu. „Hey."

Nachdem sie von Rana abließ, schloss Áine Mateo in die Arme. Genau wie sie gehörte das Paar zur Dämonenwelt. Rana war eine Furie, derweil Mateo als Gorgone zur Welt kam. Die beiden waren seit etwa einem Jahrhundert zusammen und heirateten vor knapp vierzig Jahren. Während Rana als Polizeichefin der Stadt ihr Geld verdiente, besaß Mateo einen eigenen Antiquitätenladen.

„Ich bin so froh euch zu sehen", sagte Áine. Sie schien komisch zu klingen, denn sie spürte, wie sich die Schwingungen im Raum schlagartig veränderten.

Rana schien als erstes die Veränderung in der Luft zu bemerken. Der Blick auf Graemes zerrissenes Hemd und Lukes blutverschmiertes T-Shirt verhieß nichts Gutes. Ihre Augen wurden groß. „Was ist passiert?"

„Luke ist gestorben", erklärte Áine direkt. Obschon sich ihr Magen allein bei den Worten zusammenkrampfte.

Besagtem schien diese Wortwahl zu missfallen. „Ich bin nicht gestorben. Ich war bloß ... ohnmächtig. *Sehr* ohnmächtig."

„Ohnmächtig genug, um nicht mitzukriegen, wie ich von drei Dämonen angegriffen wurde." Sie gluckste. „Und einer Amazone."

„Lasst uns später darüber reden." Graeme wechselte einen bedeutungsschweren Blick mit Rana und Mateo. Beide verstanden sofort. Etwas, was Áine die Stirn kraus ziehen ließ. „Am besten machst du dich frisch, Luke. Ich weiß, meine Kleidung wird dir zu groß sein, aber du kannst mit diesen blutigen Kleidern nicht nach Hause gehen."

„Zum Glück sind meine Eltern nicht mit ins *Insomnia* gekommen, was? Sie wären vor Schreck gleich mit umgefallen", meinte der Junge, lief direkt ins obere Stockwerk.

Daraufhin wandte sich Graeme an Áine. Diese wusste sofort, was er von ihr wollte. Provokativ straffte sie den Rücken, gleichzeitig verschränkte sie die Arme. „Ich gehe nicht."

Ihre Standhaftigkeit missfiel ihm. „Áine...“

„Ich bin nicht blöd, Graeme. Luke wurde von einem Dorndämon angegriffen, ja. Aber die anderen sind wegen mir gekommen! Es sind zwei Vorfälle, vollkommen unabhängig voneinander. Und doch seltsam genug, damit du es mit der Angst zu tun bekommst. Und ich will wissen, warum."

„So weit entfernt sind beide Vorkommnisse nicht voneinander", begann Graeme. „Hör zu, ich brauche nur etwas Zeit, um mit Rana und Mateo zu sprechen."

Áine blieb hart. Auf keinen Fall wollte sie jetzt ausgeschlossen werden. Irgendetwas ging hier vor. Sie wusste nur noch nicht was. „Es hat mit diesen Kerlen zu tun, oder? Mit dem Tentakeldämon, Harlow ... und dieser Einhorn-Geschichte."

Die Stille im Raum wurde beinahe unerträglich. Und in diesem Moment wusste Áine, sie hatte einen wunden Punkt getroffen. Sie machte einen Schritt nach vorne. „Was wollten die Kerle?"

Graeme zögerte. Áine bemerkte den inneren Kampf, den er mit sich ausfocht. Er schluckte hart. „Das ist eine lange Geschichte."

Es genügte ein einfacher Blick in Ranas und Mateos Richtung. Beide sahen deutlich bekümmert aus. „Ich hab Zeit!" Áine zuckte mit den Schultern. „Soviel ich weiß, habt ihr euch durch Harlow kennengelernt. Richtig?"

Graeme nickte. „Ja."

„Okay." Die Antwort genügte ihr aber noch nicht. „Es hieß, er sei tot. Jedenfalls sagtest du das."

Graeme nickte. „Das dachten wir, ja."

Aus dem Hintergrund in räusperte sich Rana. „Ich habe Fotos zugeschickt bekommen. Fotos, die sein Ableben deutlich machten.

Wir haben die Bilder nicht angezweifelt, da sie von einer sicheren Quelle stammten. Vielleicht steckt ein ganz anderer dahinter – "

Graeme schnitt ihr das Wort ab. „Er muss es sein."

„Warum? Weil seine Männer nicht alleine agieren können?" Genervt verschränkte Rana die Arme vor der Brust. „Filidor könnte dahinterstecken. Er begleitete Harlow lang genug, um sein Werk zu vollenden."

„Filidor ist viel zu dumm, um solch einen Plan durchzuziehen!" warf Graeme ein. „Ich habe es im Gefühl."

„Das weißt du nicht, Graeme!"

„Ich weiß genug, Rana!" Er seufzte schwer, fuhr sich frustriert mit den Händen durchs Gesicht. „Im Grunde ist es auch egal, wer dahintersteckt. Fakt ist, dass ein weiterer Versuch geplant ist." Es folgte eine bedeutungsschwangere Pause. Dann: „Und dass sie Áine gefunden haben."

„Was für ein Versuch? Und was habe ich damit zu tun?" Die Banshee klang alarmiert. Kein Wunder. Diese Informationen brachten sie vollkommen aus dem Konzept. Vor allem, da sie Graeme vorher selten so nervös gesehen hatte. „Ich meine, ich habe doch nie etwas getan! Warum wollen sie mich haben?"

Mateo schluckte hart. „Weil er weiß, wie viel du uns bedeutest!" Er machte einen Schritt vor. Ganz zum Unwillen der beiden anderen Erwachsenen. Weder Graeme noch Rana schienen Mateo weiterreden hören zu wollen. „Du bist uns allen wichtig."

Sollte sie ihm das etwa abkaufen? Man schickte drei Leute, um sie umzubringen, nur weil sie jemandem *wichtig* war? Warum jetzt? Wieso nicht vor Jahren? „Mmh. Weshalb glaube ich, dass da mehr hintersteckt?"

Sie schaute zu Graeme, doch dieser wirkte, als fochte er einen Kampf mit seinen eigenen Gedanken aus. Nachdenklich presste er die Lippen aufeinander, schüttelte den Kopf.

Rana sagte: „Áine, ich glaube wirklich nicht, dass jetzt der geeignete Zeitpunkt ist – "

Überraschenderweise wurde sie von Graeme unterbrochen, noch bevor sie ihren Satz zu Ende gebracht hatte. „Es geht um deine Mutter." Er stockte. Holte tief Luft. „Sie, äh, dieser Angriff geht auf sie zurück. Auf ihre Vergangenheit. Auf ihr Schickal. Und mit ihrem Tod wurde es zu deinem Schicksal."

Graemes Worte schienen sowohl Rana als auch Matteo komplett zu schockieren. Anscheinend ging niemand davon aus, dass er sie jemals aussprechen würde. Am allerwenigsten Graeme selbst, wie es aussah.

„Bist du wirklich sicher?" fragte Mateo seinen Freund. „Es gibt kein Zurück."

Das war Graeme nicht. Sein Hadern offensichtlich. „Wie sicher kann ich sein? Ganz klar will Harlow – oder einer seiner Anhänger – zu Ende bringen, was angefangen wurde. Hier geht es um Áines Leben. Sehen wir es ein. Er hat sie gefunden. Und wenn ich mir den Rest ansehe, steht es kurz bevor."

Stand *was* kurz bevor? Und warum ging es hier um ihr Leben? Verdammt, Graemes Worte machten sie so neugierig, wie sie sie fürchten ließen. Doch vor allem, was hatte ihre Mutter damit zu tun? Meinte er ihre leibliche Mutter? Seit wann kannte sie Graeme überhaupt? Langsam aber verlor sie ihren Verstand.

„Du *kennst* meine Mutter? *Ihr* kennt meine Mutter?!" In ihren Worten schwang deutliche Wut. „Was geht hier vor?!"

„Eins nach dem anderen", bat Graeme. Er wirkte wie ein geprügelter Hund. „Wir müssen zunächst an das Wichtigste denken."

„Und was sollte das bitte sein?"

Er schluckte hart. „Dein Leben."

Unfähig! Sie waren alle unfähig!

Da schickte man drei ausgewachsene Dämonen los, um ein siebzehnjähriges Mädchen zu töten, und was passierte? Nur einer kam lebend zurück. Und das nicht einmal mit einer guten Neuigkeit! Harlow kochte vor Wut. Insbesondere, als er erfuhr, dass Filidor mit Cathmor zusammengestoßen war und damit sein wohlüberlegter Plan in Schutt und Asche gelegt wurde.

Cathmor ging von seinem Tod aus und der daraus folgenden Annahme, dass deshalb die Höllenfahrt ausfiele. Ein verständlicher Gedanke, denn das Ritual konnte kaum von einem weniger erfahrenen Dämon durchgeführt werden. Durch Harlows trottelige Schergen erfuhr sein Erzfeind nun aber von dem neuen Weltende. Und dazu, dass er – oder wenigstens diejenigen, die den Weltuntergang einleiten wollten – sich über Áines Existenz im Klaren waren. Ergo, gab es keine Möglichkeit mehr auf einen weiteren Überraschungsangriff! Und damit stand er genau dort, wo er schon vor hundert Jahren stand: Am Anfang.

„Hast du ihm gesagt, dass ich am Leben bin?" Harlows Stimme klang ruhig, doch drohend.

Filidor kniete auf dem Boden, wagte es nicht, seinem Meister in die Augen zu blicken. Stattdessen senkte er den Kopf gen Fußboden. Eine gute Idee, denn Harlow wollte ihm am liebsten den Schädel abreißen.

Dabei glaubte er, dass der Tag ein einziger Erfolg werden würde. Sein Untergebener teilte ihm die Nachricht seines Versagens mit, just als Harlow in seinem Lieblingsbuch, der Dämonenbibel, blätterte. Passenderweise las er gerade die Prophezeiung, die ihm diesen Einhornschlamassel überhaupt eingebracht hatten. Ein guter Einstand, mit dem er die letzten drei Tage der Menschheit einleiten wollte. Geschrieben in einer antiken Dämonensprache, schaffte es außer Harlow kaum einer, die Wörter zu entziffern. In der Prophezeiung hieß es:

Das Einhorn wird jeden Versuch vereiteln, den der Dämon durchführt, um das Portal zur Hölle zu öffnen. Mit seinem Blut verschließt es jeglich verfügbares Siegel und seine Existenz ist stetig vorhanden, sofern es das Schicksal verlangt. Sowie die letzten drei Tage der Menschheit bevorstehen, erhält das Einhorn die Kenntnis zu wissen, wie es über Astamephis siegt. Solange, bis kein Einhorn mehr auf Erden wandelt. So sei es!

Harlow schnaubte. Das Schicksal blieb recht direkt in seinen Worten. Das Einhorn war ihm stets einen Schritt voraus. Und solange es Einhörner auf der Erde gab, würde sein Plan nicht funktionieren. Was der Grund für seine Mordlust war. Leider Gottes tauchte irgendwo immer ein Pferd auf. Genau wie dieses Jahr. Deshalb stand er erneut vor demselben Problem. Deshalb plante er ja den Überraschungsangriff. Bedauerlicherweise waren seine Männer aber zu dumm dazu gewesen, einen Teenager zu töten.

„Ich habe nichts gesagt, allerdings wird er Lunte riechen."

Harlow wurde von Filidors Einwand aus seinen Gedanken geholt. „Du bist ein erbärmlicher Versager, weißt du das?! Wie schwer kann es sein, einen Teenager zu töten?"

„Er war schneller da, als ich annahm."

Mit *Er* meinte er Cathmor. „Das ist mir egal! Durch Aífe kennt er die Regeln des Rituals. Denkst du wirklich, wir kommen jetzt an das Mädchen heran?! Oh nein! Stattdessen wird sie am Tage des Rituals mit der gesamten Kavalerie auftauchen und uns erneute einhundert Jahre zurückwerfen! Wir wollten das Schicksal verändern und nicht die ganze Geschichte erneut durchspielen."

„Es tut mir leid, Meister."

Harlow schnaubte verächtlich. „Das sollte es auch! Durch deine Unfähigkeit haben wir unseren Vorsprung verloren. Es war das erste Mal überhaupt, dass wir das Ritual hätten durchziehen können, ohne ein verfluchtes Einhorn am Arsch!" Er fluchte.

„Bis Cathmor uns auf die Schliche kommt, wird es zu spät sein. Morgen wird der Blutdiamant geliefert und das Mädchen wirkte nicht, als kenne sie sich aus." Er schluckte. „Die Chancen, dass sie am Ritualtag anwesend sein wird, sind gering."

Zornig wandte sich Harlow von Filidor ab. Er musste nachdenken, denn anscheinend war er der Einzige, der dazu in der Lage war! Wie gerne wollte er diesem Nichtsnutz für seine Dummheit den Hals umdrehen. Aber das musste warten. Wenigstens noch ein paar Tage. Er wollte nicht schon wieder versagen! Das Mädchen war nicht einmal ein Vollblutgaul! Stattdessen floss dämonisches Blut in ihren Adern. Astamephis' Blut und damit auch ein Teil von Harlow selbst ... Es konnte doch nicht so schwierig sein, das für seinen Plan auszunutzen. Nachdenklich senkte Harlow den Kopf, seine Augen wanderten zur Dämonenbibel. Das Mädchen war ein Dämon ... eventuell sollte er seine Gedanken darauf lenken. Diese

Tatsache veränderte die Regeln, veränderte das Schicksal und damit die Prophezeiung. Theoretisch betrachtet.

„Mein Fehler ist, dass ich sie für ein Einhorn halte, dabei scheint sie nicht einmal zu wissen, was das ist. Ist das wahr?" Harlow wandte sich an seinen Untergebenen.

Filidor nickte. „Ja, Meister. Sie, äh, schien von uns überrascht. Trotzdem überraschte es sie nicht, Dämonen zu sehen. Außerdem brannte ihre Haut, als die Amazone sie mit ihrem Handschuh berührte. Ein Zeichen, dass sie konvertiert ist."

„Die Amazone, die ihr ebenfalls laufen ließt." Seine Männer waren nicht einmal fähig, einen Menschen zu töten, geschweige denn ein halbes Einhorn.

„Sie gehörte nicht zu unserem Auftrag, wir wussten nicht –" Leichte Panik schwang in Filidors Stimme, doch Harlow wiegelte ab.

„Lass gut sein, Filidor. Bis heute weiß ich nicht, wie das Mädchen Aífes Tochter sein kann. Aber das ist auch egal. Sie ist ein halbes Einhorn. Sie wird kommen, um meinen Plan zu vernichten. Das ist das Schicksal ihres Blutes. Jedenfalls zur Hälfte." Harlow schnalzte mit der Zunge. „Auf der anderen Seite, trägt sie ebensoviel Dämonenblut in sich. Vielleicht sollte ich dieses Mal weniger Wert auf ihre Einhornseite legen. Als Dämonen spielen wir in der gleichen Liga. Eine Liga, die ich verstehe. Mit der ich umgehen kann."

„Wie meinen Sie das?"

„Ich meine, dass wir nun mit denselben Regeln zu tun haben. Und das bedeutet, dass ich im Vorteil sein werde. Vielleicht zum ersten Mal, seitdem mein Schöpfer in die Unterwelt verbannt wurde. Ich werde das Einhorn mit meinen Waffen schlagen. Denn dieses Mal spiele ich mit meinen Regeln. Die Prophezeiung wird ausgesetzt. Und damit werden die Karten neu gemischt."

7

Áine drängte darauf, die Wahrheit von ihrem Pflegevater zu erfahren. Bisher glaubte sie stets, Graeme nahm sie nach dem Tod ihrer Adoptiveltern auf, damit sie im System nicht unterging. Nun aber schien es, als habe er von Anfang an einen anderen Plan mit ihr verfolgt. Er kannte ihre Mutter?! Das sagte er ihr jetzt? Dann konnte ihr Kennenlernen auf keinen Fall zufällig geschehen sein. Obschon er ihr dies bei ihrem ersten Treffen weismachen wollte.

„Wer zum Teufel bist du, Graeme?" Die Frage entwich ihrem Mund, ohne groß darüber nachzudenken. „Du hast gesagt, du kennst meine Mutter nicht. Du hast ... es war kein Zufall, oder? Dass wir uns kennengelernt haben?"

Er schüttelte den Kopf. „Nein. Nicht direkt. Ich habe es drauf angelegt."

Die Wahrheit traf sie wie ein Blitz! Sie konnte kaum fassen, was er da sagte. Wieso hatte er sie all die Jahre angelogen? „Ich will wissen, was du mir verschweigst! Sofort!" Provokativ setzte sie sich an den großen Tisch vor dem Bücherregal. Sie verschränkte die Arme vor der Brust, gleichzeitig durchbohrte sie Graeme eisigen Blickes. „Sag mir alles!"

„Vielleicht sollten wir uns erst einmal beruhigen", schlug Mateo vor. „Wie wäre es, wenn wir einen Tee machen? Will jemand Tee? Nein? Irgendwer?" Niemand ging auf seine Frage ein, also setzte er sich, leicht unwohl fühlend, an den Tisch. Rana legte ihm eine Hand auf die Schulter.

„Na los, Graeme! Erzähl es mir!" Sie würde diese Höhle nicht verlassen, bis sie alles wusste, dessen war sie sich sicher.

„Graeme, soll ich es tun?"

Rana wollte ihm zur Seite springen, doch der Berserker schüttelte den Kopf. „Nein. Es ist ..." Er schluckte hart. „Die Geschichte ist kompliziert, Áine."

„Ich habe in meiner Matheabschlussarbeit Statistik gehabt, glaube mir, eine Geschichte wird mein Hirn nicht explodieren lassen." Sie blieb hart. „Was weißt du über meine Mutter? Wer ist sie?"

Graeme räusperte sich. Es dauerte eine gefühlte Ewigkeit, bis er etwas sagte, doch als die Worte plötzlich kamen, schien es, als fiele eine tonnenschwere Last von ihm. „Ihr Name lautete Aífe. Sie, äh, sie hat zusammen mit uns gegen Harlow gekämpft."

Aífe. Ein schöner Name. Irisch. Genau wie ihrer. „Okay." Áine nickte ungeduldig, „Aífe. Weiter."

Auch die darauffolgenden Worte fielen ihm schwer. „Aífe war ein Einhorn."

Áine stutzte. Einhörner existierten? Sicher, das lag nahe, schließlich war sie eine Banshee, was auf den ersten Blick genauso seltsam klang. Nichtsdestotrotz hörte sie nie zuvor von der Existenz dieser Wesen. Es war nicht so, dass sie jemals eins zu Gesicht bekam. Oder etwa doch? „Deshalb hat dieser Kerl mit den Tentakeln mich ein Einhorn genannt. Weil sie eines gewesen ist? Sehe ich ihr ähnlich?"

„Du hast keine Ahnung, wie sehr!" Graeme schluckte hart, die Erinnerung an Aífe machte ihn nur sentimental. „Sie war das letzte Vollbluteinhorn. Und damit war sie das letzte Wesen, was aus Götterhand erschaffen wurde und kein dämonisches Blut in sich trug."

„Das verstehe ich nicht."

Was dann folgte, war eine Zusammenfassung Graemes, von allem, was Aífe ihm einst über die Fae und den Zusammenhang zwischen ihnen und Astamephis erzählte. Dass sie alle von den Urgöttern erschaffen wurden, doch Astamephis unzufrieden mit seiner Rolle war und deshalb die Dämonen kreierte, um so zu einem Gott aufzusteigen. Daneben erklärte er, dass die Fae nach der Transformation den Kontakt zu den Urgöttern verloren hatten. „Er machte die Fae zu Dämonen. Und löste so ihren Gott ab, indem er selbst zu einem wurde."

Áine ahnte, was das bedeutete. „Er konvertierte uns. daher der Name."

Graeme nickte. „Genau."

„Okay, fein, eine tolle Geschichte. Und doch weiß ich immer noch nicht, was das mit mir zu tun haben soll. Ich bin eine Banshee, kein Einhorn." Sie schaute Graeme aus einer Mischung von Unwillen und Wut an. „Und vor allem erklärt es nicht, warum du mich angelogen hast."

„Dazu komme ich noch. Eines musst du wissen, Áine, das Einhorn ist das einzige Wesen, was nicht von Astamephis' Zauber betroffen war. Daher ist es das einzige, was ihn von seiner Auferstehung aufhalten kann."

Dieser Satz schürte nur mehr Verwirrung. „Auferstehung?"

„Astamephis wurde zur Strafe in die Unterwelt verbannt. Seine Ahnhänger wollen ihn seit jeher daraus befreien. Harlow ist oder war der letzte seiner Art. Und die einzigen, die fähig sind, ihn aufzuhalten, sind Einhörner."

Okay. Diese Informationen musste sie erst einmal verarbeiten. Und doch wappnete sich Áine für den nächsten Schwall an Neuigkeiten.

„Genau deshalb jagt und tötet er sie. Seiner Meinung nach entgeht er seinem Schicksal nur, wenn alle Einhörner tot sind. Deine Mutter war sein letztes Opfer."

Natürlich nahm Áine längst an, dass ihre Mutter tot war, aber zu hören, dass sie ermordet wurde, löst eine Welle der Trauer in ihr aus. „Wie?" Ihre Stimme bebte.

„Er rammte ihr ein Messer ins Herz. Bestückt mit einer Klinge aus dem Horn..." Er wirbelte mit der Hand vor seiner Stirn. „Das Horn eines Einhorns. Es ist die eine der wenigen Möglichkeiten, ihre Art zu töten."

Endlich fing das Geschehene an, Sinn zu machen. Ihre Angreifer hielten sie für ein Einhorn, deshalb jagten sie sie. „Fein, also diese Kerle halten mich für ein Einhorn. Aber das bin ich nicht. Ich bin eine Banshee." Als niemand ihr zustimmte, fragte sie: „Oder nicht?"

Mateo trat vor. „Wärst du ein Dämon, dann könntest du bloß eine Fähigkeit geerbt haben, ja. Da du aber ebenfalls das Blut eines Einhorns in dir trägst, scheinst du ein Wesen zu sein, welches sich beide Seiten teilt."

Moment, hörte sie da richtig?! „Ich bin ein Einhorn? Ein verdammtes Pferd mit Horn?!"

„In etwa", erwiderte Rana.

„Das ist unmöglich!" Áine schnaubte. „Ich habe niemals ein Horn auf meinem Kopf gesehen." Ein Fluch kam über ihre Lippen. „Es ist doch auf dem Kopf, oder? Nicht an einer peinlichen Stelle?"

„Es ist der Kopf, ja. Und ich denke, bisher ist es noch nicht in Erscheinung getreten, weil das Einhorn erst in dir entsteht, wenn du alt genug bist. Der Prozess beginnt in der Pubertät und mit etwa achtzehn ist er komplett abgeschlossen", klärte Graeme sie auf. „Vielleicht verläuft der Prozess bei dir langsamer, weil du auch eine Banshee in dir trägst."

„Wir wussten, er würde hinter dir her sein", bemerkte Matteo. „Sobald er herausfände, dass du existierst. Da du dasselbe Blut wie sie in dir trägst, wärst du die nächste Auserwählte."

„Auserwählte?" Sie ahnte, worauf es hinauslief, dennoch sträubte sich alles in ihr, die Wahrheit zu erfahren.

„Das Tor zur Unterwelt zu beschützen. Gegen Harlow anzutreten."

Es war genau das, was sie ahnte und nicht hören wollte. Áine schluckte, während Mateo weiter erzählte. „Als deine Mutter starb, übernahmst du die Bürde der Prophezeiung. Zunächst versuchten wir dich zu verstecken, aber als diese Möglichkeit nicht mehr funktionierte, gaben wir dich in die Obhut der Baileys."

„Du musstest von uns weg, damit Harlow die Lunte nicht riecht", stimmte Rana zu.

Áine schüttelte den Kopf. Wie sollte sie all diese neuen Informationen nur verarbeiten? Sie erfuhr in binnen von wenigen Minuten, wer ihre Mutter war, dass sie Einhornblut in sich trug und jetzt wahrscheinlich Teil einer Prophezeiung war, die die Erde vor der Apokalypse rettete. Wenn das nicht mal der Beginn toller Sommerferien war ...

„Was steht überhaupt in dieser Prophezeiung?" fragte sie.

Rana zuckte mit den Schultern. „Das wissen wir nicht. Angeblich steht sie in der Dämonenbibel. Und die besitzen wir nicht. Deine Mutter kannte sie lediglich durch Mundpropaganda."

„Wie hilfreich." Áine schnaubte.

Graeme fuhr fort. „Im Jahr 1990 gab es letztlich die Meldung, Harlow sei tot. Wir wollten dich wiederhaben, doch die Adoption durch die Baileys war rechtmäßig und du schienst glücklich. Also ließen wir dich bei ihnen."

„Wie gütig!" Áine fluchte. „Ich dachte stets, es sei eine nette Fügung des Schicksals gewesen, euch alle kennenzulernen ... stattdessen habt ihr es genau geplant, nicht wahr?"

„Nein!" Graemes Einwand klang scharf. „Natürlich wollte ich – *wir* – dich kennenlernen. Aber ... wir wollten dich genauso beschützen. Es ist nicht einfach, als Dämon bei Sterblichen aufzuwachsen. Ich habe dich niemals belogen, was das anging."

„Ich glaube, ich wiederhole mich, wenn ich jetzt sage: Wie gütig!" Voller Verachtung schüttelte Áine den Kopf. „Ihr habt mich belogen! All die Jahre!" Grenzenlose Wut kochte in ihr hoch. Sie war nicht nur zornig aufgrund all der Lügen, vor allem hatte sie schiere Panik, was noch auf sie zukäme!

„Ihr habt mich belogen!" Tränen standen in ihren Augen. „Ich meine ... was ist mit den Baileys? War ihr Tod überhaupt ein Unfall oder steckt jemand dahinter?"

Es war Rana, die auf diese Frage antwortete. „Ich gebe zu, die Vermutung lag nahe. Aber ... nein, es sieht alles nach einem Unfall aus."

Áine schüttelte den Kopf. „Aber was ich immer noch nicht verstehe...wie kann ich sechzig Jahre alt sein?"

Mateo schaute kurz zu seiner Frau, dann meinte er: „Deine Mutter hat dafür gesorgt, dass du in Sicherheit bist. Mit einem Schutzzauber. Sie, äh, hat dich sozusagen mit der Erde verbunden. Dadurch konntest du Jahrzehnte schlafen und bist nicht gealtert."

„Wow, die Geschichte hört sich an, als wärt ihr high!" Aufgebracht fuhr sich durchs Gesicht. „Wer ist eigentlich mein Vater, hä? Wo war er in der ganzen Geschichte? Ich meine, er ist eine Banshee, oder? Das muss die logische Schlussfolgerung sein."

Erneut legte sich ein Schleier der Stille über den Raum. Aber Áine würde sie nicht damit durchkommen lassen. „Sagt es mir, verdammt noch mal!"

Da keiner antwortete, gab sich letztlich Mateo einen Ruck. Beinahe lautlos erwiderte er: „Die Banshee stammt von der väterlichen Seite, ja. Nur erbst du als Mädchen die Fähigkeiten immer von deinen weiblichen Urahnen."

Die drei drucksten ihr zu sehr herum. Nur was war der Grund? Lag es daran, dass ihre Mutter von ihrem Vater verraten wurde, oder gab es einen anderen Anlass, weshalb sie so vehement schwiegen? Zuerst wollte sie die Frage offen stellen. Bis sie Graemes Miene streifte. Ab da veränderte sich die Situation schlagartig.

Die Wahrheit lag die ganze Zeit ausgebreitet vor ihr. In der Vergangenheit sprach er immer wieder von seiner Großmutter und Mutter, die Banshees, die über siebenhundert Jahre alt geworden sind, bis sie einen normalen Dämonentod fanden. Das konnte doch nur heißen ...

Eine dunkle Welle brach über ihr zusammen. Tränen rannen ihr über die Wangen. Wie konnte sie nur so dumm gewesen sein? Wie hatten sie sie nur so lange belügen können, ohne dass sie etwas merkte?

Die Worte fühlten sich wie Säure an, als sie voller Unverständnis fragte: „Du bist mein Vater, oder?"

Graeme Schweigen sagte alles. Und in Áine brach etwas entzwei.

1985

Mit schreckgeweiteten Augen starrte Rana auf das gerodete Überbleibsel des Baums herunter, der einst als Baum des Lebens bekannt war. Es war ihr erster Tag als Polizistin im Dienst. Erst am Morgen las sie in der Zeitung von der geplanten Rodung des Waldgebiets, um darauf ein Einkaufscenter zu bauen. Zunächst war Rana außer sich vor Wut gewesen, doch die Wut wechselte rasch in Sorge um. Denn sobald sie auf der Wache ankam, wurde sie gleich zu ihrem ersten Einsatz geschickt. Eine Tragödie ereignete sich bei der geplanten Rodung. Wie erwartet, ließ sich der Baum mitsamt Feenring nicht so einfach fällen. Es stimmte, was man über das verbotene Betreten des Rings sagte: Alle Unbefugte fielen tot um, sobald sie einen Fuß hineinsetzen. Dies führte zu einem Massensterben an Bauarbeitern. Genauer gesagt, hatten sie es mit zehn Todesfällen in dreißig Minuten zu tun. Der herbeigerufene Pathologe vermutete spontane Herzinfarkte hinter der Todesursache, aber Rana wusste es besser. Es war das Gesetz des Feenrings. Nicht mehr, nicht weniger.

Auf jeden Fall hatte die Meldung jede Menge Presse heraufbeschworen, die nun über den Fall berichtete. Glück im Unglück für Rana. Denn die Todesfälle überschatteten einen anderen Skandal, den die Polizei vorerst noch für sich behalten wollte. Nämlich, dass bei der Rodung des Baumes ein Baby neben den abgesägten Holzresten gefunden wurde. Alle gingen davon aus, dass es jemand dort ausgesetzt hatte. Aber Rana wusste es besser. Schließlich war sie vor all den Jahren dabei gewesen, als die kleine Áine in den Baum gelegt wurde. Damals, als sie noch Banu hieß.

Áine ging es gut. Sie litt an einer leichten Unterkühlung, doch sonst schien sie gesund. Leider Gottes machte ihre Erscheinung in der Dieswelt ihren kompletten Schutzplan zunichte. Rana tat alles, damit die Geschichte nicht publik wurde. Ein ausgesetztes Baby würde landesweite, wenn nicht weltweite Presse bringen. Zumal ihr Auffinden mit zehn Todesfällen in Verbindung stand. Zusammen mit der Tatsache, dass dies der Baum des Lebens und Hel die Stadt der Tragödie war, wäre es ein Leichtes für Harlow, Wind von der Sache zu bekommen. Und das durfte nicht passieren.

Da sie die einzige Frau in der Truppe war, wurde ihr der Fall des Babys übergeben, derweil die männlichen Kollegen die Todesfälle untersuchten. Hätte sie wütend sein sollen, dass man ihr den Fall gab, nur weil sie eine Frau war? An jedem anderen Tag ja. Heute jedoch hätte sie alles getan, um den Fall zu übernehmen. Die Fürsorge hatte Áine bereits mitgenommen. Sie wurde ins Krankenhaus gebracht. Später sollte sie Pflegeeltern übergeben werden. Rana schüttelte verzweifelt den Kopf. Ihr war klar, dass ihr ein unangenehmer Anruf bevorstand.

Sie verließ den Wald nur wenig später. Mit leichter Sorge im Bauch stieg sie in ihr Auto und fuhr direkt zum Krankenhaus, wo sie kurz nach Áine schaute. Das kleine Mädchen gluckste zufrieden und fühlte sich pudelwohl. Sie glich Aífe bis ins kleinste Detail. Etwas, was ihr einen Stich ins Herz verursachte. Ihre neuen Pflegeeltern waren hin und weg von ihr. Es waren gute Menschen, wie Rana feststellte. Und doch tat es ihr weh, zu sehen, wie sie die kleine Áine fremden Leuten übergeben musste.

Rana wollte den Anruf, der ihr bevorstand, nicht aus dem Revier führen, daher fuhr sie nach dem Krankenhausbesuch sofort heim. Einfacher würde es so oder so nicht werden. Ganz im Gegenteil, sie wappnete sich bereits vor der Wut, mit der sie sich konfrontiert sähe. Cath würde durchdrehen, sobald er von den Neuigkeiten hörte.

Sowie sie durch ihre Wohnungstür trat, wurde sie von ihrem Mann Mateo, früher Alejo, begrüßt. Sie waren jetzt seit so vielen Jahren zusammen und doch wurde sie nicht müde, in sein wundervolles Gesicht zu sehen und ihn immer in ihren Armen zu halten. Heute aber wirkte er genauso beunruhigt wie sie. „Geht es ihr gut?"

Rana nickte. Vor einer Stunde hatte sie ihn aus dem Krankenhaus angerufen und ihm Bescheid gesagt. „Es geht ihr prächtig. Sie ist wohlgenährt, gesund... Ihre Pflegeeltern sind auch in Ordnung. Sie haben schon herausscheinen lassen, sie adoptieren zu wollen, sollte sich niemand melden. Sie waren hin und weg, sowie die Kleine in ihren Armen lag."

„Die Eltern wurden zur Fahndung ausgeschrieben?"

Auch hier nickte sie knapp. „Sie war eiskalt, als man sie fand. Wer auch immer sich meldet, würde sie nicht mehr zurückbekommen, sondern direkt einfahren. Wir haben sie damals nur mit einem Laken bekleidet in den Baum gelegt. Aber na ja, nachdem es die ganzen Toten gab, muss sie irgenwann aufgetaucht sein und lag dann dort schutzlos, bis man sie zufällig fand. Jeder glaubt, man hätte sie aus Vorsatz ausgesetzt und den Tumult ausgenutzt. Das gilt als Misshandlung oder Vernachlässigung. Ein guter Staatsanwalt macht versuchten Mord daraus. Such es dir aus."

„Sie war kalt, weil man ihren Baum fällte und sie übersah. Sie hatte es immer gut in dem Baum!"

„Und das willst du wem erzählen? Ich bin ein Dämon und selbst für mich klang es damals seltsam." Rana seufzte schwer. „Selbst wenn wir sie kidnappen, werden wir nur Aufmerksamkeit auf uns ziehen. Und das wollen wir wirklich nicht. Eine internationale Fahndung, die in Zeitung und Fernsehen ausgeschlachtet wird? Dann können wir sie Harlow gleich geben. Er zählt doch eins und eins zusammen. Er kennt den Baum. Wir können froh sein, dass wir aufgrund von schlechter PR die Geschichte wenigstens hier in der Stadt unter der Hand regeln. Es reicht schon, dass wir die ganzen toten Bauarbeiter haben." Sie fluchte. „Ich muss Cath anrufen."

Rana lief zum kleinen Beistelltisch in ihrer Küche, wo das Telefon stand. Sie hob den Hörer von der Gabel. Ihre Finger schwebten über der Wählscheibe. „Wo ist er jetzt? Peru?"

Mateo nickte. Holte ein schwarzes Büchlein aus seiner Hosentasche. „Dort wurde Harlow das letzte Mal gesehen. Hier, ich habe seine Nummer notiert. Wird ein teurer Anruf."

„Es wird vor allem ein frustrierender." Rana nahm das kleine Adressbüchlein ihres Mannes zur Hand. Mit zittrigen Fingern wählte sie die passende Telefonnummer. Es dauerte eine ganze Zeit, bis sie zu ihm durchgestellt wurde, doch Cathmor nahm letzten Endes ab. „Ja?"

Sie schluckte hart. „Cath? Hier ist Banu – Rana! Ich äh, heiße jetzt Rana."

„Banu?! Wie schön von dir zu hören. Rana ist dein neuer Name? Klingt hübch. Wie lange bist du als Banu gelaufen?"

„Etwa einhundert Jahre. Ich habe sie vor einem Jahr für tot erklären lassen und mir eine neue Identität zugelegt. Alejo mit mir. Sein neuer Name lautet Mateo."

„Muss ich mir merken. Ich habe auch überlegt, meinen Namen zu ändern, aber bislang ist mit nichts eingefallen. Habt ihr etwas von Oona gehört? Sie heißt doch noch Oona?"

Meine Güte, er klang so freudig. Die Neuigkeiten würden ihm das Herz brechen. „Das tut sie, ja und es geht ihr gut. Sie lebt momentan in Edinburgh. Hey, Cath, ich, äh, also Mateo und ich sind zurück nach Hel gezogen."

„Oh." Seine Antwort fiel knapp aus. Das sagte alles aus. „Dort kriegen mich keine zehn Pferde mehr hin."

Nun, sobald er die Neuigkeiten hörte, sähe er das mit Sicherheit anders. Große Güte, sie sollte es einfach loswerden. Abreißen wie ein Pflaster. „Sie haben den Baum des Lebens gefällt, Cath. Sie haben Áine gefunden."

Er antwortete sofort. „Ich bin mit dem nächsten Flieger da."

-

Einige Tage später saß Cathmor schließlich mit Rana an ihrem Küchentisch. Die Neuigkeiten um Áine hatten ihn vollkommen aus dem Konzept gebracht. Rana war froh gewesen, ihm die Identität der Pflegeeltern erst einmal verschweigen zu können, denn sonst wäre er sicher sofort zu ihnen. Stattdessen reichte sie ihm alle möglichen Unterlagen zu dem Paar. Beide waren ohne Vorstrafen, nicht mal Parktickets gab es zu beklagen. Tom Bailey arbeitete als Pilot, seine Frau Amanda war Sozialarbeiterin. Cath konnte erleichtert sein, seine Tochter in so guten Händen zu wissen. Dessen ungeachtet fühlte er sich kraftloser denn je. Kein Wunder, mit diesem Schicksalsschlag hatte theoretisch niemand gerechnet. Er wollte alles über Áines Pflegeeltern erfahren, trotzdem überlegte er weiterhin, seine Tochter wieder zu sich zu nehmen. Etwas, was Rana nicht gut hieß.

„Ich habe sie selbst drei Tage lang beschattet, habe Leute über sie ausgefragt, alles. Sie sind sauber. Die Leute mögen sie", versuchte Rana ihn zu beruhigen.

Cath schnaubte verächtlich. „Als nächstes sagst du mir, sie seien Kirchgänger und spenden regelmäßig an Wale."

Die Polizistin zuckte mit den Schultern. „Ich würde es nicht ausschließen. Sie spenden, ja. Arbeiten freiwillig in der Suppenküche. In die Kirche gehen sie nicht. Sie haben sich in Áine vom ersten Augenblick an verliebt."

Cathmor versuchte, nicht die Fassung zu verlieren. „Wer hätte das nicht. Sie ist goldig." Daraufhin folgte ein weiteres, diesmal verächtliches Schnauben. „Ich weiß dennoch nicht, ob ich sie gutheiße. Es sind Menschen. Sie ist ... ein magisches Geschöpf. Sie können sie nicht beschützen."

„Sie ist sicherer bei ihnen als bei uns. Harlow wird nie auf die Idee kommen, sie bei den Baileys zu suchen."

Dem konnte er nichts entgegensetzen. „Wie heißt sie? Ich meine, wie haben sie meine Kleine genannt?"

„Áine."

Das überraschte Cathmor. Er zuckte zusammen. „Was?"

Seine Freundin lächelte verschmitzt. „Ich war bei ihnen – als ermittelnde Polizistin. Du denkst doch wohl nicht, dass ich mich nicht persönlich um den Fall kümmere, was? Man wollte sie Jane Doe nennen, aber ich habe gesagt, sie sieht aus wie eine Áine."

„Warum hast du sie nicht mitgenommen, als du die Chance hattest?" Cathmor spie die Worte aus.

Rana blieb ruhig. „Du warst schon mal in der echten Welt, nicht wahr, Cath? Ich kann nicht einfach ein Kind entführen, ohne das halbe Land an meinen Fersen! Ich bin eine Furie, dafür geschaffen, Lügner und Betrüger zu entlarven. Und ich habe sie alles gefragt. Es sind gute Menschen. Glaube mir."

„Ich will sie bei mir haben!"

Er klang so entschlossen. Und doch ... stumm holte Rana eine weitere Akte hervor. Als Graeme diese öffnete, zuckte er erneut zusammen. Wer nicht hören wollte, musste eben fühlen.

„Was ist das?" fragte er.

„Mackenzie Willis. Sie ist eine alte Freundin von Nolte, Artemis' Ehemann. Du einnerst dich an Artemis, nicht? Aífes Freundin, zu Tode gequält von Harlow. Mackenzie stammt von Einhörnern ab, obschon ihre Linie bisweilen sehr verwässert ist. So verwässert, dass sie niemals ein Portal versiegeln könnte, und doch ist sie gefährlich genug für Harlow, dass er sie tot sehen will. Jedenfalls sieht es wie sein oder der Modus Operandi seiner Anhänger aus. Ein Freund aus Dublin schickte mir die Akte per Nachtpost."

Schockiert blickte Cathmor auf die Tatortfotos herab. Was er sah, war keine Person mehr, sondern nur zerstückeltes Fleisch. „Er hat sie komplett ... große Güte!"

„Er weiß, dass die Linie wenigstens noch zum Teil existiert, Cathmor. Er geht auf Nummer sicher. Selbst bei den Einhörnern, die ihm überhaupt nicht mehr gefährlich sein können. Er tötet alle, die das Blut in sich tragen, egal wie verwässert. Was glaubst du, wird er tun, wenn er hört, dass du eine Tochter hast? Ein halbes Einhorn, mit dem Potenzial, das Siegel zu verschließen."

„Er wird sie nicht ... er wird nicht denken ..."

„Sie sieht aus wie Aífe, Cath Er ist böse, aber nicht dumm. Sie ist geschützt. Bis zum Eintreten der Pubertät ist sie auf jeden Fall geschützt. Ihre Kräfte werden sich erst danach entwickeln."

Cathmor senkte den Kopf. Er wusste, dass Rana Recht hatte, und dennoch fühlte er sich elend. „Und bis dahin?"

„Wir werden ein Auge auf sie haben. Sie wohnen in der Nähe. Und wenn es soweit ist, finden wir einen Weg." Liebevoll legte sie ihm die Hand auf den Arm. „Wir finden einen Weg, Cath. Glaub mir. Sie wird nicht so enden wie Aífe."

8

Gegenwart

In ihrem bisherigen Leben gab es viele harte Tage. Tage, die ihr Dasein auf den Kopf stellten, die sie mit einem Gefühl der Trauer, Wut oder Verzweiflung zurückließen. Dieser Tag aber, setzte allem die Krone auf. Was sie in einer so kurzen Zeitspanne erfahren hatte, verwirrte sie nicht nur, es machte sie unfassbar wütend.

„Es tut mir so unendlich leid, Áine."

„Es tut dir leid?!" Áine schnaubte verächtlich. Was tat ihm denn leid? Sie all die Jahre belogen zu haben? Es ihr jetzt bloß zu erzählt zu haben, weil irgendein verrückter Irrer sie verfolgte? So oder so, Áine kochte vor Wut, wischte sich voller Rage die Tränen aus den Augen. Sie fühlte eine nie dagewesene Überforderung. Große Güte, Graeme hatte sie verraten und verkauft und tat jetzt so, als sei es nicht seine eigene Entscheidung gewesen, sie zu hintergehen!

„Ich hätte es dir sagen sollen, aber ich wusste nicht wie!"

Was für ein Heuchler! „*Wie*? Die Worte sind einfach: Hallo, Áine, ich bin dein Vater. Hat doch auch in *Star Wars* funktioniert. Ist der meist zitierte Satz aus dem Film!"

„Und das hättest du mir einfach so geglaubt?"

„Ich habe dir doch auch geglaubt, eine Banshee zu sein, oder etwa nicht?"

„Das ist etwas anderes."

„Warum? Weil du da nicht mit deinen eigenen Fehlern konfrontiert wirst?" Sie schnaubte verächtlich. Da jeder der Anwesenden schwieg, nahm sie die Gelegenheit in die Hand und stellte die Frage, die ihr so lange auf der Seele brannte: „Ihr sagt es mir auch jetzt nicht, weil ihr den Zeitpunkt so vernünftig findet, nicht wahr? Ihr wollt mich darauf vorbereiten, gegen Harlow zu kämpfen."

Graeme nickte knapp. „Es ist nicht unsere Entscheidung, sondern die des Schicksals. Und ja, es sieht danach aus, als ob es nun deine Bestimmung ist."

Wow, Áine hatte keine Ahnung, was sie sagen oder tun sollte. Gestern noch dachte sie darüber nach, welchen Kinofilm sie diesen Sommer zuerst sehen würde, und nun wurde von ihr erwartet, den Mörder ihrer Mutter davon abzuhalten, die Apokalypse auszulösen. Unbändige Panik stieg in ihr auf. Sie war doch erst siebzehn! Wie zum Teufel sollte sie das hinkriegen? Sie wusste nicht einmal genau, was sie als Einhorn machte! Verdammt, nicht einmal ihre innere Banshee hatte sie vollends unter Kontrolle und nun sollte sie auch noch das Einhorn bändigen? Die Angst schürte ihr beinahe die Luft zum Atmen zu. Wie ging man mit solchen Informationen um? Es war, als gäbe es nur eine Möglichkeit, sich aus dieser Situation zu befreien.

Überstürzt sprang sie auf die Beine. „Ich muss hier weg!"

Diese Entscheidung wurde von Graeme abgelehnt. „Áine, bleib hier, bitte! Es ist zu gefährlich. Du wirst von Filidor gesucht. Was ist, wenn er dich findet? Ich habe dich sechzig Jahre beschützen können, setz das bitte nicht in fünf Minuten aufs Spiel!" Graeme wollte sie aufhalten, indem er ihren Arm umfasste, aber Áine riss sich aus seinem Griff fort.

„*Sechzig* Jahre? Du spinnst doch! Ich bin siebzehn! *Siebzehn!*"

„Nichtsdestotrotz lasse ich dich keinesfalls aus dieser Höhle, jetzt, wo Astamephis' Anhänger deinen Tod wollen!"

„Ich mache, was ich will! Jetzt tu nicht so, als würde mein Wissen irgendetwas zwischen uns ändern! Lass mich gehen!"

„Ich kann dir alles erklären, wenn du mich nur lässt. Jedes Detail. Du willst wissen, warum ich schwieg?"

„Ich will nur, dass du mich in Ruhe lässt!" Ihre Augen blitzten gefährlich auf. Voller Wut schubste sie ihn von sich. Aufgebracht lief sie zur Tür, wo sie wortlos verschwand.

„Ich gehe hinter ihr her", meinte Graeme.

„Lass mich!" Rana versuchte es mit einem aufmunternden Lächeln, doch wirkte es erzwungen. „Ich bin ein Cop, ich passe auf sie auf."

„Denkst du, ich wollte, dass sie es so erfährt?!" fuhr er seine Freundin an. Er war wütend auf sich selbst, und trotzdem ahnte er, dass seine Freunde es nicht guthießen, wie er es ihr gebeichtet hatte. „Zwischen Tür und Angel?! Verdammt, ich wusste, dass es ... Warum konnte ich es ihr nicht vorher sagen?"

„Das macht jetzt keinen Unterschied mehr!" Rana neigte den Kopf. „Vergangenes ist vergangen. Wichtig ist, dass wir sie vor Astamephis' Leuten finden. Und das werde ich."

Damit machte sich Rana auf den Weg. Derweil blieb Mateo stumm auf seinem Platz sitzen.

„Was?!" bellte Graeme.

Mateo schüttelte den Kopf. „Gar nichts."

„Bist du auch wütend auf mich?"

„Nein. Nein, das bin ich nicht. Warum auch?" Der Gorgone fuhr sich müde durchs Gesicht. „Mir ist klar, warum du es ihr nicht vorher gesagt hast und mir war von Beginn an bewusst, dass es nur in einem Drama enden wird, wenn sie es durch jemand anderen erfährt."

Graeme stieß frustriert Luft aus. Er fluchte. „Das alles wächst mir über den Kopf. Wir stehen am Rande einer neuen Apokalypse und ich weiß, dass es ihr Schicksal ist, aber ... Aífe musste ihr Leben für diese Mission lassen. Ich werde nicht zulassen, dass es Áine genauso ergeht. Es muss einen Weg geben, das Schicksal zu umgehen."

„Ich verstehe dich." Doch es gab noch etwas anderes, was sie beschäftigte. Mateo wusste, dass die Wahrheit wie ein Damoklesschwert über ihren Köpfen hing. Einer musste das Unmögliche aussprechen. Da Graeme diesen Schritt nicht wagen wollte, übernahm er den Part. „Luke ist dieses Mal, das Menschenopfer nicht wahr?"

Der Berserker nickte. „Ich gehe davon aus. Es würde passen. Das Schicksal bringt uns alle zusammen, nicht wahr?" Er lachte lustlos. „Ich dachte, sie könne dem entgehen, Mateo. Als es hieß, Harlow sei tot, habe ich glauben wollen, dass es vorbei ist. Und doch ..."

Sein Freund nickte. „Ich weiß. Ich hoffte auch, dass es anders läuft." Mateo holte tief Luft. „Und was willst du jetzt tun? Nach Aífes Berechnungen blieben ihr nach dem Auffinden des ersten Zeichens um die drei Tage, bis das Portal geöffnet wird."

Die Wahrheit zu akzeptieren, gefiel Graeme überhaupt nicht. Meine Güte, Luke! Er kannte diesen Jungen seit drei Jahren! Wie um alles in der Welt konnte ihm dieses Zeichen nur entgehen? „Wir können bloß hoffen, dass Harlow, Filidor oder wer auch immer, den Blutdiamanten noch nicht in seinem Besitz hat. Genau dort setzen wir an. Wenn wir verhindern, dass er den Stein bekommt, bleiben uns einhundert Jahre, bis zur nächsten Möglichkeit."

„Das haben wir beim letzten Mal ebenso versucht – und sind gescheitert. *Mit* einem erfahrenen Einhorn an unserer Seite."

„Damals waren wir nicht eingespielt. Jetzt haben wir den Vorteil. Zumal deine Frau weiterhin annimmt, dass wir es nicht mit Harlow, sondern mit seinen Schergen zu tun haben. Filidor ist ein guter Kämpfer, aber nur, wenn sein Anführer erfahren ist. Ich traue ihm alleine nicht zu, dass er es schafft, den Diamanten zu holen."

„Du bezweifelst, dass er allein agiert. Dass er diesmal das Sagen hat?"

„Fakt ist, dass sowohl er - oder seine Nachahmer – diesen Wink des Schicksals nicht vorausgesehen haben. Sonst hätte er nicht solange gewartet, um Áine umzubringen. Es gab eine Menge Gelegenheiten, bei denen er hätte zuschlagen können und es nicht tat. Sie müssen erst vor kurzem von ihrer Existenz erfahren haben."

„Was auch mit ihrem Alter zu tun haben könnte. Vielleicht hast du Recht, wenn du denkst, dass wir einen Vorteil besitzen. Dennoch, wir müssen herausfinden, wo der Blutdiamant ist."

Graeme überlegte. „Der Diamant muss groß sein. Ergo, wird er auch bei Menschen einen höheren Wert ausmachen."

„Das heißt, seine Entdeckung würde auffallen." Mateos Augen blitzten auf. „Ich rufe ein paar meiner Kontakte an. Ich habe eine Menge Juweliere in meinem Adressbuch. Einer könnte etwas wissen. Ein riesiger Diamant wird schwer durchs Raster fallen."

Graeme nickte. „Mach das."

Mateo erhob sich von seinem Platz. Zunächst sah es so aus, als wollte er sich auf den Weg machen, doch er blieb abrupt stehen. „Und was wird aus Luke?"

Graeme seufzte schwer. Die Wahrheit tat weh, dennoch war er nicht in der Lage, etwas daran zu ändern. „Er wird sterben. Mit oder ohne Höllenfahrt. Er lebt nur bis zur Durchführung des Rituals."

„Willst du es Áine sagen?"

Graeme schüttelte den Kopf. „Nein. Ich glaube nicht, dass sie es momentan verkraftet. Mir ist egal, ob sie mich hasst. Sie würde versuchen ihn zu retten und am Ende opfert sich sich selbst."

„Und Luke?"

Graeme schüttelte den Kopf. „Wozu? Meine Güte, warum ihn verängstigen? Mit Glück fällt er nur um und wird nicht ausgeblutet. Ich sehe keinen Grund, ihm die letzten Stunden seines Lebens zur Hölle zu machen." Nervös schaute Graeme auf seine Armbanduhr. „Ich bringe ihm lieber ein wenig Kleidung und rufe dann seine Eltern an."

„Wieso?"

„Um ihnen zu sagen, dass er eine Weile hierbleibt. Der Junge wird unsere Höhle in den nächsten Tagen sicher nicht mehr verlassen."

9

1990

„Können wir uns wirklich sicher sein, dass die Nachricht stimmt?"

Dreizehn Jahre vor Harlows erneuter Chance, die Pforten der Unterwelt zu öffnen, sollte das Unmögliche geschehen sein. Beweise waren aufgetaucht, die Eoin Harlows Tod bestätigen sollten. Gerüchte dazu gab es immer, jetzt sollten diese der Wahrheit entsprechen. Graeme konnte das alles zunächst nicht glauben. Und doch, Rana bekräftigte seine Hoffnung. Es gab Fotos, die seine Leiche eindeutig zeigten. Oder das, was noch von ihm übrig war.

Nachdem Áine im Baum gefunden wurde, veränderte Cathmor seinen Namen in Graeme und zog zurück nach Hel, um so näher bei seiner Tochter zu sein. Er kontrollierte regelmäßig, ob die Baileys sie gut behandelten. Natürlich tat er dies mit Abstand, sodass ihn niemand entdeckte. Bisher schien alles in Ordnung. Also hielt er die Füße still.

„Du weißt nur zu gut, wie oft das behauptet wurde. Diesmal stammt die Info aus verlässlichen Quellen." Sie überreichte ihm die Bilder. Doch zu Graemes Missfallen waren sie eher unscharf.

„Von wem stammen die Fotos?" Obschon die Qualität der Aufnahmen minderwertig war, erkannte er dennoch Harlows abgeschlagenen Kopf auf ihnen. Trotzdem, Graemes Misstrauen blieb. „Wir dürfen nicht einfach annehmen, dass er tot ist. Die Bilder können gefälscht sein."

„Aurora, Noltes Cousine, hat sie mir geschickt." Nolte war Artemis' Ehemann. „Nolte hat den Tod seiner Frau gerächt." Rana räusperte sich. „Das alles soll passiert sein, als Harlow Nachforschungen zum Blutdiamanten durchgeführt hat."

„Für die nächste Höllenfahrt."

Rana nickte. „Aurora hat sie gefunden und eine Weile beschattet. Zusammen mit Nolte und einigen Freunden haben sie Harlow eingekreist. Aurora schrieb in ihrem Brief an mich, dass Harlow geschwächt wirkte." Sie zuckte mit den Schultern. „Der Dämon hat so viele Jahrhunderte auf dem Buckel ... es liegt nahe, dass er irgendwann Zauber benutzt, die seiner Gesundheit schaden. Auch er hat nicht das ewige Leben gepachtet."

„War er allein?"

Auch hier nickte sie. „Ja. Und dennoch hat er es geschafft, sich allein gegen eine zehnköpfige Gruppe zu wehren. Aurora ist die einzig Überlebende. Nolte wurde im Kampf schwer verletzt und starb ein paar Stunden später."

Der arme Nolte. Graeme kannte ihn nicht allzu gut und doch wusste er, dass er es sich zur Lebensaufgabe gemacht hatte, den Tod seiner Frau zu rächen. Etwas, was er nachvollziehen konnte. Bevor Áine aus dem Baum geholt wurde, ging er der gleichen Aufgabe nach. Nun jedoch musste er sich um seine Tochter kümmern. „Ich kann es trotzdem nicht glauben."

„Mir fällt es ehrlich gesagt auch schwer, aber na ja, es hört sich schlüssig an." Rana seufzte. „Wir können Aurora vertrauen."

„Es fühlt sich zu einfach an. Was ist mt seiner Leiche passiert?"

„Er wurde noch an Ort und Stelle verbrannt. Die Asche in aller Winde verstreut."

Es klang plausibel. Es hörte sich sicher an. Und doch ... Graeme wurde das Gefühl nicht los, das etwas nicht stimmte. „Es ist schwer zu glauben."

„Ich weiß." Rana steckte die Fotos wieder ein. „Aber auf der anderen Seite ... warum nicht? Warum sollte er nicht auch sterben, jetzt, wo alle Einhörner tot sind? Bei der Prophezeiung handelt es sich um den Kampf zwischen Einhörnern und Dämon. Aife sprach immer davon, dass sie vom Schicksal miteinander verbunden sind. Was, wenn darin seine Kraft lag? Was, wenn er sich durch seine Mordlust selbst zerstört hat?"

„Wahrhaft poetisch, Rana."

Sie zuckte mit den Schultern. „Es ist möglich. Letzten Endes haben wir die Prophezeiung nie selbst lesen können. Wer weiß, was darin verzeichnet steht? Selbst Aife kannte sie nur durch Hörensagen."

„Du sagtest, er schien geschwächt?"

Rana nickte. „Du weißt, was man über ihn sagte? Er soll seine Wunden mit Einhornblut geheilt haben, somit auch seine Macht erhalten haben. Wo soll er das herbekommen, wenn es keine mehr gibt?" Da sie weiterhin den Zweifel in Graemes Augen erkannte, neigte sie den Kopf. „Niemand sagt, wir sollten unvorsichtig werden, Graeme. Aber ein wenig Hoffnung schadet nicht."

Er nickte. „Ich versuche es." Denn etwas anderes blieb ihm nicht übrig.

„Außerdem", fuhr Rana fort, „kannst du nun versuchen, Kontakt zu ihr aufzunehmen."

Er musste nicht nachfragen, wen sie mit *ihr* meinte. So lange hatte er sich von seiner Tochter ferngehalten und nun war es ihm endlich möglich, Kontakt zu ihr aufzubauen. „Ich mache mir Sorgen. Herrje, ich habe eine Heidenangst!" Und das hatte nicht nur mit Harlow zu tun. Wie konnte er ihr jemals nahe sein, wenn er sich noch immer Vorwürfe machte, sie weggegeben zu haben?

Rana umarmte ihn fest. „Ich weiß, Graeme. Aber weißt du was? Jetzt ist endlich deine Chance da. Denn mit Harlows Tod bleiben euch Jahrhunderte."

Da hatte sie Recht. Und allein aus diesem Grund versuchte er, die Meldung zu glauben.

Gegenwart

Linnea erwartete keinesfalls, seitenweise Informationen über alle Dämonenarten in Onlinesuchmaschinen zu finden. Ganz besonders, wenn es seltene Dämonen betraf. Sie war es gewohnt, dass ihre Online-Recherchen meistens im Sand verliefen. Zwar gab es hin und wieder Lichtblicke, diese Momente blieben jedoch rar, weshalb sie sich kaum Chancen ausrechnete, fündig zu werden, als sie ihre Stichwörter in die Suchmaschine eintippte. Dorndämonen waren beinahe unbekannt, und bislang hatte Hollywood noch keinen Film über sie gedreht, in dem sie ihre Mythologie auseinandernahmen. Ergo, gab es keinerlei Fans, die es sich zur Aufgabe gemacht hatten, in Internet-Foren über die gängigsten Tötungsweisen zu diskutieren. Anders als bei Vampiren.

Nichtsdestotrotz boten Suchmaschinen die Option, den Rahmen ihrer Untersuchungen einzugrenzen. Nach dem kleinen Zwischenfall am *Insomnia* wurde sie das Gefühl nicht los, dass mehr hinter diesem Angriff stand als das reine Jagdvergnügen eines Dämons. Ganz besonders die zweite Gruppe der Angreifer brachte Linnea zum Grübeln. Gehörten die Wesen zusammen? Agierten sie getrennt voneinander? Und weshalb jagten sie das Dämonenmädchen? Besagte reagierte auf die Berührung mit ihrem Eisenhandschuh, also war sie sicher ein Dämon ... Und doch ... warum nannten sie sie immer Einhorn?

Linnea seufzte schwer. Wie gewöhnlich gab es mehr Fragen als Antworten. Eine Sache stand aber ganz oben auf ihrer Liste: Warum gab es bislang noch keine Meldung im Polizeifunk, den toten Jungen betreffend? War der Dämon zurückgekehrt und fraß seine Beute auf? Oder kümmerte sich dieses Einhorn-Mädchen um ihn und seine Leiche?

Um diese Fragen zu beantworten, würde sie sicher den Rest des Tages im Internetcafé verbringen. Doch als Erstes wollte sie versuchen, den Modus Operandi des Dorndämons herauszufinden. Es war nicht ungewöhnlich für sie, stundenlang Recherche zu betreiben. Man kannte sie im Internetcafé bereits und bisher sagte niemand etwas, wenn sie teilweise blutverschmiert auf ihrem Platz saß oder auch gerne mal den Polizeifunk abhörte. Denn hey, der Inhaber des Cafés zog sich einen Joint nach dem anderen rein. Kein Wunder, dass ihm alles egal zu sein schien.

Nach zehn Minuten ereignisloser Recherche klickte sie das Fenster der Suchmaschine weg. Die Frustration, nichts zu finden, machte sie wütend. Am liebsten hätte sie den Computer vor die Wand gehauen. Schließlich beruhigte sie sich wieder und änderte ihre Pläne. Ihre fehlende Konzentration rührte auch von den bohrenden Kopf-, und Gliederschmerzen her, die sie von ihrem Zusammentreffen mit dem Dämon davontrug. Es gab nicht genug Tabletten, die ihre Verletzungen auf die Schnelle heilen konnten.

Suchen wir einen neuen Blickwinkel, sagte sie sich. Vor Neugier getrieben recherchierte sie nach Informationen zum Thema Einhorn. Sie scrollte just durch eine Seite, die den Mythos knapp erörterte, als ihr Handy klingelte. Ohne den Blick vom Bildschirm zu lassen, klappte das kleine Telefon auf und musste nicht lange warten, bis ihr klar wurde, wer sie anrief. Es war ihre Mentorin Imogen.

„Willst du mich verarschen?" Ihre Stimme klang angespannt. Sie war wütend, keine Frage. Allerdings überraschte es sie kaum, denn Imogen wirkte ständig genervt.

Am liebsten wollte Linnea das Gespräch beenden, bevor es anfing, aber das würde nichts bringen. „Worum geht es?"

„Ich habe deine Tötungsstatistik erhalten. Sieben Dämonen? Sieben Dämonen in drei Monaten? Das ist unttragbar, Linnea. Was machst du den ganzen Tag? Däumchendrehen?"

Vielleicht waren es nur sieben Dämonen, aber es waren Dämonen, die man nicht ohne weiteres erkannt hätte. Dämonen, die eine Menge Menschen töteten und immer davon kamen, weil sie meistens in ihrer humanen Gestalt blieben. „Du kennst meine Methode."

„Du hast keine Methode zu haben, Linnea! Du siehst einen Dämon und tötest ihn! Das ist die Methode. Das ist unsere Regel!"

Es klang immer einfacher, wenn man in einem hübschen Büro auf seinem Hintern saß. „Dämonen sind nicht so einfach zu finden. Sie sind die meiste Zeit des Tages menschlich."

„Wie gütig von dir, mir deinen Job zu erklären. Dein Kompass führt dich zu ihnen, egal in welcher Form. Ist er etwa kaputt? Brauchst du einen Ersatz? Ich hätte gedacht, du würdest dein Eigentum mit etwas mehr Sorgfalt behandeln. Ich habe dir auf der Akademie deutlich mehr beigebracht."

„Der Kompass ist nicht kaputt. Er führt mich nur nicht immer zu Dämonen, die auch Morde begehen."

Stille folgte am anderen Ende. In dem Moment wusste Linnea, sie saß in der Klemme. Eine Amazone war gezwungen, *jedes* Monster, dem sie begegnete zu töten. Ausnahmslos. Es machte keinen Unterschied, ob er ein Serienkiller oder ein rechtmäßiger Bürger war.

Imogens Standpauke folgte auf der Stelle. Wie jedes Mal belehrte sie sie, dass alle Dämonen böse waren, alle den Tod verdienten. Und genau wie erwartet, fing sie wieder von ihren Eltern an. „Deine Eltern sind von solchen Ungetümen ermordet worden und du willst mir erzählen, dass einige dir nicht genug morden, um sie zu richten? Herrgott, Linnea! Du bist eine wahre Schande! Dir ist bewusst, dass es ein Privileg ist, eine Kriegerin zu sein? Du kannst genauso gut zu einer Schläferin degradiert werden."

Bloß nicht! Genau das wollte sie verhindern. Es wäre ihr Untergang. Nur Kriegerinnen galten unter den Amazonen als respektabel. Schläfer finanzierten den Soldaten das Leben. Und sie wusste, ohne eine richtige Schulausbildung – die sie nicht besaß, da sie seit ihrem zehnten Lebensjahr die Amazonen-Akademie besucht hatte – würde sie in einen furchtbar bezahlten Job gesteckt. Und da sie fast siebzig Prozent ihres Gehalts an den Orden abgeben müsste, wäre es nicht einmal ein gutes Leben. „Ich gehe gerade einer heißen Spur nach!"

„Du verstehst es immer noch nicht, was? Du hast keine Spuren zu verfolgen, nur deinem Kompass."

„Aber es geht um Einhörner!"

Erneut folgte Stille am anderen Ende des Anrufs. Sie wusste, wie ihr Satz geklungen haben musste. Schließlich fluchte Imogen laut, dann: „Langsam zweifle ich an deiner Intelligenz, Linnea. *Einhörner? Wirklich?*"

„Ich möchte der Spur folgen-"

Imogen unterbrach sie grob. „Lass den Unsinn! Ich will bis zum Ende der Woche eine neue Neutralisierungsliste. Übersetzt heißt das: Mehr tote Dämonen! Hast du das verstanden?"

Es war sinnlos, mit Imogen zu streiten. Warum hielt sie nicht einfach den Mund? Dann käme sie wenigstens zurück an die Arbeit. „Ja, Ma'am. Ich habe verstanden." Der Anruf wurde beendet.

Zu ihrem Glück krächzte knapp zwei Minuten später das Funkgerät in ihrem Rucksack. Der Polizeifunk war wieder aktiv! Endlich! „Wir haben einen neuen Mord. Gleicher Modus Operandi wie bei dem Senior. Kegelförmige Wunde."

Linnea merkte augenblicklich, wie das Adrenalin durch ihren Körper raste. Der Dorndämon war zurück! Und damit eine weitere Chance, ihn zu töten und ihre Statistik wieder nach oben zu treiben!

Als Antiquitätenhändler besaß Mateo eine Menge Kontakte, die sich mit Schmuck aller Art auskannten und demnach auch mit Edelsteinen und Diamanten. Genau aus diesem Grund kontaktierte er zunächst einen Edelsteinhändler aus Istanbul. Die beiden kannten einander seit knapp siebzig Jahren und der Mann besaß eine Menge Kontakte sowohl zu reinen wie konvertierten Dämonen. Sein Bekannter hatte zwar von einem Blutdiamanten gehört, der nach Europa gebracht werden sollte, allerdings konnte er ihm nicht mehr dazu sagen. Dennoch gab er Mateo eine weitere Telefonnummer. Diese führte ihn nach Rom zu einem gewissen Gianni D'Agostini. Natürlich rief Mateo den Mann augenblicklich an.

„Blutdiamanten? Ich weiß nicht, wovon Sie sprechen", antwortete er, nachdem Mateo seine Frage äußerte.

Der Dämon seufzte. „Hilft es, wenn ich sage, dass ich Gorgone bin?"

Sofort veränderte sich die Haltung des Händlers. „Konvertiert?"

„Ja."

Diese Information brachte ihn zum Reden. „Ich habe seit Jahren keinen echten Blutdiamanten gesehen. Ich verkaufe Schmuck, kämpfe nicht. Und ich behalte es mir vor, Waffen mit Diamanten auszustatten. An einer Halskette sind sie deutlich mehr wert."

„Mein Bekannter meinte, Sie könnten mir helfen. Bitte, es ist wichtig."

„Nun, ich habe gehört, dass die Nachfrage in den letzten Jahren deutlich gestiegen ist. Ich wurde des öfteren kontaktiert, ob ich welche auf Vorrat besitze."

„Ich spreche nicht von Steinchen. Ich spreche von einem Diamanten, der etwa Kindskopfgröße hat."

„*Kindskopfgröße?* Herrje, den kriegt ihr doch heute nicht mehr durch den Zoll, ohne Aufmerksamkeit zu erregen!"

„Auf dem Schwarzmarkt schon."

„Nein, selbst da würde es sich rumsprechen. Glauben Sie mir. Ich verkaufe neben dem Modeschmuck auch eine ganze Menge an verfluchter und übernatürlicher Ware. So etwas bekommt man nicht ohne Gerede."

„Was ist mit dem Internet?"

„Das müssten Sie selbst wissen, Mateo. Ein Stein dieser Größenordnung ist von einem unschätzbaren Wert. Schließlich ist der Stein immer noch ein Diamant. Das ist –"

Mateo stutzte. Plötzlich wusste er, wonach er suchen musste! „Museumsware! Der Stein ist Museumsware!"

Mateo legte auf, bevor Gianni etwas erwiderte. Adrenalin rauschte durch seinen Körper. Schlagartig hatte er das Gefühl, auf der richtigen Fährte zu sein. Eilig begab er sich zu Graemes Laptop, wo er bei einer Suchmaschine nach Museumsausstellungen suchte, in denen es um Edelsteine und Diamanten ging. Wie erhofft wurde er fündig. Und es wunderte ihn keinen Moment, als Hels Naturkundemuseum aufgelistet wurde.

„In einer Woche beginnt die neue Ausstellung über seltene Mineralien und Diamanten in Hel. Mit einer Leihgabe eines roten Diamanten", las er laut vor. Bingo! Das klang vielversprechend!

Während Mateo den Artikel auf der Website zu Ende las, war er mit der anderen Hand bereits mit seinem Telefon beschäftigt, wo er das lokale Museum anrief. „Hallo, mein Name ist ... Devon Woods. Ich bin Redakteur eines Geologiemagazins. Ich, äh, bin interessiert an Ihrer neuen Sonderausstellung über die Mineralien. Können Sie mir mehr darüber berichten? Zum Beispiel, darüber, ob ich als Journalist einen vorherigen Zugang zur Ausstellung bekomme? Natürlich, danke, ich warte."

Mateo grinste zufrieden. Dieses Mal würde Harlow ihnen nicht zuvorkommen.

In binnen von zwölf Stunden wurde Áines gesamte Realität auf den Kopf gestellt. Sie graduierte von der Schule, überlebte einen Mordangriff, verlor einen Freund und gewann ebendiesen nur wenig später wieder. Und wenn das nicht schon genug war, erfuhr sie am Ende sogar, wer ihre leiblichen Eltern waren und dass sie Einhornblut in sich trug. Neben all diesen neuen Informationen vergaß sie dabei fast die kryptische Vorahnung aus ihren Träumen. Bis ihr auffiel, dass diese plötzlich Sinn zu machen schien. Und doch, diese ganzen frischen Erkenntnisse brachen über sie ein, sodass sie sich unglaublich überfordert fühlte. Überfordert, verloren und verraten, um es genauer zu sagen.

Wütend auf alles und jeden, schaffte es Áine gerade eben so aus der Wohnhöhle heraus. Sie schlug den Weg zur Innenstadt ein, nur weit weg von Graeme und all den anderen Lügnern. Normalerweise würde sie mit Luke sprechen wollen, dennoch hielt sie keine Minute mehr in dieser Höhle aus, also wollte sie auch nicht auf ihn warten.

Wie konnte Graeme sie nur all die Jahre belügen? Sie verstand seine Beweggründe, sie wegzugeben. Falls Harlow ihren Tod forcierte, war es nur logisch, dass er sie in Sicherheit gebracht hatte. Sie machte ihm keine Vorwürfe deshalb. Trotzdem, sie wohnte seit fünf verfluchten Jahren bei ihm und er hatte nie etwas gesagt. Wie oft hatte sie das Thema Eltern angesprochen? Und wie oft hatte er nur mit den Schultern gezuckt und gemeint, sie solle sich keine Hoffnung machen, ihre leiblichen Eltern jemals zu finden. Er belog sie Tag ein Tag aus und nun sollte sie ... was? Ihm freudig um den Hals fallen? Ihn Daddy nennen?

„Was für ein riesiges Arschloch!" Zornig wischte sie sich einen erneuten Schwall Tränen von den Wangen. Es machte sie rasend, dass sie nicht aufhören konnte zu weinen.

Die Temperaturen waren noch recht warm für die späte Uhrzeit, dennoch ließ eine aufkommende, kühle Brise sie frösteln. Warum hatte sie bloß nicht an ihre Jacke gedacht? Weil sie nicht wusste, wohin sie gehen sollte, beschloss sie kurzerhand, zurück ins *Insomnia* zu laufen. Mit etwas Glück war die Abschlussfeier noch nicht vorbei. Eventuell traf sie auf ein paar ihrer alten Mitschüler. Vielleicht kam sie bei einem von ihnen unter. Wobei ... zwölf Jahre hatten sie sie ignoriert, warum sollten sie ihr jetzt helfen?

Sie zuckte mit den Schultern. „Probieren geht über studieren."

Es dauerte nicht lange, bis sie das *Insomnia* über die Hauptstraße erreichte. Wie jeden Freitag war die Bude proppevoll. Ihre Abschlussfeier galt offiziell als beendet, trotzdem erkannte sie noch einige ihrer Klassenkameraden, die ausgelassen in der Menge der Gäste tanzten. Ihre Welt schien sich in den letzten Stunden kaum verändert zu haben. Allesamt Glückspilze. Der Plan, mit ihnen zu reden, löste sich schnell in Luft auf, sowie Áine den Club betrat. Niemand würde Lust haben, sich heute ihre Probleme anzuhören. Und um ehrlich zu sein, wollte sie diese auch keinem erzählen. Wer verstand es schon, finge sie jetzt von Einhörnern, Banshees und Höllenfahrten an?

Kurzerhand beschloss sie deshalb, sich an die doch eher leere Theke zu setzen und dort eine Cola zu bestellen. Vielleicht half es ihr ja schon, einfach ein wenig Abstand von Graeme und seinen

Lügen zu finden. Es dauerte nicht lange, da wurde der Platz neben ihr besetzt.

„Gehörst du zu den Schulabgängern?"

Áine drehte den Kopf. Ein gutaussehender Junge, etwa in ihrem Alter setzte sich neben sie. Er lächelte breit, doch irgendetwas an seiner Statur ließ sie erschaudern. „Äh, ja", sagte sie. „Alles meine Freunde."

Sein Grinsen vergrößerte sich. Es glich ein wenig Batmans Joker. „Ein Abschluss ist immer traurig, was?"

Erst jetzt fiel ihr wieder ein, dass man ihr ansehen musste, die ganze Zeit geweint zu haben. „Klar. Ja."

„Aber die Uni ist super. Ich bin im dritten Semester und muss sagen, alles hat sich gelohnt. Man findet schnell neue Freunde."

Sie nickte. Irgendwie fühlte sie sich unwohl in seiner Gegenwart. „Gut zu wissen."

Der Fremde hob die Hand, um den Kellner auf sich aufmerksam zu machen. „Hey, ihre Cola geht auf mich."

Was sollte das denn jetzt? „Oh nein, nein! Bitte", versuchte sie abzuwinken, aber der Kerl meinte es ernst und bezahlte ihren Drink eilig.

„Ach was! Zur Feier des Tages. Man ist nicht jeden Tag Schulabgänger." Er grinste weiterhin, doch wirkte sein Lächeln eher wie das einer Hyäne als freundlich und nett.

Schlagartig veränderte sich die Luft um sie herum. In binnen von wenigen Sekunden schmeckte sie die Bitternis auf ihrer Zunge. Und wenn das nicht noch genug war, schien sich der Geschmack diesmal mit einer Art Metall zu mischen. Blut. Oh oh! Es war genau wie am Nachmittag! Bitterkeit und Blut bedeutete, dass ein Mord bevorstand. Als dann auch noch der Geruch von Schwefel in ihre Nase stieg, gab es keinen Zweifel mehr. Nur wen würde es treffen?

Ach verdammt! Áines Blick fiel auf ihre Hand. Um ihre Finger schwebte ein dunkler Nebel, wie eine Art Aura. *Sie*! Sie sollte es treffen! Der Tag hatte es geschafft, noch schlimmer zu werden!

Sie wollte aufspringen, doch die Hand ihres Nebenmannes schloss sich bereits wie eine Eisenfaust um ihr Handgelenk. Áine japste erschrocken auf, ihre Augen streiften die seine. Und da erkannte sie ihn wieder! Der Dorndämon! Er war derjenige gewesen, der Luke getötet hatte! Nun kam er für sie zurück! Der Scheißkerl hatte sie abgefangen!

„Hast du wirklich geglaubt, ich lasse dich davonkommen? Dich und diese kleine Schlampe?! Ihr habt versucht mich zu killen! Aber keine Sorge, ich lasse niemals jemanden zurück. Und vor allem lasse ich nicht so mit mir umgehen! Zuerst habe ich mich um die Amazone gekümmert und jetzt um dich! Aber keine Sorge, du siehst sie schon bald wieder!"

10

Áine wusste, ihr blieb nicht viel Zeit, um zu entkommen. Der Dorndämon musste zurückgekommen sein, in der Hoffnung, Rache an ihr und der Amazone zu nehmen. Dachte er etwa, sie seien befreundet?

„Dir ist bewusst, dass ich stark bin und weglaufen kann", meinte sie, sie versuchte selbstbewusst zu klingen, obschon sie große Angst hatte. „Ich bin eine Banshee. Ich weiß genau, was hier abläuft."

Der Dämon lachte bloß herablassend. Er hob seine freie Hand und zeigte ihr seinen Zeigefinger. Aus der Fingerspitze schob sich ein spitzer, grüner Dorn hervor. „Das kannst du tun. Aber ich habe in meiner Fingerspitze so viel Gift, um eine Horde Elefanten zu töten. Wenn ich wollte, könnte ich jeden töten. Und du bist in meiner direkten Nähe."

Sie schluckte hart. „Und wieso tust du es dann nicht sofort?"

„Weil ich mir Zeit nehmen will, euch beide dafür büßen zu lassen, was ihr mir angetan habt." Zornig schob er sein T-Shirt nach oben. Áine erkannte eine lange Narbe auf seinem Bauch.

„Ich arbeite als Model! Deine Freundin hat mich mit einer Eisenklinge verletzt. Das braucht Monate, bis ich wieder gut aussehe. Ich verliere damit ein Haufen Geld! Glaubst du wirklich, dass lasse ich mir bieten?!"

„Du hast meinen besten Freund getötet!"

„Was mein verdammtes Recht ist! Ein paar widerliche Menschen weniger, wen interessiert das schon? Du und deine kleine Freundin werdet leiden, mich um meine Jobs gebracht zu haben!" Er bleckte die Zähne. „Und ich werde jede Minute dabei genießen."

Theoretisch könnte sie es auf einen Kampf ankommen lassen. Eine freie Hand hatte sie, damit könnte sie ihr Messer greifen und es dem Kerl direkt ins Herz rammen. Es gab eine kleine Chance, dass sie es schaffte, auch wenn es schwierig werden würde. Aber was würde dann aus der Amazone? Der Scheißkerl hatte sie entführt. Das vermutete Áine jedenfalls. Wer wusste schon, was er mit ihr gemacht hatte? Sie könnte noch leben! Um sie zu retten, musste sie wissen, wo sie sich aufhielt. Herrje, Áine kannte nicht einmal ihren Namen. Und doch ... wie zum Teufel konnte sie sie fallen lassen, wenn sie ihr heute Mittag das Leben gerettet hatte?

Sie schluckte: „Woher soll ich dir glauben, dass du sie hast?"

Der Dämon lachte auf. Er holte eine kleine Digitalkamera hervor. Daraufhin öffnete er den Speicher der Kamera und deutete auf ein Foto. Es zeigte die Amazone in einer Art ... *Kofferraum?* Sie sah übel zugerichtet aus, allerdings fand Áine keinerlei Wunden, die darauf schließen ließen, dass sie bereits vergiftet wurde. Dazu wirkte sie lebendig.

„Ich wusste von Anfang an, dass du ein verfluchter Dämon bist. Aber sie ist ein Mensch. Spielt sich auf, als sei sie *Buffy.*" Er streckte den Rücken durch. „Hat eine gute Rechte. Zum Glück fallen meine Zähne nicht leicht raus."

Áine zog ihre Mundwinkel hoch. „Verdient hättest du es."

Langsam stand sie auf, die Hand des Dämons hielt sie weiterhin fest. Er zog sie zum Hinterausgang, dort wo er am Nachmittag Luke getötet hatte. Allein bei der Erinnerung zog sich ihr Magen zusammen.

„Du bist also ein kleiner Perversling der will, dass wir einander beim Sterben zusehen?" fragte sie. „Macht dir richtig Spaß, was?"

Seine Antwort folgte prompt. „Fast. Ich bin ein Perversling, der will, dass du der Amazone beim Sterben zusiehst. Mit dir ... nun, da habe ich andere Pläne."

Oh. Ihr Magen machte einen Satz. „Wie bitte?"

„Ich habe gesehen, wie du von diesen Kerlen angegriffen wurdest. Ich weiß, wer sie waren. Sie kamen von Harlow – jedenfalls sagten sie das."

Harlow! Áines Adrenalin begann in die Höhe zu schießen. Sie schluckte hart. „So? Und du kennst ihn?"

„Ich habe von ihm gehört. Er soll stinkend reich sein. Und anscheinend will er dich."

Also stimmte es! Harlow lebte! Diese Typen waren seine Schergen und nicht die neuen Anführer. „Und das weißt du woher?"

„Weil ich euch belauscht habe. Ich bin den Kerlen gefolgt und weiß, wo Harlow wohnt. Ich erwarte eine große Belohung dafür, dich ihm gebracht zu haben." Er zuckte mit den Schultern. „Ich falle für Monate aus, erinnerst du dich? Keine Model-Aufträge. Aber meine Miete muss weiter gezahlt werden."

„Und ich gehe davon aus, der Rest ist einfach nur ein perverses Vergnügen?"

Er nickte. „Ich muss doch auch meinen Spaß haben, oder nicht?"

Er schleifte sie zu seinem Auto, wo er den Kofferraum öffnete. Darin lag die Amazone, gefesselt und geknebelt. Aber anders als auf dem Foto, entdeckte Áine ein großes kegelförmiges Loch an ihrer Schulter. Sie wirkte schweißgebadet und zitterte. Er hatte sie vergiftet!

„Du hast ihr wehgetan!"

Wut brodelte in ihr hoch. Dieser Scheißkerl musste für alles büßen, was er getan hatte. Die gesamte Rage, die sich über den Tag verteilt in ihr aufbaute, verließ ihren Körper. Brutal entzog sie sich ihm. Die Härte ihrer Handlung ließ den Dorndämon für einen Moment zurückschrecken. Ihre Augen blitzten wütend auf, wurden onyxschwarz. Gleichzeitig erblasste ihre Haut. Die Wut und die Trauer brachten ihr innerstes nach außen. Sie transformierte sich in eine Banshee.

Noch bevor der Dämon sich selbst verwandeln konnte, ließ sie ihren ersten ohrenbetäubenden Banshee-Schrei heraus. Getroffen von dem schrillen Ton zuckte der Dorndämon zusammen, hielt sich die Ohren zu. Ihr Klageschrei konnte Menschen durchaus taub machen, dessen war sich Áine bewusst. Genau aus diesem Grund schrie sie erneut. Und ignorierte dabei ein Stöhnen seitens der Amazone. Ihr Geschrei würde ihr mit Sicherheit einen Tinnitus verpassen, falls sie den Angriff überleben sollte.

„Hör auf, meine Ohren bluten!" Der Dämon fluchte laut. Von Rage getrieben begann nun auch seine Transformation. Innerhalb weniger Minuten verwandelte sich seine gesamte Haut in eine dunkelgrüne, echsenartige Struktur. Ein langer Stab entwuchs seinen Pulsadern. Viel zu spät bemerkte sie, wie der Stab eine kegelförmige, scharfe Struktur annahm. „Sag Lebewohl!" schrie er.

Áine konnte nicht mehr schnell genug agieren. Im nächsten Moment rammte er ihr den Stab direkt in den Torso. Schmerzerfüllt bäumte sie sich auf. Sie spürte, wie er sein Gift in ihren Körper pumpte. Sie keuchte, krümmte sich. Daraufhin sackte sie in sich zusammen.

Der Dämon schnalzte abwertend mit der Zunge. „Ich hoffe, die Kerle nehmen auch Leichen entgegen."

„Ich glaube, das Interesse an Dorndämonen ist eher gering."

Es waren die letzten Worte, die der Dämon hörte, bevor Rana seinen Kopf mit einer Machete abtrennte.

-

„Okay, ich weiß, vielleicht bin ich von dem ganzen Sterben ein wenig schwer von Begriff, aber warum genau lassen Sie mich nicht nach Hause?"

Obwohl Luke klar war, dass der Tag anders als geplant verlief und er – wie alle anderen auch – den Grund hinterfragte, weshalb er überlebte, rechnete er trotzdem nicht damit, dass Graeme ihn nicht mehr nach Hause ließ. Seitdem er aus der Dusche stieg, hatte sich eine Menge an der Situation geändert. Áine war verschwunden. Angeblich wegen eines Streits. Und nun wurde ihm auch noch von dem Berserker verboten, die Höhle zu verlassen. Leider konnte ihm jedoch niemand einen geeigneten Grund dafür nennen.

„Hör zu, Luke, ich weiß, es fällt dir schwer, aber wir glauben, dass dir jemand nach dem Leben trachtet." Zusammen mit Graeme und Mateo saß Luke am großen Tisch der Höhle. Es machte ihn ein wenig nervös, ohne Áine mit den beiden Dämonen allein zu sein. Wann kam sie wohl zurück? Wenn er schon hierbleiben musste, dann nur mit ihr.

„Wie kann mich jemand töten wollen, wenn ich nicht sterbe?" Er hob die Hand. „Was ich übrigens genauso seltsam finde. Nicht, dass ich undankbar erscheinen möchte, aber warum bin ich nicht gestorben? Glauben Sie, ich bin ein Dämon? Ein Unentdeckter? Würde bei meiner irren Familie ne Menge erklären."

Graeme tauschte einen Blick mit Mateo aus. „Wir, äh, wissen es noch nicht. Um ehrlich zu sein, glauben wir eher, dass etwas anderes dahinter steckt." Dann fragte der Berserker: „Ist es das erste Mal gewesen, dass du dem Tod entkommen bist?"

Eine seltsame Frage. Bedachte man jedoch, dass ein Dämon sie ihm stellte, kurz nachdem Luke von den Toten wieder auferstand, klang sie vernünftig. „Meinen Sie, *bewusst*? Denn an mein angebliches Sterben vor ein paar Stunden erinnere mich auch nicht mehr."

Graeme nickte. „Bewusst, ja."

„Na ja, vor etwa drei Jahren bin ich von einem Auto angefahren worden. Es sah nicht gut aus, die Ärzte haben schon mit meinen Eltern gesprochen. Von wegen Maschinen abstellen und so."

„Und dann?"

Luke zuckte mit den Schultern. „Nun, von der einen Nacht zur anderen kam dann die Heilung. Und ich muss sagen, was für eine!"

„Du warst vollkommen gesund?" hakte Mateo nach. „Nachdem du praktisch gestorben wärst?"

Luke nickte. „Nicht nur das! Ich meine, meine kaputten Knochen, vor allem mein Schädel ... geheilt! Und das beste: Alle meine Allergien."

„Allergien? Ich wusste nicht, dass du Allergien hast", bemerkte Graeme.

„Hab' ich auch nicht mehr! Ich meine, das war eine Art Wunderheilung. Ich brauche nicht mal diese Brille." Er setzte ebendiese ab und zeigte sie Graeme.

Dieser räusperte sich. „Fensterglas. Wie meine."

Luke nickte. „Ja. Wissen Sie, es hat meine Eltern ziemlich beunruhigt, dass ich plötzlich, nun, wie neu war." Er zuckte mit den Schultern. „Ich konnte ihnen nicht sagen, dass selbst meine Sehkraft wiederhergestellt wurde. Sie wären vor Angst ausgeflippt. Ich war auf einem Auge fast blind. Und nun? Alles gesund." Er holte tief Luft. „Diese Erfahrung hat es mir auch einfacher gemacht, Áine zu glauben, dass sie ein Dämon ist. Ich meine, wenn ich eine Wunderheilung hatte, warum kann sie dann kein Dämon sein?"

Erneut bemerkte Luke diesen seltsamen Blick, den die beiden anderen Männer miteinander tauschten. Was steckte bloß dahinter? Langsam kam er sich wie in einem Agententhriller vor. „Ist das ein Problem?" wollte er wissen. „Womöglich ist das der Grund, warum ich nicht gestorben bin. Hey! Vielleicht stehe ich ja unter einem Zauber oder so. Wie bei Harry Potter."

Graeme spannte sich merklich an. „Ja, vielleicht. Äh, sonst fiel dir nichts auf? An dir?"

Er schüttelte den Kopf. „Nope. Warum?"

„Reine Neugier." Graeme wandte sich an Mateo. „Rufst du Oona an? Sie sollte hiervon erfahren und so schnell wie möglich herkommen."

Dieser nickte. „Klar. Bin sofort dran. Aber Graeme? Danach müssen wir reden. Es geht um den Diamant." Daraufhin verließ Mateo den Tisch.

„Wer ist Oona?" Die Frage stammte von Luke.

Graeme lächelte, doch erreichte die Freundlichkeit nicht seine Augen. „Eine Freundin. Sie, äh, arbeitete früher oft mit uns zusammen."

„Bei was? Ich dachte, Mateo leite einen Antiquitätenladen und Sie ... nun gehen zur Schule."

„Ich *arbeite* an der Schule." Er räusperte sich. „Ich meinte damit, in der Vergangenheit."

„Verstehe." Daraufhin fragte er etwas, was er bereuen sollte. „Okay, dann will ich jetzt mal so frei sein: Was geht hier eigentlich vor? Und keine Lügen!"

Graeme schaute ihn an. Und mit einer Eiseskälte in der Stimme erwiderte er: „Die Apokalypse."

11

Erneut driftete sie in eine Traumwelt hinab. Diesmal nahm sie ihre Umgebung überhaupt nicht wahr. Stattdessen schaute sie auf zwei blutverschmierte Hände. Ihre Hände! Das Blut daran schimmerte Schwarz. Das bedeutete, es musste einem transformierten Dämon gehören. Deren Blut wurde immer dunkel, sobald der Prozess der Verwandlung abgeschlossen war. Plötzlich verlor sie den Halt. Ein Donnern unter ihren Füßen ließ ihren gesamten Körper erschüttern. Um sie herum nahm die Temperatur stetig zu. Instinktiv fühlte sie, wie sich vor ihren Augen ein Schleier lichtete. Sie streckte die Hand aus ...

„Áine!"

Schockiert riss sie ihre Augen auf. Für einen Moment wusste sie nicht, wo sie war ... dann bemerkte sie, wie Rana sie alarmiert von oben herab musterte. Lag sie etwa auf dem Boden?

„Bin ich tot?!" fragte sie.

Rana schüttelte den Kopf. Nichtsdestotrotz wirkte sie besorgter denn je. „Du lebst."

„Wie?"

„Hast du vergessen? Ein Einhorn kann man nicht so einfach töten."

„Und die Banshee?"

Hier schien Rana weniger begeistert zu sein. Sie presste die Lippen zusammen, bis sie meinte: „Da müssen wir uns Sorgen machen. Wir können nur hoffen, dass das Einhorn das Gift des Dämons abfängt, bis wir ein Gegenmittel haben." Sie seufzte. „Kannst du aufstehen?"

Áine schüttelte den Kopf. Obschon sie lebte, fühlte sie sich schwach und fiebrig. „Nein."

„Ich nehme an, sein Gift hat dich lahmgelegt." Rana fluchte, dann fiel ihr Blick auf das Auto des toten Dorndämons. „Fein. Wir müssen dich irgendwie dort hineinkriegen."

„Du willst sein Auto klauen? Du bist Bulle!"

„Das heißt *Polizistin*! Und nein, ich konfisziere es!"

„Das merke ich mir, wenn ich ein Auto klaue."

„Dafür, dass du so krank bist, hast du noch immer ein ziemlich freches Mundwerk!" Was Rana wenigstens ein bisschen zu beruhigen schien.

Mit aller Kraft hievte die Polizistin Áine ins Auto des Dämons. Als sie am offenen Kofferraum vorbeiging, fiel ihr die Amazone auf. Diese schien schon nicht mehr ansprechbar. Rana fühlte ihren Puls und nahm ihr das Klebeband über dem Mund ab. Sie lebte, doch das Gift des Dorndämons verbreitete sich rasch in ihr. „Ich schließe den Kofferraum, aber keine Angst, ich werde dir helfen."

Als Nächstes hievte sie den leblosen Körper des Dämons, mitsamt seinem abgeschlagenen Kopf, auf den Beifahrersitz des Autos. Eilig kramte sie in den Hinterlassenschaften des Dorndämons, bis sie endlich einen Autoschlüssel fand.

„Wir werden in Schwierigkeiten geraten." Áine, die auf der Rückbank lag, verzog den Mund zu einem Lächeln.

Rana schnalzte bloß mit der Zunge. „Wer soll mich verhaften? Ich?"

Damit brauste sie los, in der Hoffnung, eilig zur Wohnhöhle zu gelangen.

„Wir benötigen eine Idee, mit der wir das Einhorn stilllegen können. Wir müssen es nicht töten – noch nicht. Sie darf nur nicht anwesend sein, wenn wir das Ritual durchführen. Dieses Mal können wir das Schicksal besiegen. Wenn wir es schlau anstellen."

Die Karten waren dieses Jahr neu gemischt worden. Nachdem Harlow sein gesamtes Leben gegen reine Einhörner kämpfte, spielte Áine in seiner Liga. Zumindest zur Hälfte. Ergo war es ihm zum ersten Mal möglich, sie mit seinen eigenen Waffen zu bekämpfen. Bisher hatte er immer versucht, Einhörner zu töten. Das erschien ihm als die einfachste Vorgehensweise. Diesmal aber konnte er seinen Plan modernisieren. Musste er es tun. Auch weil seine Leute zu unfähig waren.

„Ihr Blut versiegelt das Portal zur Hölle", fuhr Harlow nachdenklich fort. „Der Prophezeiung zufolge, ist das Einhorn immer anwesend, sowie das Ritual durchgeführt wird. Egal, was ich getan habe, irgendwo kam immer eins her. Diesmal will ich meine Zeit nicht mit Mordanschlägen vergeuden. In diesem Jahr denken wir um die Ecke."

Filidor, der neben Harlow stand, neigte den Kopf. „Wir könnten sie entführen. Sie an einen anderen Ort bringen."

Harlow gefiel die Idee, jedoch wäre es nicht das erste Mal, dass er so was versucht hatte. Bisher hatte es nie funktioniert. „Das dauert zu lange. Wir benötigen etwas Schnelles. Etwas, bei dem niemand ihrer Anhänger sie retten kann. Etwas, wovon sie selbst sich nicht retten kann. Solange das Einhorn wach ist, gibt es keine Möglichkeit, dass das Schicksal ihr nicht unter die Arme greift. Die Prophezeiung hat sich dahingehend nicht geändert. All die Jahre nicht. Sie wird da sein, auch wenn sie nur zur Hälfte ein Einhorn ist. So ist es Gesetz."

Plötzlich kam ihm ein Gedanke. Das Einhorn wäre anwesend, sofern es wach wäre, aber falls es schliefe ... falls *alle* schliefen? Harlow grinste schief, Adrenalin raste durch seinen Körper. Vielleicht hatte er endlich eine Antwort gefunden! „Ein Dornröschenzauber!"

Filidor, stand seinem Meister zwar bedingungslos zur Seite, glaubte aber weniger an den Erfolg dieses Plans. Letzten Endes kannte er das Vorgehen schon. „Meister, haben Sie nicht bereits 1503 einen Dornröschenschlaf versucht?"

Harlow nickte. „Ja, das habe ich. Aber bei Einhörnern wirkt dieser Zauber nicht, wie wir feststellen mussten. Das Mädchen ist jedoch ein halber Dämon. Ergo wird sie dem Zauber nicht entfliehen. Sie ist dagegen nicht immun. Sie trägt die Stärken und die Schwächen beider Arten in sich." Der Dämon lachte laut, packte seinen ersten Offizier an den Schultern und schüttelte ihn kräftig. „Heureka! Endlich! Endlich haben wir eine Möglichkeit, sie uns vom Hals zu halten! Sobald sie aufwacht, wird es zu spät sein." Aus seinem fröhlichen Grinsen wurde ein diabolisches. „Und ich werde mich ganz persönlich um sie kümmern." Er schaute Filidor an.

„Hol mir den besten Sandmann, den du finden kannst. Ich will die gesamte Stadt im Dornröschenschlaf."

Filidor nickte. „Ja, Meister, ich mache mich sofort an die Arbeit."

Endlich, dachte sich Harlow, dieses Mal schien er dem Sieg näher als jemals zuvor.

12

Als ob der Tag nicht schon genug Hiobsbotschaften für ihn übrig gehabt hätte, musste Graeme sich am späten Abend mit einer weiteren auseinandersetzen. Es war halb elf, als Rana in die Höhle einmarschierte und lauthals um Hilfe schrie. Eigentlich wollte er just mit Mateo den Plan um den Blutdiamanten besprechen, doch als Rana ihm mitteilte, was passierte, waren seine Augen nur auf einen Punkt gerichtet. Seine Tochter!

Allem Anschein nach wurde Áine in der Stadt von einem Dorndämon angegriffen und schwer verletzt. Doch nicht nur sie allein. Auch die Amazone, die noch vor wenigen Stunden Áines Leben rettete, wurde mit Verletzungen in die Höhle gebracht. Ihr ging es weitaus schlechter als seiner Tochter. Doch das hieß nicht, dass es Áine nicht ebenfalls denselben Weg einschlagen würde, wenn sie nicht sofort Hilfe erhielte.

Graeme fragte sich, ob es derselbe Dorndämon sei, der auch Luke vor wenigen Stunden angegriffen hatte. Rana vermutete es. Sicher war auf jeden Fall, dass der Dämon niemandem mehr wehtun konnte, da die Furie ihm den Kopf abschlug. Wenigstens etwas, dachte sich der Berserker.

Zusammen mit Rana und Mateo brachte Graeme beide verletzten Mädchen in die Wohnhöhle, wo sie sie auf die weichen Sofas legten, die im Wohnzimmer standen.

„Was ist mit ihnen passiert?!" Luke, der ebenso dazukam, wirkte schockiert, seine beste Freundin verletzt zu sehen. Sofort war er an ihrer Seite, hielt ihre schwitzige Hand. „Sie glüht."

„Ein Dorndämon", erklärte Rana.

Luke riss die Augen auf. „Derselbe wie bei mir?"

Die Polizistin zuckte mit den Schultern. „Ich gehe davon aus."

„Áine wurde vergiftet", meinte Graeme knapp, dann wandte er sich an Rana. „Hast du den Dorn?"

Sie nickte. „Ich habe den ganzen Dämon. Ich hole ihn sofort – oder besser gesagt, ich hole ihn stückchenweise."

Während Rana sich entfernte, begutachtete Graeme die Wunde an Áines Torso. Obschon die Verletzung böse aussah, fing sie bereits an zu heilen. Ein gutes Zeichen. Als Einhorn besaß sie gewisse Selbstheilungskräfte, die deutlich rascher voranschritten, als bei anderen Wesen. Doch war es ihre dämonische Seite, die von dem Gift getroffen wurde. Graeme wusste deshalb nicht, ob sie es schaffen könnte, sich allein zu heilen.

Und was die Amazone betraf? Nun, bei ihr sah es noch schlechter aus. Natürlich würde er ihr helfen, gesund zu werden, keine Frage. Und ja, höchstwahrscheinlich dankte sie ihm später für seine Hilfe mit einem Messer im Körper. Dennoch hatte sie was gut bei ihm. Schließlich hatte sie seiner Banshee vor wenigen Stunden das Leben gerettet.

„Was können wir tun?" Luke war den Tränen nahe, Áine so zu sehen. Er schniefte, wischte sich mit dem Handrücken über die Augen.

„Ich braue ein Gegenmittel zusammen", versprach Graeme. „Das Mittel kann das Gift neutralisieren, wenn es nur schnell genug verabreicht wird. Wir können nur beten, dass es wirkt."

1997

„Also Áine, sag mir, warum du heute hier bist. Deine Eltern scheinen mir besorgt zu sein und glauben, dass du mit jemandem reden solltest."

Von Anfang an missfiel Áine die Idee ihrer Eltern, mit einem Fremden über ihre Probleme zu sprechen. Zumal sie selbst nicht einmal annahm, welche zu haben. Trotzdem schleppten sie sie zu einem verdammten Psychologen, damit sie all ihre Sorgen loswerden konnte. Pah! Als ob!

Seitdem sie ihren Eltern den Tod ihres Großvaters mitgeteilt hatte, noch bevor der eigentliche Anruf mitsamt der Todesnachricht sie erreichte, verhielten sie sich komisch ihr gegenüber. Ja, manchmal wusste sie schon weit vor dem kommenden Ereignis, dass jemand starb. Aber das hieß doch nicht, dass sie einen Seelenklempner benötigte. Sie war zwölf Jahre, Herrgott, so gut wie erwachsen! Sie wusste schon selbst, wen oder was sie brauchte. Und momentan war es eine neue Episode *Friends*.

„Mir geht's gut", beharrte sie. Ihre Arme waren vor der Brust verschränkt und sie lehnte sich provokant in dem weichen Leder des Sessels zurück. Dieser Psychologe, Dr. Wilder, schaute sie die ganze Zeit komisch an. Was war nur mit ihm los? Waren es ihre weißen Haare, die ihn störten? Oder ihre zweifarbigen Augen? Wie viele Kinder gab es schon, die so aussahen wie sie? „Sie wissen, dass Sie seltsam sind, oder? Sie haben den Billy-Loomis-Blick."

„Denn Billy *wer*?"

„Billy Loomis. Aus *Scream*. Leicht irrsinnig." Sie zuckte mit den Schultern. „Ich mochte Stu ohnehin lieber."

„Bist du nicht ein bisschen zu jung, um dir solch brutale Filme anzuschauen? Erlauben dir deine Eltern das? Du sprichst doch von einem Horrorfilm, oder nicht?"

Sie zuckte unberührt mit den Schultern. „Meine Eltern wissen nicht, welche Filme ich mir ansehe. Und nein, wahrscheinlich würden sie ausrasten, wenn sie wüssten, in welche Kinofilme ich mich hineinschleiche." Sie schnaubte. „Und doch sehe ich die Toten nicht, weil ich einen verdammten Slasherfilm angucke. Das ist ganz anders."

„Und wie?"

„Ich weiß es einfach. Jemand ruft an und ich weiß es. Und hin und wieder sehe ich sogar mit Abstand voraus. Leute haben –" Sie stockte, sowie sie merkte, dass sie zu viel erzählte. Genervt zuckte sie mit den Schultern. Sie wollte sich ihre Emotionen nicht anmerken lassen.

Doch Wilder ließ nicht locker. Er rückte seine Brille zurecht und lehnte sich in seinem Sessel zurück. „Erzähl ruhig weiter."

„Es gibt nichts mehr zu sagen."

„Meinst du?" Streng schaute er sie an. Dann lächelte er schief. „Wusstest du eigentlich, dass jeder Mensch eine Art Aura um sich trägt?"

„Meine Mutter sagt, so sprechen nur verrückte Langhaarhippies."
Wilder lachte. „So würde ich es nicht sagen."
„Sie schon." Áine zog eine Augenbraue hoch. „Sind Sie ein Langhaarhippie?"
Der Psychologe neigte den Kopf. „Die Aura kann sich vor dem Tod verdunkeln. Manche Menschen erkennen das."
„Ach ja?" Áine wurde hellhörig, tat es dennoch mit einem Wink ab. „Das ist Quatsch."
„Vielleicht."
Es machte sie irre, dass er sie so mit seinen Blicken durchbohrte. Als ob er wüsste, dass sie etwas verbarg. Aber gut, sofern er die Wahrheit wollte, sollte er sie kriegen. Sie holte tief Luft, dann meinte sie: „Ich weiß, wenn jemand stirbt. Und ich kann ihre Auren sehen. Ich wusste Wochen vorher, dass mein Großvater sterben würde. Und ich habe nichts gesagt."
„Warum?" In seinen Worten schwang kein Urteil. Etwas, was sie verwirrte, denn ihre Eltern waren schnell im Verurteilen.
„Weil es mir niemand geglaubt hätte. Und weil sie mir die Schuld gegeben hätten. Genau wie bei Beth."
„Wer ist Beth?"
Áines Lippen zitterten. Allein die Erinnerung ließ sie erschaudern. „Eine Schulfreundin. Ich sah ihre Aura verdunkeln. Wir waren bei ihr zuhause. Sie hatte einen Pool und ... und ich sah, dass sie dunkel wurde. Die Aura. Ich hab es meiner Mutter gesagt, aber sie wollte nicht hören. Und als ..." Áine stockte, senkte den Kopf. „Ich wusste, etwas war komisch und sie brauchte Hilfe –" Wilder sagte nichts, ließ ihr diese Pause. Schließlich schaffte sie es, weiterzureden. „Ich habe meine Mutter überredet bei Beth anzurufen und

zu fragen, wie es ihr geht. Zuerst ging niemand dran und dann ... dann sprach meine Mum plötzlich mit ihrem Onkel. Denn ... ihre Eltern waren in der Pathologie."

„Sie ist ertrunken."

Áines Kopf schnellte hoch, misstrauisch runzelte sie die Stirn. „Woher wissen Sie das?!"

Wilder zuckte mit den Schultern. „Du erwähntest einen Pool."

Áine entspannte sich wieder. „Sie ist ertrunken, ja. Und auch wenn niemand etwas sagte ... ich weiß, dass meine Mutter sich fragt, ob ich etwas damit zu tun habe." Eine Träne löste sich aus ihrem Auge. Unachtsam wischte sie diese weg. „Ich ziehe den Tod an, Mr. Wilder." Sie zuckte mit den Schultern. „Was sagen Sie jetzt?"

Der Psychologe kreuzte die Finger miteinander und stieß einen langen Seufzer aus. „Was würdest du sagen, wenn ich dir jetzt ein Geheimnis verrate, was dein Leben für immer verändern wird?"

Was sollte das nun wieder? „Bitte, nur raus damit."

„Du bist nicht verrückt, Áine. So etwas wie dich sehe ich jeden Tag. Zum Beispiel, wenn ich in den Spiegel sehe."

„Wow, es wird nicht weniger Billy Loomis hier", meinte sie.

Er lächelte. „Dann hör jetzt ganz genau zu, wenn ich dir sage, was deine Gabe heraufbeschwört. Warum du den Tod erahnst."

„Ich würde es nicht als Gabe sehen."

„Aber genau das ist es, Áine. Du bist eine Banshee. Und ich kann dir helfen, dass du deine Fähigkeit verstehst."

Gegenwart

Das Gegenmittel für die Vergiftung zu brauen fiel Graeme nicht schwer. Eine der wichtigsten Zutaten war der Dorn des Dämons. Jeder Dorndämon entwickelte sein eigenes Gift. Ergo war es nur möglich, das Gegengift herstellen, wenn man einen seiner Dornen besaß. Zum Glück wusste Rana das und brachte die Leiche des Dämons mit. Das Brauen des Antidots musste schnell gehen, denn das Gift verbreitete sich eilig im Körper. Ohne die Medizin verlief eine Vergiftung jedes Mal tödlich. Und obschon es Áine besser ging als der Amazone, war sie noch längst nicht über den Berg.

Luke wich seiner Freundin die ganze Zeit nicht von der Seite. Tapfer hielt er ihre Hand, brachte ihr Wasser und kümmerte sich aufopfernd um sie. Währenddessen versuchten Rana und Mateo, die Amazone am Leben zu erhalten.

„Die Wadenwickel halten das Fieber nicht mehr auf", bemerkte Rana gegen Mitternacht. Ihre Stimme hart. „Es sieht nicht gut für das Mädchen aus. Sie reagiert kaum noch."

„Ich glaube, Áines Fieber sinkt." Luke legte eine Hand auf ihre Stirn. „Aber sie braucht das Gegenmittel sofort."

Das wusste Graeme. Und glücklicherweise schaffte er es wenig später, das Mittel fertigzustellen und es den beiden Mädchen zu bringen. Obwohl mitten in der Nacht, spürte er keine Müdigkeit. Er konnte erst schlafen, wenn er wusste, dass es Áine schaffen würde. Aus einem Kessel heraus teilte er die Brühe gleichermaßen unter den Kranken auf. Er reichte Rana eine Schale, die sogleich versuchte, es der Amazone einzuflößen. Graeme hingegen kümmerte sich um Áine.

Liebevoll hob er ihren Kopf, legte die Schale an ihre Lippen. „Trink! Bitte", wisperte er. Er erkannte deutlich, wie misstrauisch sie ihn musterte. Es war ein gutes Zeichen, dass sie sich noch nicht im Delirium befand. Ein besseres, als sie endlich die Brühe trank.

Rana hatte währenddessen mehr Schwierigkeiten, die Amazone dazu zu bringen, zu trinken. Nicht, weil sie sich weigerte, sondern da sie bereits zum Schlucken zu schwach schien. Am Ende war sie zwar erfolgreich, dennoch kostete es der Amazone eine Menge Kraft. Nachdem beide Mädchen ihre Medizin endlich ausgetrunken hatten, blieb der gesamten Gruppe nur noch eins: Warten.

„Also, Harlow oder nicht Harlow, das ist die Frage."

Der Gedanke, den Rana gegen zwei Uhr morgens aussprach, kam Graeme ebenfalls. Er konnte sich einfach nicht vorstellen, dass jemand anderes dazu fähig war, das Ritual durchzuführen. Es war ein großer, sehr mächtiger Zauberspruch. Ein simpler Dämon wäre dazu überhaupt nicht in der Lage. Jedenfalls nicht ohne genügend Erfahrung. Das Einzige, was ihn an Harlows Existenz zweifeln ließ, war die Tatsache, dass er seine Drecksarbeit nicht selbst erledigte. Harlow scheute sich nie vor einem Kampf. Und genau das sagte er Rana.

Diese saß neben Mateo am großen Tisch im Wohnzimmer. Mateo schlief mit dem Kopf auf dem Tisch, während Rana ihren fünften Kaffee trank. Luke hingegen schlummerte tief und fest an Áines Seite. Zu wissen, dass der Junge in wenigen Tagen nicht mehr da wäre, brach Graeme das Herz. Doch es gab nichts, was er tun konnte, um ihm zu retten.

Kurz bevor Mateo einschlief, diskutierten sie über ihr Vorgehen, was den Blutdiamanten betraf. Mateos Informationen waren Gold wert, was hieß, dass sie in binnen weniger Stunden aufbrechen und versuchen würden, den Diamanten aus dem Museum zu stehlen, bevor jemand anderes ihn in die Hände bekam. Die Frage lautete nur: *Wem* versuchten sie in die Quere zu kommen?

„Offiziell können wir nicht davon ausgehen, dass es Harlow ist, bis wir den Beweis haben", bemerkte sie. „Womöglich versucht Filidor allein, das Portal zu öffnen. Er war oft genug dabei. Er muss wissen, wie er alles vorbereitet."

„Wie bereits gesagt, ich halte ihn für unfähig."

„Harlow hat nie jemanden anderes die Drecksarbeit machen lassen. Ihm lag stets etwas daran, die Einhörner selbst zu töten. Aífe erzählte mir einst, dass er einem Einhorn fünfzig Jahre hinterherjagde, bis er sie an der Chinesischen Mauer ermordete."

Graeme zuckte mit den Schultern. „Vielleicht denkt er, dass er das bei Áine nicht braucht. Sie ist ein halber Dämon."

Rana schnalzte mit der Zunge. „Du jagst Geistern hinterher."

„Das tue ich nicht. Das Leben meiner Tochter steht auf dem Spiel! Rana, ich glaube einfach, dass Harlow dieses Jahr einen anderen Plan verfolgt. Etwas ist mit ihm los."

„Graeme, ich habe die Bilder gesehen."

„Du hast *Bilder* gesehen, Rana." Seine Stimme war harsch, doch er hielt sie gesenkt, damit Áine und die Amazone ruhen konnten. „Weißt du, wie viele Bilder jährlich von Katalogen mit dem Computer verändert werden? Wieso kann das Bild von Harlows abgeschlagenem Kopf nicht auch technisch verändert worden sein? Kannst du es zu einhundert Prozent ausschließen?"

„Graeme, ich habe die Fotos damals von unseren Freunden erhalten! Warum sollten sie dich anlügen, wo sie auch einen Teil ihrer Familie an Harlow verloren haben? Es gibt keinen Grund für sie zu lügen."

„Vielleicht. Und doch muss es nicht stimmen. Nebenbei, Aurora hat sich seit Jahren nicht blicken lassen und Nolte ist tot."

„Nolte war ein Held, Graeme. Zieh seinen Ruf nicht in Ungnade. Nie im Leben hat er mit Harlow zusammengearbeitet, nur um dich zu täuschen."

„Mir geht es nicht um Täuschung. Es geht mir darum, dass sich jemand für Aurora ausgegeben hat, nur um uns diese Bilder zu schicken. Wer weiß, ob Auroa nicht auch bei dem Angriff starb."

Rana seufzte. Natürlich konnte sie diese Theorie nicht komplett ignorieren. Dennoch wollte sie auch nicht ihren gesamten Plan darauf aufbauen. Sie konnte genau sehen, wie Graemes Gedanken immerwährend um die Höllenfahrt kreisten. Und trotzdem, ihr Vorteil lag darin, dass sie den Ablauf kannten. „Hör zu, die Apokalypse läuft im Grunde immer gleich ab, daher ist es egal, wer Astamephis beschwört. Das, was wir auf jeden Fall noch finden müssen - vor allem wenn wir den Diamanten nicht kriegen – ist die Höhle, in der sie stattfindet."

„Uns bleiben zwei Tage. Und Hel ist voll von Höhlen. Verdammt, schau dich um, du sitzt gerade in einer!"

Rana nickte. „Umso wichtiger ist es, dass Áine jetzt wirder aufwacht. Mit etwas Glück hatte sie breits einige Visionen. Sie könnte sie als Träume ausgelegt haben. Graeme, glaube mir, wir werden Áine beschützen. Und vor allem werden wir diese verdammte Apokalypse aufhalten, bevor sie anfängt."

Gegen halb drei Uhr nachts wachte Áine aus einem diesmal traumlosen Schlaf auf. Wenigstens ein kleiner Trost, dachte sie. Nach all dem, was sie an diesem Tag erlebte, wollte sie auf keinen Fall wieder von irgendwelchen Dämonen oder blutverschmierten Körperteilen träumen.

Es ging ihr deutlich besser als noch vor einigen Stunden. Die Wunde an ihrer Brust schmerzte ein wenig, doch das Schwächegefühl und das Fieber hatten nachgelassen. Sie öffnete die Augen, drehte den Kopf und erkannte, dass sie sich auf dem Sofa im Wohnzimmer befand. Zu ihrer Rechten schlummerte Luke. Er saß angelehnt an dem Möbelstück, schnarchte lauthals. Sie musste grinsen. Sofort stupste sie ihn an. „Luke? Hey!"

Er schreckte auf, als hätte man ihm Wasser über den Kopf geschüttet. Sowie er sie entdeckte, erhellte sich sein Gesicht. „Du bist wach! Es geht dir gut! Ich muss sofort zu Graeme!"

„Nein!" Ihr Einwand kam eilig. Wenn es nach ihr gehen würde, wollte sie Graeme eine ganze Weile nicht mehr sehen. „Bitte, lass ihn schlafen."

Luke verzog das Gesicht. „Geht es immer noch um euren Streit?"

Sie runzelte die Stirn. „Er hat es dir gesagt?"

Er zuckte unberührt mit den Schultern. „Er hat mir gesagt, ihr hättet euch gestritten, aber nicht worüber." Nachdenklich musterte er Áine. „Es muss schlimm gewesen sein, sonst wärst du nicht weggelaufen."

Sie seufzte. Sie wollte mit jemandem darüber sprechen und Luke war ihr bester Freund. „Er hat mir gestanden, dass er mein echter Vater ist!"

Sie hätte mit jeder Reaktion gerechnet. Nicht aber mit einem vollkommen starren Gesicht. „Was?!"

Daraufhin erzählte sie ihm die Kurzversion der Geschichte. Sie konnte nicht fassen, dass das alles erst ein paar Stunden her war. Um ehrlich zu sein, fühlte sie sich um Jahrzehnte gealtert. Luke hörte ihr aufmerksam zu. Dennoch wirkte er nervöser, je mehr er erfuhr.

„Deine Mutter ist ein Einhorn? Mit Goldhorn, Schweif und der Fähigkeit, Regenbögen zu furzen?"

Sie lachte. „Nun, ich denke, da steckt ein wenig mehr hinter, denn bisher habe ich nie Regenbögen gefurzt. Und einen Schweif habe ich auch nicht. Ganz zu schweigen von einem Horn."

„Nun, da kann ich –"

„*Stopp!*" Sie sah ihn ernst an. „Auf dreckigen Humor kann ich momentan verzichten."

Obschon er weiterhin leicht grinste, nickte er. „Ich kann verstehen, dass du wütend bist. Vor allem, wegen diesem Harlow. Ich meine, musst du jetzt gegen ihn kämpfen? Die Welt retten?"

„Keine Ahnung." Sie zuckte mit den Schultern. Sie wusste es wirklich nicht.

„Kannst du überhaupt kämpfen? Nahkampf, Faustkamp ... oder hebt ihr eure Arme und schleudert Feuerbälle aufeinander?"

„Luke, ich habe keine Ahnung! Bisher habe ich mich mehr damit beschäftigt, dass Graeme mich all die Jahre angelogen hat."

„Verständlich. Und doch hat er es nicht aus Bosheit getan."

„Es ist mir ehrlich gesagt, scheißegal, warum er es getan hat. Fakt ist, wäre er ehrlich gewesen, wäre das heute nicht passiert. Ich hätte mich vorbereiten können. Stattdessen laufe ich Gefahr, in nächster

Zeit gegen einen mächtigen Dämon zu kämpfen, ohne überhaupt zu wissen wie! Ich meine, was haben Einhörner für Fähigkeiten?" Als er etwas sagen wollte, holte sie ihre strenge Miene erneut heraus. „Wenn du jetzt wieder mit Regenbogenfürzen anfängst, dreh' ich dir den Hals um." Sie seufze schwer. „Wir sind seit einem verdammten Tag aus der Schule raus und schon läuft alles scheiße für uns."

„Du meinst, weil wir beide so gut wie tot waren?"

Plötzlich fiel ihr jemand anderes ein. „Was ist eigentlich mit der Amazone?" fragte sie, Lukes Miene verdunkelte sich.

„Sie, äh, sie wird es nicht schaffen. Das Gegenmittel hat nicht angeschlagen. Graeme sieht alle zwanzig Minuten nach ihr." Betroffen senkte er den Kopf.

„Er schläft nicht?"

„Nicht wirklich, nein."

Áine nickte. Meine Güte, es tat ihr um das Mädchen leid. Vielleicht war sie eine Amazone und tötete Dämonen, dennoch hatte sie den Tod nicht verdient. Verdammt, sie wollte doch nur die Menschheit vor Angriffen schützen.

Unter großer Anstrengung richtete sich Áine auf und begab sich zum anderen Sofa. Die Amazone lag keuchend auf dem Rücken, ihr gesamter Körper zitterte. Riesige Schweißperlen lagen auf ihrer Stirn. Ihre Augen waren geöffnet, wirkten glasig. Sie schienen sie Áine nicht zu erkennen, sondern schaute sie durch sie hindurch. Sie brauchte keine Banshee sein, um die Todesenergie zu bemerken, die um sie schwirrte. Man erkannte auch als Laie deutlich, wie nahe sie dem Tod war. „Ihre Aura ist dunkel, das ist nicht gut."

„Wie lange hat sie noch?" Luke hielt Abstand. Kein Wunder, in den letzten vierundzwanzig Stunden hatte er zu viel Tod gesehen. Wen würde so etwas nicht mitnehmen?

Áine zuckte mit den Schultern. „Ich schätze ein paar Stunden. Aber nicht mehr." Es brach ihr das Herz.

„Mommy?"

Áine blinzelte ein paar Mal. Meinte die Amazone da etwa sie?

„Mommy? Bist du das? Ich habe dich vermisst."

Áine war sprachlos. Was zum Teufel sollte sie da antworten? Tränen traten ihr in die Augen. Eine von ihnen löste sich und rann ihre Wange herunter. Liebevoll strich sie dem ihr so fremden Mädchen über den Kopf. „Ganz ruhig. Alles ist gut."

„Mann, das ist ein echtes Trauerspiel", bemerkte Luke, dann richtete er seine Aufmerksamkeit schlagartig auf Áine. „Sag mal, hast du das immer?"

Verwirrt runzelte Áine die Stirn. „Was meinst du?"

„Deine Tränen."

„Du meinst, dass ich weine? Das kann schon mal vorkommen." Sie schnaubte.

„Nein. Sie glitzern."

„Was?!"

Als die nächste Träne ihre Wange herunterlief, fing Áine sie mit einem Finger auf. Genau wie Luke sagte, glitzerte die Träne golden. „Was zum Teufel?!"

„Das heißt, es ist neu für dich."

Sie nickte. „Aber so was von! Was bedeutet das nur?"

„Sie fing an zu glitzern, als du die Amazone angefasst hast. Man sagt doch Einhörnern nach, sie könnten heilen. Vielleicht will jemand dich auf etwas aufmerksam machen."

„Moment, denkst du, dass das stimmt?" Áine riss die Augen auf. „Haben meine Tränen Heilungskräfte?"

Luke zuckte mit den Schultern. „Probier es aus. Ich meine, das schlimmste, was passiert ist, dass du sie nass machst."

Wo er recht hatte, dachte sich Áine. Es fiel ihr nicht schwer, den gesamten Druck und Frust der letzten Stunden herauszulassen. Es dauerte nicht lange, bis ihre Tränen auf die Wunde tropften. Zunächst glaubte Áine, dass es nicht funktionierte. Doch schlagartig veränderte sich die Situation und eine Änderung wurde sichtbar. Die Amazone hörte auf zu zittern, die Temperatur ihres Körpers verringerte sich. Fünf Minuten später trocknete der Schweißfilm auf ihrer Stirn. Áine zog sich zurück, erschrocken von diesem plötzlichen Wandel. Sie wischte sich die restlichen Tränen von der Wange. „Große Güte, es funktioniert!" murmelte sie. „Luke ... sie ... sie wird wieder gesund!"

„Ich werd nicht mehr!" Nun trat der Junge an ihre Seite. „Du hast recht, sie sieht besser aus. Wie funktioniert das nur?"

Das würde sie auch gerne wissen. „Ich habe keine Ahnung."

Die Augen der Amazone waren plötzlich nicht mehr glasig, sondern klarten wieder auf. Selbst ihre Aura schien verändert. Der dunkle Nebel um sie herum schwand mit jeder Sekunde. Die Todesenergie löste sich langsam auf.

Die schlagartige Gesundung bekam auch die Amazone mit. Wirr schaute sie sich um. „Wo bin ich? Wo zum Teufel bin ich?" Instinktiv griff sie zu ihrer Seite. Wahrscheinlich trug sie dort für gewöhnlich ihre Waffe. Diese hatte man ihr verständlicherweise abgenommen. „Ich habt mir meine Waffen genommen!" Sie versuchte aufzustehen, was ihr erst beim zweiten Mal gelang. „Ich will meine Waffen!"

Luke rollte mit den Augen. „Wie wäre ein Dankeschön?" fragte er genervt. Dann wandte er sich an Áine. „Ich rufe Graeme. Soll er sich mit ihr rumschlagen."

13

„Ihr hattet den richtigen Riecher. Bis zu einem gewissen Grad sind Einhörner fähig, Angriffen standzuhalten und sich selbst zu heilen. Ein Grund, warum es so schwer ist, sie tödlich zu verletzen. Deshalb hat dir das Gift des Dorndämons auch weniger geschadet. Das Einhorn war in der Lage das Gift bis zu einem gewissen Teil zu neutralisieren. Es war deine dämonische Seite, die dich krank gemacht hat."

Nachdem Áine die Amazone im Eilverfahren heilte, gab es für sie erneut mehr Fragen als Antworten. Obwohl sie sich freute, dem Mädchen geholfen zu haben, so verwirrte sie ihre neue Fähigkeit. Da sie wusste, dass nur der Berserker ihr Rede und Antwort stehen konnte, setzte sich mit ihm an den Küchentisch, um dort alles in Ruhe durchzugehen. Zuvor stieg sie unter die Dusche und zog sich etwas Bequemeres an. Ihr Sommerkleid war schön, aber sie war froh, endlich frische Kleidung zu tragen. Währenddessen kümmerten sich Rana und ihr Mann um die Amazone. Sie und Mateo waren die Nacht über geblieben – auch da die Höllenfahrt stetig näher rückte, empfanden sie es als besser, zusammenzubleiben. Die Amazone sehnte sich danach, die Höhle so schnell wie möglich verlassen. Da sie aber immer noch nicht vollständig auf der Höhe war, konnte man sie bisher gut in Schach halten. Obwohl es bedeutete, eine Menge Beleidigungen über sich ergehen zu lassen.

„Ich weiß, das alles ist gerade etwas viel für dich" Er stellte ihr eine Tasse Tee vor die Nase.

„Ach, denkst du das?" Ihr Sarkasmus war nicht zu überhören. Sie umfasste den heißen Becher, nippte aber nicht daran. „Ich bin auch immer noch wütend auf dich."

Er setzte sich ihr gegenüber. Seine Erwiderung war nicht weniger trocken. „Na, das überrascht mich jetzt."

„Manche meiner Schulkameraden fahren nach den Abschluss in den Urlaub und ich sterbe beinahe. Natürlich fühle ich mich verarscht. Vor allem, wenn man bedenkt, was ich noch so erfahren habe."

„So erinnerst du dich wenigstens ein Leben lang an diesen Tag."

„Das ist nicht witzig!"

„Das sollte es auch nicht sein." Graeme seufzte. „Hör zu, jeder von uns glaubte, Harlow sei tot. Es gab keine Zeichen dafür, dass er die Unterwelt öffnen und Astamephis befreit wird. Auch sonst gab es keinerlei Zeichen, dass irgendjemand anderes es versucht."

„Zeichen?"

„Normalerweise zeichnet sich sein Plan recht früh ab. Deine Mutter sprach von Visionen, die sie ein paar Tage oder Wochen vorher erhielt. Je älter sie wurde, umso eher kamen sie."

Vielleicht sollte sie es ihm sagen, dachte sie. Was würde Schlimmes passieren, wenn er es wüsste? „Visionen, was?"

Graeme stöhnte auf. Er durchschaute sie sofort. „Wann hast du welche empfangen?"

„Heute." Dann sah sie auf die Uhr und musste sich verbessern. „*Gestern*. Gestern morgen und Abend. Kurz bevor ich beinahe ermordet wurde."

„Und das sagst du mir nicht?!"

„Erstens hielt ich es für einen Traum und zweitens, tut es mir leid, wenn ich ein wenig zu beschäftigt war, um es dir zu sagen. *Daddy*." Den Zusatz hätte sie sich sparen können. Er war verletzt, doch Áine scherte sich momentan kaum darum. Schließlich verletzten seine Lügen sie genauso.

Graeme ließ das Thema fallen. „Worum ging es bei deinen Visionen?" wollte er wissen.

Daraufhin erzählte sie ihm eine kurze Zusammenfassung. „Viel mehr gab es nicht."

„Und das war wirklich alles?"

„Ja. *Ich* belüge dich nicht."

Das hatte er verdient. „Es tut mir leid."

„Spar es dir."

„Áine..."

„Ich sagte, *spar es dir*!" Am liebsten wollte sie ihm eine runterhauen, doch stattdessen versuchte sie, tief durchzuatmen. Jetzt war nicht der richtige Zeitpunkt, um auszurasten. „Ich muss kämpfen, oder?"

„So steht es geschrieben. Theoretisch", erklärte er ihr. „Aber du wirst es nicht alleine tun. Das verspreche ich dir."

Auf seine Versprechungen gab sie nicht mehr viel. „Wie lange bleibt uns noch? Ich meine, ich weiß, man kann seinem Schicksal nicht entrinnen, also sag es mir direkt."

„Mit etwas Glück? Zwei."

Sie schluckte. Das war nicht viel. „Monate?"

„Tage."

Es war, als würde ihr erneut jemand einen Dorn ins Herz rammen. „*Tage*?! Willst du mich verarschen?"

Er schüttelte den Kopf. „Nein."

„Woher willst du das wissen?"

„Ich weiß es einfach. Es passt – genau wie beim letzten Mal."

„Was war beim letzten Mal?"

Er presste die Lippen zusammen. Dachte an den armen Jungen, den Harlow vor einhundert Jahren opferte. Du meine Güte, er konnte ihr doch nicht von Luke erzählen! Das würde sie nicht verkraften. „Es verlief ähnlich wie jetzt. Sobald die Zeichen sichtbar werden, bleiben uns drei Tage. Und da die ersten Zeichen gestern kamen, sind höchstens zwei übrig. Und am letzten Tag, nun, manchmal nehmen die Anhänger ihn nicht komplett in Anspruch. Theoretisch kannst du ab Mitternacht mit der Durchführung rechnen."

„Aber du sagtest, dass meine Mutter die Visionen manchmal Monate vorher bekam."

„Sie war aber auch entsprechend erfahren, Áine. Junge Einhörner müssen das erst einmal trainieren. Dazu gibt es andere Zeichen. Das Auffinden des Blutdiamanten, zum Beispiel." Oder das Wissen um das Menschenopfer. „Hör zu, ich kenne mich mit der Materie aus. Du musst mir damit vertrauen."

„Das fällt mir ehrlich gesagt gerade eher schwer."

„Vielleicht war ich nicht immer ehrlich zu dir, aber ich habe mich immer gut um dich gekümmert." Graeme biss sich auf die Lippe. „Ich liebe dich, Áine. Ich habe dich abgegeben, damit du sicher bist. Damit du kein Leben auf der Flucht hast."

„Und das verstehe ich. Trotzdem hast du gelogen, Graeme. Du hättest es mir sagen *müssen*! Spätestens als ich zu dir kam! Stattdessen hast du weitergelogen!"

Er nickte. „Ich weiß. Aber jetzt werde ich mich um alles kümmern. Ich werde nicht zulassen, dass du da alleine durchmusst. Rana und Mateo werden dabei sein. Und Oona auch."

„Oona?"

„Eine andere Freundin. Die ist eine Sandfrau. Wir haben alle mit Aífe gekämpft. Und wir haben sie alle geliebt und ihr versprochen, dass du sicher bist. Dazu gibt es den Vorteil, dass das Ritual alleine durchgeführt wird. Die Schergen des Dämons sind vielleicht in der Nähe, aber wenn wir erst einmal in der Ritualhöhle sind, sind wir in der Überzahl."

„Und doch höre ich irgendwo ein *aber* heraus."

Er seufzte schwer. „Mit etwas Glück wirst du nicht kämpfen müssen. Aber ... wir brauchen dein Blut. Zur Vorsicht."

Na super! „Mein Blut?"

Er nickte. „Um das Portal zu versiegeln. Wir können nur bei Einhornblut sicher sein, dass niemand mehr das Portal öffnen kann."

„Aber warum suchen wir nicht einfach diese Höhle, in der das Ritual stattfindet und versiegeln es sofort? Ohne Kampf und Diamanten?"

„Weil die Versiegelung nur wirkt, während das Ritual in vollem Gange ist. Es muss passieren, noch bevor sich das Portal öffnet. Vorher bringt es nichts, weil es schlicht verschlossen ist."

Sie schluckte. Es stimmte, was alle sagten: Nach der Schulzeit wurde das Leben komplizierter. Nur glaubte Áine immer, dass es sich dabei um Steuern handelte und nicht um Apokalypsen. „Es ist also eine verdammte Sekundenarbeit. Sisyphus, was?"

„Es tut mir leid. Ich wollte dich da nicht mit reinziehen. Wie gesagt, ich ging nicht davon aus, dass die Höllenfahrt nach Harlows Tod erneut durchgeführt werden würde. Vor allem nicht so eilig." Er schnalzte mit der Zunge. „Rana glaubt nicht an seine Widerkehr, aber – "

Áine unterbrach ihn abrupt. „Er ist es."

„Woher weißt du das?" Graeme stutzte.

„Der Dorndämon. Er sagte, er habe den Kampf beobachtet und sei meinen Angreifern gefolgt. Sie sprachen von Harlow. Sein ursprünglicher Plan war es, mich zu ihm zu bringen und dafür Kohle zu kassieren."

Eine Information, die Graeme deutlich beunruhigte. „Und da war er sich sicher?!"

Sie zuckte mit den Schultern. „Na ja, ich glaub schon. Jedenfalls wollte er so vorgehen. Ich weiß nicht, ob er ihn in Person gesehen hat." Sie runzelte die Stirn. „Warum? Was ist los?"

„Es ist nur ..." Graeme schüttelte den Kopf. „Es sieht nicht nach ihm aus."

„Was?"

„Dass er die Drecksarbeit nicht selbst erledigt."

„Du meinst, mich zu töten?" Sie rollte mit den Augen. Meine Güte, sie war froh, dass er nicht in Person kam und seine Drecksarbeit den Idioten überließ.

Er nickte. „Ja. Ich möchte dir nicht zu Nahe treten, aber da du nicht nur unwissend, sondern auch untrainiert warst, hätte er die beste Möglichkeit gehabt, dich ... zu ermorden."

„Und wessen Schuld ist das?"

Graeme hob die Hand zur Beschwichtigung. „Lassen wir das Thema einen Moment ruhen, Áine. Ich kenne Harlow nicht so gut wie deine Mutter, aber der Dämon hat so viel Blut an den Händen, dass ich nicht glaube, dass er sich vor einem weiteren Mord gescheut hätte. Vor allem, da du eine direkte Nachfahrin bist."

„Du meinst, es hat einen Grund, warum er andere schickt?"

Graeme nickte. „Das muss es. Und vielleicht könnte es einen Vorteil haben, wenn wir gegen ihn kämpfen. Es muss einen Grund gegeben haben, dass er sich zurückzog und sich sogar Tod stellte, nur damit ihn keiner mehr jagt. Er wollte ungesehen bleiben. Als ob er etwas verheimlicht." Er schaute sie an. „Ich weiß, von dir wird eine Menge abverlangt. Denkst du, dass du das schaffen wirst?"

Sie zuckte mit den Schultern. „Habe ich denn eine Wahl?"

Es tat ihm weh, dennoch erwiderte er: „Ich fürchte nicht."

„Wir können ihn also nicht mehr stoppen, wenn wir zu spät sind? Müssen dann warten, bis er das Ding durchzieht?"

„Ja."

„Und es gibt keinen anderen Weg?"

„Nein. Ich wüsste nicht wie, jedenfalls nicht, wenn wir ihn nicht vorher aufhalten. Es gibt zwar eine letzte Hoffnung, allerdings werden wir uns auf das Schlimmste vorbereiten müssen."

Sie schüttelte den Kopf. „Keine Ahnung, wie ich das in zwei Tagen schaffen soll."

„Du wirst nicht alleine gehen. Vielleicht funktioniert unser Plan ja auch und wir halten die Apokalypse vorher auf."

Was sollte sie jetzt darauf erwidern? Ihr Gefühl sagte ihr, dass sie Harlow gegenüberstehen würde. Aber bevor sie weiter mit Graeme darüber diskutieren konnte, unterbrach ein in die Küche kommender Mateo ihr Gespräch. „Graeme?" Er wirkte ernst. „Wir sollten uns langsam fertig machen."

Der Berserker nickte. „Einen Moment."

„Was ist los?" Die Frage stammte von Áine. „Geht's schon los mit der Apokalypse?"

„Es betrifft den Blutdiamant", erklärte Graeme. „Eines der Zeichen. Er öffnet das Höllentor und wir haben ihn ausfindig gemacht. Ihn zu beschaffen, wäre die letzte Möglichkeit, die Apokalypse aufzuhalten ohne in den Kampf zu ziehen."

Áine zuckte mit den Schultern. Es täte ihr sicher gut, sich abzulenken und nicht die gesamte Zeit darüber zu grübeln, was in den nächsten Tagen geschehen würde. „Na ja, dann nichts wie hin, oder? Nachdem Rana gestern ein Auto geklaut hat, ist das Stibitzen eines teuren Diamant aus dem Museum nur noch eine Kleinigkeit, was?"

14

„Du kannst gehen."

„Wurde auch höchste Zeit!"

Widerstandslos überreichte Graeme der mittlerweile wieder vollständig gesundeten Amazone ihre Waffen, damit diese nach Hause gehen konnte. Die junge Frau schien von dieser Geste deutlich überrascht, nahm ihre Messer, Macheten und sonstigen Eigentümer jedoch eilig entgegen. Anscheinend ging sie davon aus, die Höhle nicht mehr lebend zu verlassen, weshalb sie immer noch leicht misstrauisch wirkte. Sorgfältig beäugte die Amazone jede Waffe. Glaubte sie etwa, Graeme hätte sie manipuliert?

Áine runzelte die Stirn. „Wir haben nichts mit ihnen gemacht, wenn du das denkst."

Sie hob den Kopf, reckte das Kinn vor. „Ich vertraue keinem Dämon."

Luke, der mit verschränkten Armen an der Wand lehnte, erwiderte trocken: „Aber dein Leben retten können sie, was?"

„Ich habe nicht darum gebeten!" fauchte sie.

Áine machte einen Schritt vor, doch sowie die Amazone dies bemerkte, hob sie ihre Arme. „Ich meine es ernst, ich greife an."

Die Banshee verstand die Welt nicht mehr. „Was hast du für ein Problem? Ich habe dein Leben gerettet."

„Was der Grund ist, weshalb ich keinen von euch neutralisiere. Jedenfalls jetzt nicht."

„Du bist so ein –"

„Áine, lass gut sein." Behutsam legte Rana eine Hand auf ihre Schulter. Sie wollte verhindern, dass die Situation eskalierte.

Wütend presste die Banshee die Lippen aufeinander. „Erfahren wir wenigstens deinen Namen, bevor du uns verlässt?"

Die Amazone runzelte die Stirn, beäugte Áine argwöhnisch. „Warum ist dir das so wichtig?"

Sie zuckte mit den Schultern. „Wenn uns jemand in den Rücken stechen will, dem wir eben noch das Leben gerettet haben, würde ich wenigstens gerne erfahren, wie dieser jemand heißt."

Als Antwort hob die Amazone die Machete mit ausgestrecktem Arm von sich. Langsam bewegte sie sich rückwärts hin zur Tür. Kurz bevor sie die Höhle verließ, schaute sie Áine ein letztes Mal an. „Ich heiße Linnea."

Daraufhin verschwand sie.

„Was für eine Irre!" Luke schüttelte den Kopf. „Ich hab selten so eine verdammt undankbare Aggro-Frau gesehen."

„Amazonen sind nicht dafür bekannt, mit Dämonen zu kuscheln." Graeme zuckte mit den Schultern. „Kümmern wir uns lieber um die wichtigen Dinge. Rana, Mateo und ich werden versuchen, den Blutdiamanten in unseren Besitz zu gelangen."

„Wartet! Ich ziehe mich kurz um", meinte Áine. „Danach komme ich mit euch." Wenn sie schon in diesem Schlamassel steckte, wollte sie auch mitarbeiten.

„Oh nein! Genau das wirst du nicht tun." Er klang deutlich.

Obschon sie es ein wenig erwartete, verärgerte sie Graemes Reaktion dennoch übermäßig. „Wieso nicht? Ich soll das verdammte Portal schließen, also kann ich auch bei der Vorarbeit dabei sein." Wütend verschränkte sie die Arme vor der Brust.

„Du sollst das Portal *versiegeln*, nicht verschließen. Nach der Versiegelung kann man es nicht mehr öffnen. Ist es verschlossen, ist es möglich, es wieder zu öffnen. Bei der Versiegelung passiert das nicht", belehrte er sie. Daraufhin stieß er einen Seufzer aus. „Du glaubst doch nicht, dass Harlow uns den Stein so einfach gibt, oder? Ich möchte mir keine Sorgen um dich machen, wenn wir gegen ihn kämpfen. Und vor allem darf er dich nicht verletzen. Du bist die einzige Chance, die uns bleibt."

„Habt ihr das meiner Mutter auch immer gesagt?" Áine verschränkte die Arme vor der Brust.

Rana antwortete knapp. „Deine Mutter war eine augebildete Kämpferin."

„Muss ich jetzt etwas darauf erwidern, nachdem man mich meiner Ausbildung beraubt hat?" Áines Blick glitt zu Graeme.

Dieser schnaubte. „Darüber sprechen wir, wenn das hier alles vorbei ist. Erst einmal müssen wir schaffen, Harlow den Stein wegzunehmen." Er presste die Lippen aufeinander. „Falls wir versagen, bleibst du die einzige Hoffnung. Außerdem solltest du dich darauf konzentrieren, eine Vision zu erhalten, um die Ritualhöhle zu finden. Bislang wissen wir immer noch nicht, wo Harlow die diesjährige Höllenfahrt durchführen möchte." Er bemühte sich, Luke nicht anzuschauen, als er hinzufügte: „Wir können uns nicht darauf verlassen, dass uns jemand anderes den Weg zeigt."

„Sie gehen doch nicht davon aus zu sterben, oder?" Luke schluckte hart.

„Das wissen wir nicht. Aber im Fall des Falles wird Oona bald zu euch stoßen." Graeme durchbohrte Áine mit Blicken. „Sei vernünftig, bitte." Dann schaute er zu Luke. „Ruht euch aus und seht euch einen Film an. Mit etwas Glück sind wir erfolgreich und der Spuk ist für die nächsten einhundert Jahre vorbei. Und ansonsten, versuch deinen Geist zu ordnen. Vielleicht kommen die Visionen so schneller."

„Womöglich hat er recht, Áine", bemerkte Luke. „Es war eine Horrornacht. Wir könnten zu mir und ein paar Jim-Carrey-Filme schauen."

„Nein!" Graemes Einwand ließ beide Teenager zusammenfahren. „Ich meine, *hier* ist es sicher. Wenn ihr euch was anguckt, sollte es hier sein."

„Hier?" Luke stöhnte. „Hören Sie, ich muss mir neue Klamotten holen. Wie lange soll ich in Ihren Sachen rumlaufen?"

„Wir könnten später alle zusammen zu dir fahren und einen Koffer packen", schlug Mateo vor. „Glaubt mir, keiner weiß, wie das ausgeht, aber wir alle sollten momentan ganz besonders vorsichtig sein."

„Ihr wisst am besten, immer wenn sich die Leute in Horrorfilmen aufteilen, werden sie einer nach dem anderen masakriert", erinnerte Rana sie.

„Und deshalb teilen wir uns auf, während ihr den Stein holt und wir hierbleiben?" Áine schüttelte den Kopf. „Bullshit."

„Mach uns jetzt keine Szene, Áine", bemerkte Graeme. „Was ist so schlimm daran, vor dem Fernseher zu sitzen und zu gammeln?"

Ja, wer hing nicht entspannt vor der Glotze, wenn der Weltuntergang bevorstand? Áine konnte die Arroganz der drei kaum in Worte fassen. Während sich die Erwachsenen in die Waffenkammer zurückzogen, blieben Áine und Luke zurück.

„Wie viel von dem Scheiß, den sie sagen, glaubst du ihnen?" fragte er Áine.

„Weniger als überhaupt nichts."

„Du wirst also nicht locker lassen, wenn sie weg sind?"

Áine nickte. „Da kannst du deinen Arsch drauf verwetten."

15

1998

Es dauerte eine Weile, bis Áine ihm vertraute, und Graeme verstand das. Zu akzeptieren, dass sie ein Dämon war, benötigte Zeit. Kreaturen wie sie galten allgemein als böse. Dass Áine ihm deshalb zunächst misstrauisch gegenüberstand, war nachvollziehbar.

Bisher gab es keine wirklichen Zeichen dafür, dass sich Aífes Einhorn-Gene in ihr entwickelten. Im Gegenteil. Graemes mütterliche Seite – die Banshee-Seite – schien vollkommen von ihr eingenommen worden zu sein. Er fragte sie mehrmals, welche Kräfte sich bisher in ihr gezeigt hätten, doch niemals erzählte sie ihm etwas von Visionen, Heilungskräften oder anderen Gaben, die speziell dem Einhorn zugeschrieben wurden. Theoretisch war sie in dem Alter, in dem das Einhorn in ihr durchbrechen musste. Aber vielleicht hatte sie länger dran zu knabbern, da mehr als ein Wesen in ihr steckte.

Er erinnerte sich gut an den Tag, an dem er ihr zum ersten Mal von ihren Kräften erzählte. Sie schien ihm nicht zu glauben, kapselte sich instinktiv ab von ihm. Er drängte sie nicht, sondern sprach daraufhin von seinen eigenen Erfahrungen als Dämon. Dies ließ sie ein bisschen auftauen. Vor allem, sobald sie verstand, dass er von Anfang wusste, wer – oder besser gesagt – *was* sie war und deshalb ihren Fall übernahm.

„Also belügen Sie meine Eltern?" Graeme verfolgte den Plan, ihr bereits bei ihrem ersten Treffen von ihren Fähigkeiten zu erzählen. Er belog sie schon genug und wollte deshalb keinesfalls den Therapeuten spielen, dem sie all ihre Geheimnisse anvertraute. Lieber wollte er ihr ihre Kräfte näherbringen, sie ihre Gabe verstehen lassen. Ein weiterer Pluspunkt dabei: Sie verbrachten Zeit miteinander.

„Ich lüge sie nicht an. Nicht direkt. Ich habe sehr wohl einen Abschluss in Psychologie. Nun ja ... neben *anderen* Fähigkeiten." Er räusperte sich. „Ich arbeite oft mit Dämonen zusammen, die noch nicht wissen, was sie sind. Unentdeckte, die aus verschiedenen Gründen bei Menschen aufwuchsen."

Áine schnaubte nur. „Wirklich? Momentan glaube ich, dass Sie eher Hilfe brauchen. Denn ich glaube nicht an Dämonen."

„Was soll ich tun? Mich verwandeln?"

Sie sprang von ihrem Stuhl auf und wollte gehen. Graeme aber durfte sie nicht verlieren. „Hör zu, Áine, die Banshee in dir, ist nicht komplett harmlos. Wenn du deine Kräfte nicht erlernst, kannst du ernsthaften Schaden anrichten."

Das stimmte. Ein Dämon war nun mal eine Kreatur der Unterwelt. Astamephis hatte bei seinem Konvertierungszauber alle Fae-Kräfte dämonisiert. Banshees waren deshalb in der Lage, mit ihrem Schrei zu töten. Und bei Unentdeckten kam es nicht selten vor, dass sie ihre Fähigkeiten unachtsam einsetzen. Konvertierte wurden so ungewollt zu Mördern.

Áine, dessen Hand bereits auf dem Türknauf der Tür lag, drehte sich um. Sie schaute Graeme an. „Was kann passieren?"

„Dein Schrei ... du wirst doch schon mal geschrien haben, nicht wahr?"

Sie nickte. „Auf der Beerdigung meines Großvaters. Ich habe an seinem Grab gestanden und geschrien. Keine Ahnung, warum, aber es kam über mich."

„Ich nehme an, dabei hast du ein paar Ohren zum bluten gebracht."

Sie nickte stumm. Es war alles in allem ein furchtbarer Tag gewesen. Auf so vielen Ebenen.

Graeme seufzte. „Je älter du wirst, umso stärker entwickelt sich dein Schrei. Manche Banshees töten sogar damit. Außerdem fängst du immer mehr an, den aufkommenden Tod mit Geschmäckern gleichzusetzen. Es kommt nicht selten vor, dass sich Blut in deinem Mund sammelt. Es ist ein furchtbares Gefühl, nicht zu wissen, was zu tun ist, wenn das passiert. Ich kann dir helfen."

Für eine ganze Weile blieb Áine still. Es schien, als müsse sie erst überlegen, was sie sagte, schließlich meinte sie: „Ich weiß, dass ich adoptiert bin, Dr. Wilder. Meine Eltern haben das nie verschwiegen. Ich habe immer gedacht, habe mir vorgestellt ... nun, dass meine echte Mutter mich weggeben hat, weil sie –" Sie stockte, schüttelte den Kopf. „Es ist blöd."

„Nein, gar nicht. Es ist normal, sich darüber Gedanken zu machen, wo man herkommt." Seine Stimme klang seltsam belegt.

Sie zuckte mit den Schultern. „Ich hatte gehofft, sie sei cool. Wäre eine Art Geheimagentin und hätte mich deshalb weggegeben. Denn ... nun ... im Wald ausgesetzt zu werden ist so gar nicht cool." Sie schaute ihn an. „Sie hat mich nicht weggeben, weil *ich* ein Dämon bin, oder? Sondern, weil *sie* einer war."

Er nickte. Es überraschte ihn, dass sie gleich auf die richtige Fährte kam. „Menschen können keine Dämonen gebären. Also ja, deine Eltern müssen eine magische Komponente vorweisen."

„Magisch? Ein anderes Wort für Dämon?"

Er senkte den Kopf. „Nun, äh, nenn es wie du willst."

„Warum hat sie mich weggegeben? Wenn sie doch genauso ist wie ich?"

Für einen Moment schien es, als habe man Graeme vor den Kopf gestoßen. Was sollte er nur darauf erwidern? „Ich weiß es nicht."

„Lebt sie noch?"

„Ich, äh, ich weiß es nicht."

Áine nickte. Sie wirkte enttäuscht, dennoch hatte sie ihr Schutzschild ein wenig abgeworfen. „Und Sie können mir wirklich beibringen ... ich meine ... Sie können mir zeigen, wie ich den Leuten nicht die Ohren platzen lasse?"

Er nickte, ein leichtes Lächeln umspielte seine Lippen. „Ja. Hör zu, ich weiß, das alles überfordert dich und ich möchte dir keine Angst machen. Lass dir Zeit mit dieser Entscheidung."

Áine nickte. Nachdem er ihr seine Visitenkarte überreicht hatte, dauerte es eine ganze Woche, bis sie sich nachts unter Tränen bei ihm meldete.

„Ich habe es gesehen! Ich habe gesehen, wie jemandes Aura dunkel wurde und bin ihm gefolgt! Und jetzt ist er tot! Er ist tot, er ist vor ein Auto gelaufen! Ich hätte es verhindern können, oder? Ich hätte ihn retten können?!"

„Das kannst du nicht wissen, Áine. Manche Menschen müssen sterben. Nicht jeden kann man retten. Hör zu, welche Farbe hatte seine Aura genau?"

„Es war dunkel."

„Schattierungen?"

Sie schluchzte. „Keine Ahnung."

Es tat ihm im Herzen weh, sie so zu hören. Zumal sie sicher nicht mit jemandem aus ihrer menschlichen Familie darüber sprechen konnte. „Okay, pass auf. Morgen kommst du in der Praxis vorbei. Und dann gehen wir gemeinsam die Aura-Schattierungen durch. Es ist wichtig, dass du erkennst, welche Aura was bedeutet. Bist du damit einverstanden?"

„Ja!" Ihr Schluchzen brach ihm das Herz.

„Okay. Und bis dahin versuchst du dich zu beruhigen."

„Ich ziehe den Tod an. Alle Leute sterben, die in meiner Nähe sind."

„Nein! Áine, das denkst du nur. Morgen besprechen wir alles nötige, in Ordnung?"

„Ja."

Und so begann ein neuer Lebensabschnitt in Áines Leben.

Gegenwart

Gemeinsam mit Rana und Mateo machte sich Graeme schwer bewaffnet auf den Weg zum Museum. Sie mussten unbedingt verhindern, dass Harlow es schaffte, seine Hand an den Blutdiamanten zu legen. Um möglichst schnell voranzukommen, nahmen sie Ranas Polizeiauto und stellten das Blaulicht an. Sie machte zwar nicht die Sirene an, doch das Licht allein reichte aus, um rasch durch den Verkehr zu gelangen. Ebenso gab sie über Funk ein paar Informationen an ihre Leute weiter. „Es gibt eine anonyme Quelle, die aussagt, jemand habe vor, den Diamant zu stehlen, der heute für die Ausstellung ankommen soll", gab sie durch. „Ich sehe mir das genauer an." Daraufhin wählte sie kurz die Telefonnummer einer ihrer Mitarbeiter. „Ben? Hey, ich bin's. Wir haben ein Problem."

Graeme kannte Ben. Er gehörte zu den Konvertierten und bearbeitete meist die übernatürlichen Fälle in Hel. Eilig teilte sie ihm die wichtigsten Neuigkeiten mit. „Es geht um Eoin Harlow. Oder jedenfalls seine Anhänger."

Rana war weiterhin skeptisch, was die Wiederauferstehung Harlows betraf. Sie vertraute der Aussage des Dorndämons nicht, zumal er sich auch schlicht verhört haben konnte. Sie wollte ihren Angriffsplan einfach nicht zu sehr auf eine Person auslegen, nur um hinterher durch diese Nachlässigkeit umgebracht zu werden. „Ich wollte dich nur vorwarnen, dass ich mit meinen Freunden ins Museum gehe, es aber trotzdem sein kann, dass jemand den Notruf wählt, um einen Einbruch zu melden. Sollte dem so sein, dann schicke nur Konvertierte ..." Nachdem Ben Ranas Bitte zu bestätigen schien, fuhr sie fort. „Meine Truppe und ich sind vor Ort und regeln ... die Situation. Solltet ihr dennoch gerufen werden, seit vorgewarnt. Eure Schusswaffen sollten mit Eisenpatronen ausgestattet sein. Passt auf euch auf."

Dann beendete Rana die Durchsage. Fünf Minuten später parkten sie in einer Seitengasse. Die Truppe stieg aus dem Auto aus und öffnete den Kofferraum. Dort teilten sie alle verfügbaren Waffen untereinander auf. Schwerter, Macheten, Messer. Jedes Stück mit Blutdiamanten bestückt. Dazu reichte Rana den beiden Männern eine Schusswaffe.

„Alle Kugeln sind aus Eisen. Also solltet ihr euch nicht selbst anschießen", meinte Rana. „Wir wissen nicht, ob Konvertierter dabei sind. Doch wenn, wird die Kugel ihnen ziemliche Schmerzen bereiten."

Mateo nahm die Waffe entgegen und steckte sie in ein Holster, welches er sich um die Hüfte legte. „Ich hasse Revolver."

Rana nickte. „Ich weiß, Liebes."

Er grinste, sowie er seine Lieblingswaffe entdeckte. „Dafür liebe ich Macheten."

Graeme hingegen blieb einigermaßen stumm. Seine Gedanken kreisten die ganze Zeit um Áine. „Wir müssen es heute schaffen", murmelte er. „Sie ist nicht vorbereitet. Wenn wir versagen, weiß ich nicht, ob sie den Endkampf übersteht."

„Wir können nur unser Bestes geben", erwiderte Rana. „Alles andere entscheidet das Schicksal."

Graeme nickte, doch er war unzufrieden. Das erkannte man deutlich. Den Rest des Weges legten sie hauptsächlich still zurück. Jeder kannte seine Aufgabe und dennoch waren sie so konzentriert wie beim ersten Mal.

„Ich verstehe dieses ganze Zeug immer noch nicht ganz."

Da sie auf keinen Fall nur nutzlos herumsitzen wollten, begaben sich Áine und Luke in die Innenstadt. Eigentlich wollten sie Graemes Abwesenheit nutzen, indem sie Recherche mit seinen Büchern betrieben. Doch wie es nun mal mit seinem Kontrollwahn war, sicherte er die meisten seiner Nachschlagewerke mit einem besonderen Schließmechanismus, den man nur mit einem Zauberspruch zu öffnen vermochte. Natürlich betraf jener Zauber nur die brauchbaren Bücher, was bedeutete, dass sich Áine anderweitig Informationen über die Höllenfahrt zusammensuchen musste. Da einzig Graemes Laptop einen Internetzugang in der Höhle besaß und er diesen ebenfalls mit einem Passwort geschützt hatte, begaben sich die beiden Teenager deshalb in Richtung Internetcafé. Dort erhofften sie sich ein paar Antworten auf ihre Fragen, obwohl es ihnen bewusst war, wie schwierig die Suche werden würde.

Graeme dachte, er könne sie von allem Bösen fernhalten, doch wie es aussah, hatte ebendieses Böse sie bereits gefunden. Sie konnte dem nicht mehr entkommen, ergo musste sie sich vorbereiten. Luke sah das ähnlich. Die ganzen Neuigkeiten der letzten Stunden machten ihn mürbe.

„Was verstehst du nicht?"

„Alles. Zum Beispiel, warum ich gestern ermordet wurde und ich mich an nichts erinnern kann. Oder weshalb du plötzlich ein Einhorn bist." Er schnalzte mit der Zunge. „Aber das beste: Wieso die Apokalypse bevorstehen soll. Ich habe nicht gehört, dass irgendwo Ziegen mit zwei Köpfen geboren wurde."

„Streng genommen ist es keine Apokalypse, was Harlow vorhat. Die Welt bleibt bestehen. Dieser Astamephis wird sich bloß zu so einer Art Gott aufstellen und uns alle versklaven."

„Wirklich? Das beruhigt mich jetzt."

Áine schmunzelte. Sie sollte über so etwas keine Witze reißen. Trotzdem, ein wenig Humor schadete nicht. Wer konnte schon wissen, wie lange ihnen noch zum Scherzen zumute war.

„Was machen wir überhaupt? Legen wir uns mit Harlow an?"

Áine zuckte mit den Schultern. Sie wusste nichts über Harlow oder die Höllenfahrt. Jedenfalls nicht genug. Also brauchte sie Informationen. Die Art von Infos, die Graeme ihr nicht geben wollte. „Ich weiß nicht genau. Es wäre besser, ihn vor dem ganzen Scheiß umzubringen, nicht wahr? Oder wenigstens zu versuchen, die Umstände zu ändern, damit es gar nicht zu einem Aufeinandertreffen kommt."

„Du willst das also wirklich tun?" Abrupt blieb Luke stehen, was auch Áine zum Anhalten brachte. „Du willst ihn töten? Mit ihm kämpfen?"

Genau das wollte sie nicht. „Ich glaube, etwas anderes bleibt mir nicht übrig, oder?"

„Deshalb wirst du zum Mörder?"

Am liebsten hätte Áine ihm von ihrer Vision berichtet. Dem Moment, als sie Blut an ihren Händen sah und erkannte, dass sie einen anderen Dämon getötet hatte. Sie würde zu einer Mörderin werden, dessen war sie sich längst bewusst. Aber das war immer noch besser, als die Welt einem Höllengott zu opfern. „Was soll ich den tun, Luke? Ihn gewinnen lassen, wenn er kurz davor steht,

Milliarden Menschen zu versklaven, foltern oder zu töten? Denkst du, mir macht es Spaß?"

„Und töten die Lösung?"

„Keine Ahnung, Luke! Es ist meine erste Apokalypse, aber hey, wenn du alles besser weißt, dann sag mir doch einfach eine Idee und ich springe sofort auf den Zug auf." Als Luke nichts sagte, nickte Áine. „Dachte ich es mir doch!"

Schlecht gelaunt machte sie sich wieder zum Gehen auf. Luke wusste überhaupt nicht, was sie durchmachte. Nicht er musste die Entscheidung treffen und jemandem das Leben nehmen, sondern sie! Es würde sie für immer verändern, so viel stand fest. Also sollte ihr bester Freund ihr kein schlechtes Gewissen einreden. Sie war das Einhorn in dieser dämlichen Geschichte. Falls es eine Lösung für ihr Dilemma gäbe ... irgendeine ... sie hätte sie sofort angenommen.

Moment, vielleicht gab es ja tatsächlich etwas. Erneut blieb sie stehen. Diesmal lief Luke direkt in sie herein.

„Was zum Teufel –"

„Ich habe den Ort gesehen, an dem es stattfinden wird!" Áines Augen leuchteten auf. „Nicht direkt die Adresse, aber ich erinnere mich an die Umgebung. Wir könnten die Höhle vor dem Ritual finden und das ausnutzen."

„Okay..."

„Ich meine, vielleicht finden wir die Höhle über andere Ressourcen schneller, als wenn wir auf eine Vision warten. Wir müssen schauen, wie wir das zu unserem Vorteil nutzen." Sie nahm seine Hand und zerrte ihn die Straße entlang. „Ich glaube nicht, dass sie es schaffen werden, den Diamanten zu kriegen."

Luke verzog das Gesicht. „Glaubst du, er wird sterben?"

„Nein. Ich habe kein schlechtes Gefühl bei der Sache. Ich glaube nur, dass Graeme scheitern wird. Weil Harlow damit rechnet. Ihm wird bewusst sein, dass Graeme eins und eins zusammengezählt hat, als sein Überfall nicht funktioniert hat. Vielleicht erhofft er sich noch, dass Graeme jemand anderen dafür verantworlich macht, wie diesen Filidor. Aber er wird wissen, dass Graeme längst herausgefunden hat, dass es um die Höllenfahrt geht. Alles läuft nach Plan. Wie jedes Mal."

„Also?"

„Also ändern wir den Plan. Ändern die Vorgehensweise." Sie blieb stehen, nur ein paar Schritte vor dem Eingang des Internetcafés. Aufgeregt schaute sie ihm in die Augen. „Wir finden heraus, wo er sein Ritual durchführt. Und dann werden wir dort sein, weit bevor es Zeit ist, die Höllenfahrt durchzuziehen. Graeme sagt, das Ritual wird ohne Zuschauer durchgeführt, also werden seine Schergen vielleicht gar nicht an der Höhle sein. Wir könnten den Vorteil nutzen und ihm dort den Stein klauen. Er wird nicht davon ausgehen, dass wir die Höhle finden, bevor diese dummen Regeln es mir durch eine Vision oder eine andere Möglichkeit mitteilen."

„Aber wie willst du die Höhle finden? Ich meine, du wirst doch nicht die erste sein, die versucht, den Ritualplatz vor der Höllenfahrt ausfindig zu machen."

„Das nicht. Allerdings bin ich die erste, die im Internetzeitalter nach Infos suchen kann. Es gibt haufenweise Homepages zu den Höhlen in der Gegend. Besucherhöhlen haben eigene Websites, und alle anderen sind in dem großen Höhlenguide beschrieben, die der Heimatverein regelmäßig aktualisiert."

„Mit Fotos?"

„Von allen zugänglichen Höhlen, ja. Und von dem Rest gibt es wenigstens Koordinaten, die wir dann mit dem Ausschlussverfahren finden könnten. Glaube mir, diese Horrorhöhle werde ich wieder erkennen."

Luke nickte. „Okay, fein." Sie machten sich auf, das Café zu betreten, als er fragte: „Meinst du denn, du kannst ihn töten?"

„Heute geht es mir nur um das Ritual. In einhundert Jahren werde ich vielleicht stark genug sein, ihn ins Jenseits zu befördern. Und jetzt komm mit. Ich will mit allen Infos zurück sein, wenn Graeme heim kommt."

16

Erst einmal im Internetcafé angekommen, spuckte die Suchmaschine haufenweise Hinweise aus, sobald sie ihre Anfrage in die Suchmaske eingaben. Wie erwartet kümmerte sich der Heimatverein Hels um die Erhaltung aller Höhlen. Es gab mehr Höhlen als gedacht, weshalb sich ihre Suche deutlich in die Länge zog. Nichtsdestotrotz fanden sie tonnenweise Informationen, die sie weiterbrachten.

„Keine der Besucherhöhlen sieht aus wie in meiner Vision," murmelte Áine, nachdem sie eine weitere mögliche Höhle aus ihren Aufzeichnungen strich. „Und die anderen passen nicht. Ich habe Lava gesehen, also muss es doch irgendwo eine Art Vulkan geben, oder nicht?"

„Nicht unbedingt. Ich meine, wir sprechen hier von was? Einem Dämonenlord? Könnte er die Lava nicht einfach hex hex mäßig zaubern?"

„Ich glaube, das lohnt sich nur, wenn er die Lava für das Ritual bräuchte und das hätte Graeme mir erzählt. Ich meine, das ist doch nichts, was man als Selbstverständlichkeit abhakt." Sie klickte auf einen weiteren Link vom Heimatverein, als sie stutzte. „Moment. Hier!" Aufgeregt klopfte sie mit dem Finger vor das Glas des PCs. „Hier sprechen sie von einer Höhle, die nicht zugänglich ist, weil angeblich niemand lebend raus kommt, der hineingeht. Technisch gesehen, gäbe es einen Eingang, aber da innerhalb der Höhle nicht näher beschriebene Gefahren lauern, schaffte man es nicht einmal die Vermissten zu bergen. Es gibt sogar einen Zaun der das Gelände einfriedet, damit keiner mehr in die Nähe kommt."

„Gefahren? Wie Dämonen?"

Sie zuckte mit den Schultern. „Man weiß es nicht. Die Höhle ist seit 1897 geschlossen und seitdem nicht mehr geöffnet worden. Sie befindet sich auf einer Lichtung, nur etwa eine halbe Stunde von unserer Wohnhöhle entfernt."

„Steht da noch mehr?"

Áine nickte. „Angesichts der vielen Vermissten, war damals das Gerücht im Umlauf, dass ein alter, eigentlich inaktiver Vulkan unter der Oberfläche lauert, der für die vielen Vermissten verantwortlich sein soll. Alles baut auf Aufzeichnungen aus dem Mittelalter auf. Man sprach von einem angeblichen Vulkan, der in Hel existiert hätte, den aber niemand wirklich gesehen hat – bis auf ein einziges Mal. Scheinbar gab es ein Erdbeben mitsamt Vulkanausbruch. Der Ausbruch hat sich aber nach wenigen Stunden zurückgebildet und der Vulkan verschwand wieder unter der Erde. Die Bürger Hels fürchteten eine Apokalypse und es gab eine Massenflucht, die zu zweihundert Toten führte."

„Klingt dämonisch."

Áine nickte. „Jap. Und soll ich dir noch was sagen? Der vermeintliche Vulkanausbruch fand 1303 statt. Angeblich hörte das Erdbeben auf, nachdem eine Gruppe weißhaariger Engel durch die Stadt zogen."

„Weißhaarig? Einhörner?"

Áine nickte. „1303 hat Harlow es schon mal versucht und wie es aussah, kamen die Einhörner gerade rechtzeitig."

Luke runzelte die Stirn. „Aber sollte das Siegel dann nicht geschlossen sein?"

Áine zuckte mit den Schultern. „Schon, ja. Aber so wie ich es verstanden habe, kann es mehr als eins geben. Harlow war – genau wie die Einhörner – nicht immer alleine, wenn es um die Beschwörungen ging. Vielleicht war es auch ein anderer Dämon, der den ersten Versuch startete. Eventuell kann man die Höllenfahrt auch aufhalten, wenn man den Dämon tötet, der sie auslöst. Ich meine, das klingt doch plausibel, oder nicht?"

Luke grübelte. „Also gibt es entweder mehr Siegel da unten oder sie haben den Dämon getötet?"

Sie zuckte mit den Schultern. „Eins von beidem, nehme ich an."

„Na fein. Was denkst du? Ist es die Höhle aus deiner Vision?"

Irgendetwas in Áine sagte ihr, dass sie den Ort gefunden haben musste. „Ich bin mir sicher, ja."

„Dann drucken wir alles aus und bringen es zu Graeme."

Während Luke den Drucker aktivierte, ließ Áine den Blick durch den Raum schweifen. Sie wollte gerade fragen, wie lange es noch dauerte, als die Tür des Cafés geöffnet wurde und Linnea, die Amazone, den Laden betrat. In Hel gab es bloß ein einziges Internetcafé, weshalb es nicht ungewöhnlich war, dort bekannte Gesichter anzutreffen. Nichtsdestotrotz überrumpelte sie Linneas plötzliche Anwesenheit. Letzten Endes wusste sie nicht, ob das Mädchen sie angreifen würde. Sie war schließlich immer noch eine Dämonenjägerin.

„Luke, wir haben Besuch."

Luke sah auf. Allein bei ihrem Anblick rollte er mit den Augen. „Oh Gott, die schon wieder!"

In dem Moment trafen sich die Blicke der Amazone mit den der Teenager. Ihre Augen verengten sich und sie neigte den Kopf. Daraufhin begab sie sich eiligen Schrittes an ihren Tisch. „Langsam geht ihr mir auf die Nerven."

„Wir waren zuerst hier", bellte Áine zurück. „Ich wusste nicht, dass dir der Laden gehört."

„Ihr verfolgt mich. Ich komme jeden Tag her und ihr wart nie zuvor da. Was wollt ihr? Einen Kampf?"

„Informationen." Áine schnalzte mit der Zunge. „Ich habe keinen Internetanschluss und ich darf als Absolvent ganz sicher nicht mehr an die in die Schule. Also ja, ich habe das Recht, mir einen neuen Platz zu suchen."

Linnea schien ihnen zu glauben, denn ihre abwertende Haltung nahm leicht ab. „Fein. Aber ich habe euch im Blick." Im selben Moment sah sie, wie die Dokumente aus dem Drucker sprangen.

Noch bevor Luke etwas unternehmen konnte, schnappte sich die Amazone die Blätter.

„Ich sehe, ihr Dämonen geht einem teuflischen Plan nach?"

Luke wiederholte das Augenrollen. „Kannst du auch wie'n normaler Mensch sprechen? Au welchem Jahrhundert stammst du?"

Sie schenkte ihm einen giftigen Blick, dann überflog sie die Ausdrucke. „Was wollt ihr in der Lavahöhle?"

„Du kennst sie?" fragte Áine.

„Ja. Sie ist voller dämonischer Aktivität. Mein Kompass dreht durch, wenn ich in ihrer Nähe bin."

Kompass? „Seit wann?"

Linnea zuckte mit den Schultern. „Nicht lange. Vielleicht ein paar Tage." Erst da bemerkte sie, dass sie eine Information mit den Dämonen teilte, die sie besser für sich behalten hätte. „Was habt ihr vor?"

„*Wir* haben gar nichts vor." Genervt entriss die Banshee der Amazone die Blätter. Diese wollte sie zurückholen, aber Áine meinte: „Dir ist klar, dass wir sie einfach noch mal ausdrucken können?"

Daraufhin ließ sie davon ab. „Ich weiß, wo ihr wohnt. Wenn ihr nicht wollt, dass ich euch besuchen komme, sagt ihr mir besser, was ihr vorhabt."

Áine wollte diesen Disput schnellstmöglich beenden, daher blieb sie ehrlich. „Die Apokalypse aufhalten."

„Die Apokalypse?!" Linnea lachte. „Dass ich nicht lache!"

Die Banshee zuckte mit den Schultern. „Du musst es nicht glauben, aber so ist es. Ein kleiner Idiot mit Geltungsdrang will den Gott aller Dämonen auf unsere Welt entlassen. Und das schon in den nächsten paar Stunden. Nun, und wir haben jetzt herausgefunden, wo er das macht."

„Den Gott aller Dämonen?" Die Vorstellung ließ sie leicht schockiert zurück.

Áine nickte. „Ganz genau. Sein treuer Diener Harlow will ihn in der Lavahöhle beschwören und zurückrbringen."

Schlagartig veränderte sich etwas in Linnea, sowie sie den Namen des Dämons hörte. „Moment. Sprecht ihr etwa von Eoin Harlow? Früher bekannt als Mepheistoles?"

„Ich weiß nicht, wie er vorher hieß, ich kenne ihn nur unter Harlow." Linneas Kenntnis über Harlow überraschte Áine und machte sie neugierig. „Du kennst ihn?"

„Jede Amazone kennt ihn! Er ist ein widerlicher Serienkiller, mit einer Todesstatistik, die selbst Dikatoren mau aussehen lässt. Er gehört zu den meist gesuchtesten Dämonen, vor allem nach dem Amazonenmassaker im Jahr 1854." Ihre Augen leuchteten auf. „Wenn ich ihn töten würde, dann wäre mein Status wiederhergestellt und Imogen wäre –" Erneut biss sie sich auf die Lippen.

Áine grinste. „Weißt du, Linnie, aber ich glaube, wir haben endlich eine Gemeinsamkeit."

„Nenn mich nicht Linnie!" fauchte sie. Trotzdem wirkte sie interessiert. „Wie kann man ihn töten? Was ist er für ein Dämon?"

„Keine Ahnung. Aber Gerüchte besagen, er sei ein Todbringer."

Linnea nickte, dennoch wirkte sie ein wenig beunruhigt. „Die bringen dich dazu, dich selbst und andere umzubringen, indem sie sich in deinen Kopf hacken." Nachdenklich tippte sie mit ihrem Zeigefinger auf ihre Lippen. „Erklärt, wie er das Massaker damals durchgeführt hat."

Zum ersten Mal seit dem Beginn der Unterhaltung spürte Áine, dass Linnea in ihrer Nähe auftaute. „Interessiert daran, uns zu helfen?"

„Für was? Um mich in eine Falle zu locken?" Sie hob eine Augenbraue misstrauisch in die Höhe.

„Linnea, du solltest dich mal reden hören. Hier geht es nicht um dich." Daraufhin riss Áine kurz die Geschichte, rund um Harlow, das Einhorn und vor allem, um die bevorstehende Höllenfahrt an. Die Amazone hörte zu, doch eine wirkliche, einschätzbare Reaktion bekamen sie nicht von ihr.

„Und nun soll ich deine Drecksarbeit machen? Weil du kein Einhorn sein möchtest?"

„Nein." Und da war Áine direkt. „Ich weiß, dass es meine Aufgabe sein wird, das Portal mit meinem Blut zu versiegeln. Sonst würde ich nicht die Visionen erhalten. Wenn ich eines im Leben gelernt habe, dann, dass man seinem Schicksal nicht entkommt. Damals war mein Schicksal allerdings noch ne vier in Mathe." Sie schluckte, wurde wieder ernst. „Trotzdem wäre es für uns alle sicherer, wenn wir eine Allianz gründen. Die Einhörner hatten stets eine Schar an Anhängern. Sie sind gemeinsam in den Krieg gezogen. Und wir bräuchten Hilfe."

„Eine Allianz?" Linnea lachte. „Warum sollte ich das tun? Wer sagt mir, dass ich nicht euer Köder für diesen Kerl bin?"

„Ich sag es nicht gerne, Linnea, aber er wird sich nicht für dich interessieren. Er ist hinter mir her." Sie seufzte. „Du hast Kampferfahrung, die wir nicht haben. Und ich denke, mein Plan wird funktionieren."

„Plan?"

Auch diesen berichtete sie ihr in Kurzform. Es war vielleicht nicht der Beste, aber machbar. Vor allem würde Harlow nicht damit rechnen. Herrje, sie wusste von dem ganzen Müll doch erst seit ein paar Stunden.

Linnea fragte: „Du denkst wirklich, das würde funktionieren? Du nimmst ihm was weg und er muss einhundert Jahre warten, bis er erneut angreift?"

„Gegenfrage: Traust du mir zu, Eoin Harlow morgen zu töten?"

Die beleidigende Musterung ihrerseits hätte sich die Amazone sparen können. Sie wusste genau, dass Áine so gut wie keine Chance hatte. „Ich traue euch weiterhin nicht."

„Du wärst gestern beinahe gestorben, Linnea. Warum sollte ich dich retten und danach töten? Und überhaupt, glaubst du, du oder deine Amzonen-Freundinnen hätten eine echte Chance, wenn Harlow Astamephis aus der Hölle entlässt? Er ist ein Gott. Und ihr Sterbliche."

Sie wusste nicht genau, warum der Name Astamephis Linneas gesamte Körperhaltung veränderte, doch plötzlich war von ihrer arroganten Art nichts mehr übrig. „Fein. Ich helfe euch", sagte sie. „Aber auch nur ein komisches Zucken und ich werde euch für immer zum stillschweigen bringen."

Áine nickte. „Klingt fair."

„Gut, dann kommt mit. Ich muss euch was zeigen."

Da die Lieferung des Diamanten die höchste Sicherheitsstufe auslöste, war das Museum an dem Tag für Besucher geschlossen worden. Genau aus diesem Grund brachen Rana, Mateo und Graeme, durch das Kellerfenster ein, auch da sie so wenig Aufmerksamkeit wie möglich erregen wollten. Dass Harlow – oder einer seiner Anhänger – die Sache durchaus ernst nahmen, erkannten die drei einige Sekunden später, als Mateo über eine Leiche stolperte, die sie im Kellergewölbe des Museums fanden. Rana begutachtete sie nur kurz, da wusste sie bereits, wer der Tote sein musste. „Das ist der Kurator des Museums", teilte sie ihnen mit.

„Ich glaube, mit ihm habe ich gestern am Telefon gesprochen", erwiderte Mateo. „Er sagte, er ließe nicht einmal die Presse in die Nähe des Steins, bis dieser sicher verstaut sei."

„Nun, so oder so, der Stein wird niemals hier landen." Rana musterte ihn genauer. „Ich würde mindestens zwei Tage schätzen. Wie er aussieht, ist er schon eine Weile tot. Komisch, wo er doch gestern erst ein Interview mit der Lokalzeitung gab."

Für Graeme gab es nur eine Möglichkeit. „Harlow hat einen Doppelgänger engagiert." Er wechselte einen Blick mit Mateo. „Das heißt, dass du mit ihm telefoniert haben könntest."

Mateo nickte. „Sodass sie vorgewarnt sein könnten."

„Ergo müssen wir doppelt vorbereitet sein." Rana nickte Graeme zu.

Dieser stimmte ihr zu. Jetzt zählte nur noch eines: Rasch an den Blutdiamanten zu gelangen.

Mit vorgezogenen Waffen begaben sie sich aus dem Kellerabteil heraus, direkt in Richtung des Treppenhauses. Sie stiegen eine Treppe hoch, woraufhin sie im Erdgeschoss landeten. Bereits von weitem hörten sie Stimmen. Graeme brauchte nicht zweimal hinhören. Diese Stimme hatte sich in sein Gedächtnis eingebrannt: Harlow! Besagter besaß zwar schon länger keine große Schar an Anhängern mehr. Demnach ging keiner von ihnen von einer Vielzahl von Angreifern aus. Die Schergen, die da waren, waren jedoch von grenzenloser Brutalität.

Leise bewegten sie sich einige Meter vor. Zwischen verschiedenen Artefakten aus den vergangenen Jahrhunderten entdeckten sie Harlow und seine Männer schließlich. Der Mörder seiner Frau hatte sich in all den Jahren kaum verändert. Und genau wie damals auch empfand Graeme grenzenlosen Hass, allein bei seinem Anblick. Er war in seiner humanen Gestalt und trug einen schwarzen Anzug. Neben ihm stand Filidor, ein einziger Tentakelarm ragte aus seinem Rücken heraus. Die beiden anderen Dämonen waren ebenso in ihrem menschlichen Format. An sich kein besorgniserregender Anblick. Bis Graeme auf den babykopfgroßen Diamanten in Harlows Hand aufmerksam wurde.

„Warum geht er nicht in Flammen auf?" flüsterte er. Was zum Teufel ging ihr vor?

„Ich kann nicht glauben, dass er wirklich lebt." Ranas Kinnlade fiel herunter. „Ich ... ich glaubte ehrlich, er sei tot."

„Warum geht er nicht in Flammen auf?" wiederholte Graeme. Oh Gott, gab es etwa zwei von ihnen? War er ein Doppelgänger?

Eine Antwort bekam Graeme nicht mehr. Denn bereits im nächsten Moment drehte sich Harlows Kopf um einhundertachtzig Grad. Grinsend schaute er Graeme direkt in die Augen. „Gentlemen? Ich glaube, wir haben Besuch!"

Die Situation änderte sich schlagartig.

Sowie die Gruppe um Graeme entdeckt wurde, startete der Angriff. Harlows Schergen attackierten sie auf der Stelle. Harlow selbst nutzte die Gelegenheit, um den Rückzug anzutreten. Da der

Dämon normalerweise keinem Kampf aus dem Weg ging, verwunderte Graeme diese Handlung. Zeit darüber nachzudenken blieb ihm allerdings nicht.

Rana und Mateo brauchten nicht lange, um die beiden Unbekannten zu töten. Graeme für seinen Teil verfolgte Harlow. Diesmal würde er ihn nicht entkommen lassen. Heute würde er sterben. „Harlow! Du kleiner Mistkerl, denk ja nicht, ich würde dich nicht finden!"

Es half ja doch nichts, dachte sich Graeme. Es wäre das Beste, wenn er sich so schnell wie möglich verwandelte. Als Berserker waren seine Geruchsknopsen deutlich stärker ausgebildet. Er war just dabei, den Transformierungsprozess einzuleiten, als er eine Regung im Augenwinkel wahrnahm. Graeme handelte sofort. Er sprang in die Richtung der Bewegung, packte die Kreatur brutal am Hals und trieb sie direkt vor die Wand.

Wie erwartet war es Harlow. Graeme zögerte nicht lange. Wütend jagte er seine mit Blutdiamanten besetzte Machete durch Harlows Körper. Dieser keuchte auf. Schrie. Dunkles Blut quoll aus der Wunde.

Doch er starb nicht.

Stattdessen schob er Graeme von sich. Boxte ihm direkt ins Gesicht, sodass dieser mit einem dumpfen Stöhnen zurückfiel. „Aífe war eine weitaus härtere Gegnerin als du!" stieß er aus. Er schlug Graeme ein weiteres Mal, und erneut stolperte Besagter nach hinten. Als ein dritter Faustschlag folgen sollte, wich der Berserker aus. Er sprang auf die Beine, trieb seine Machete ein zweites Mal in Harlows Körper.

„Warum stirbst du nicht?!" bellte er frustriert.

Harlow packte die Klinge, riss sie ihm aus der Hand, und warf den Berserker mit einem harten Schlag erneut auf den Rücken. Daraufhin wollte er Graemes eigene Waffe gegen ihn verwenden. Er hob die Machete hoch über seinen Kopf ... aber nichts passierte. Graeme hatte darauf gewettet, dass Harlow ihn eilig ermorden würde. Stattdessen hockte er keuchend über ihm, unfähig, dem Berserker den Gnadenstoß zu verpassen. Die Waffe schwebte über Graemes Leib, derweil Harlows gesamter Körper vor Anstrengung bebte.

Da der Berserker es nicht auf einen Zufall ankommen lassen wollte, griff er eilig an sein Seitenholster, packte ein Messer, was er dort aufbewahrte. Erneut mit allerlei Blutdiamanten bestückt. Doch als er die Klinge durch Harlows Kehle trieb ... passierte wieder nichts.

Ein wiederholter Versuch in Vorbereitung, da packte Graeme ein Tentakelarm um seinen Bauch. Brutal wurde er nach hinten gerissen, in die Luft gehoben und schließlich vor die nächste Wand geschleudert. Unsanft knallte er mit voller Wucht dagegen, glitt daraufhin zu Boden. Das Letzte, was er von Harlow sah, war, wie er den Blutdiamanten in den Händen hielt, ihn einmal hochwirbelte und dann mit Filidor verschwand. Graeme stieß frustriert Luft aus. „Warum stirbst du nicht?"

„Ich kann es immer noch nicht fassen." Zwei Minuten später war Rana bei Graeme, half ihm auf die Beine. „Ist es wirklich Harlow? Hat Nolte uns belogen? Oder überlebte er eine Dekapitation und Kreamation?"

Graeme stand immer noch unter Schock, um seiner Freundin zu antworten. Denn genau dieselben Fragen beschäftigten ihn. War Harlow unsterblich? Wieso zum Teufel verbrannte er nicht, wenn er den Blutdiamanten in den Händen hielt? Und weshalb starb er nicht, als er ihm mehrmals eine mit blutdiamantenbestückte Klinge in den Körper trieb? Doch vor allem ... warum wurde Harlow nicht selbst zum Mörder und tötete Graeme, als er die Chance dazu hatte?

„Graeme, bist du in Ordnung?" Rana sah ihn mit zusammengekniffenen Augen an. „Ein Penny für deine Gedanken."

„Er ist nicht gestorben."

„Was?"

„Harlow. Er ist nicht gestorben, Rana! Er trug den Blutdiamanten in den Händen ... ich habe ihm mehrmals ein Messer und eine Machete in den Körper gerammt und er ...? Er hat es einfach hingenommen."

Die Nachricht gefiel Rana ebenso wenig wie ihm. „Er ist ein Todbringer. Diese Art von Dämonen –"

Graeme unterbrach sie abrupt. „... gehen trotzdem in Flammen auf. Sofern sie reine Dämonen sind. Was er ist."

„Du meinst also ... du meinst also ..."

„Nolte hat damals nicht gelogen, Rana. Er hat ihm den Kopf abgeschlagen. Genau wie ich ihn mehrmals mit den Blutdiamanten verletzt habe. Er müsste tot sein."

„Große Güte, du meinst doch wohl nicht etwa, er hat es irgendwie geschafft ...?"

Die Vorstellung gefiel Graeme ebenso wenig und trotzdem machte es als einziges Sinn. „Unsterblich zu werden? Genau das glaube ich!"

Es war eine Behauptung, die die Regeln des Spiels für immer veränderten. Wäre Harlow unbesiegbar, was würde das für die Höllenfahrt bedeuten? Wie würde er Áine retten können?

Mitfühlend legte Rana ihm eine Hand auf die Schulter. „Wir werden eine Lösung finden, Graeme. Es gibt für alles eine Lösung."

Dieser nickte. Und doch fühlte er sich hilflos. „Ja. Selbst für's Sterben, wie's aussieht." Er schnaubte. „Wir brauchen Verstärkung. Wir brauchen Antworten."

„Vielleicht kann der Knabe uns dabei helfen."

Glücklich grinsend trat Mateo zu ihnen. Neben ihm eine Statue. Erst beim zweiten Hinsehen erkannte Graeme, dass die Statue nicht etwa ein Relikt aus vergangenen Zeiten war, sondern recht moderne Kleidung trug. Dazu waren zwei Flügel sichtbar, die aus dem Rücken der Skulptur wuchsen.

„Ein Mottenmann", erklärte Mateo grinsend. „Er hat sich in den oberen Stockwerken versteckt und wollte sich verwandeln. Also habe ich ihn zuerst verwandelt. Man ist nicht umsonst ein Gorgone, nicht wahr?" Seine Augen blitzten kurz auf, wechselten die Farbe von Gelb zu Grün.

Vielleicht gab es ja doch einen Lichtstreifen am Horizont, dachte sich Graeme. „Nehmen wir ihn mit. Wir sollten ihn befragen."

Rana stimmte dem Berserker zu, trotzdem gab es etwas, was sie beschäftigte. „Frage ist, wie kriegen wir ihn ins Auto?"

17

Weder Áine noch Luke wussten genau, wo Linnea sie hinführte. Ihre Aussagen waren eher kryptisch als verständlich, dennoch sah es nicht so aus, als wolle sie sie in eine Falle locken, also folgten die beiden Jugendlichen ihr. Nachdem die Gruppe schließlich an einem recht ansehnlichen Apartmentkomplex halt machte, schauten die Teenager nicht schlecht. Alles sah danach aus, als würde die Amazone in diesem Gebäude wohnen. Insgeheim fragte sich Áine, was man als Dämonenjägerin verdiente, um in so einem schnieken Häuschen zu leben. Oder arbeitete sie neben ihrer Dämonenjagd noch irgendwo anders? Am liebsten hätte sie Linnea gefragt, jedoch erwartete sie keine Antwort von der Amazone, also schwieg sie. Gemeinsam liefen sie drei Etagen hoch, bis Linnea den Schlüssel für eine der Wohnungen herauskramte. Zu dritt betraten sie eine Einzimmerwohnung. Und es traf sie der Schlag.

„Um ehrlich zu sein, dachte ich, würde so eine Art Patrick-Bateman-Bude haben. Alles blitzeblank, steril. Halt wie in *American Psycho*, aber damit habe ich nicht gerechnet."

Áine ging es ähnlich. Denn mit dem Chaos und der Unordnung, die in der Wohnung herrschte, rechnete sie als Letztes. Falls Linnea hier hausen sollte, lebte sie wie ein ... nun, *Schweinchen*. Überall lagen leere Pizzakartons und Klamotten herum. Ihre saubere Kleidung lag in einem Koffer – und nicht, *wirklich überhaupt nichts*, war in Schränken oder anderen Unterbringungsmöglichkeiten untergebracht, sondern wahllos auf dem Boden verteilt. Trotzdem versuchte Áine freundlich zu sein. „Ich, äh, also schön hast du es hier. Gerade eingezogen?"

Linnea schaute sie nur an, blieb aber stumm und begab sich lieber in eins der Zimmer, von dem Áine annahm, dass es ihr Schlafzimmer war.

„Um wie viel wettest du, dass sie jetzt mit zwei gezogenen Waffen rauskommt und auf uns ballert?"

Áine seufzte. „Luke..."

Besagter schnalzte mit der Zunge. „Ehrlich, Áine, traust du dem Mädchen?"

„Momentan fehlt uns die Zeit, um über Vertrauensverhältnisse nachzudenken. Jetzt geht es um Allianzen."

Er schüttelte bei ihren Aussagen den Kopf. „Mann, du solltest weniger Fernsehen schauen. Das hier ist das echte Leben."

„Allianzen findet man zuhauf in der Menschheitsgeschichte."

„Ach, darum geht's dir? Um Geschichtsunterricht?"

Leicht zögerlich erwiderte sie: „Nein, es ging mir mehr um Buffy und Spike und ihre Allianz in der zweiten Staffel von *Buffy*. Aber trotzdem gibt es diese Zusammenschlüsse auch in der Realität."

„Große Güte, die Menscheit verlässt sich auf ein fernsehsüchtiges Einhorn. Das kann ja nur schiefgehen." Als Áine ihn wütend ansah, ruderte er zurück. „So habe ich das nicht gemeint."

„Wie gesagt, du kannst gerne mit eigenen Ideen kommen."

In dem Moment kehrte Linnea zurück. In der Hand, ein kleines, in ledergebundenes Büchlein. Wortlos stellte sie sich an einen Küchentisch, der direkt neben dem Sofa stand und ebenfalls mit jeder Menge Kleidung, Büchern und Waffenzeitschriften zugemüllt war. Diese warf sie achtlos auf den Boden und traf dabei fast Lukes Fuß mit einem Schwall Bücher.

„Was ist das?" fragte Áine, während Luke leise fluchte.

„Es ist ein Buch." Da diese Antwort nur genervtes Schweigen hervorbrachte, rollte Linnea mit den Augen. „Eine Art Tagebuch meiner Eltern. Beide haben es geführt, doch meine Mutter schrieb den Großteil."

„Oh." Áine ging nicht weiter darauf ein, schließlich vermutete sie nach Linneas Fiebertraum, dass sie tot waren. „Beides Amazonen?"

„Meine Mutter. Nur Frauen dürfen Amazonen werden."

„Okay." Wieder was dazu gelernt. Áine zeigte auf das Büchlein. „Darf ich?" Linnea nickte, daraufhin blätterte sie vorsichtig die Seiten durch. Je mehr sie darin las, umso eher wurde ihr bewusst, eine Art Dämonennotizbuch in den Händen zu halten. Es wurden die wichtigsten Regeln über den Umgang mit Dämonen angeschnitten. Ihre Namen, die Art sie zu töten, ihr Jagdverhalten.

„Es geht um diese Passage." Ungeduldig nahm Linnea Áine das Buch aus der Hand und schlug eine Seite in der Mitte des Büchleins auf. Die Seite zeigte eine Beschreibung von Harlow. „Meine Eltern trafen ihn nie persönlich, aber es gibt eine Menge Gerüchte. Auch, dass er mächtige Wesen umbrachte. Gute Wesen. Wir wissen nicht genau, was er meinte, aber deine Geschichte lässt auf Einhörner schließen."

Áine nickte. „Ja. Er hat alle umgebracht. Meine Mutter war das letzte."

Linnea versteifte sich. „Das tut mir leid."

Áine zuckte mit den Schultern. „Es ist lange her, über sechzig Jahre."

„Über sechzig *was*?!" Die Aussage ließ die Amazone perplex zurück. „Wie alt bist du überhaupt?"

Áine lächelte sachte. „Wenn ich das selbst wüsste."

Die Antwort missfiel Linnea, dennoch wechselte sie wieder das Thema. „Der Orden verfolgt ihn seit Jahrhunderten. Vor etwa dreihundertfünfzig Jahren wurde einer unserer Amazonen ein Papierschnipsel zugespielt. Es ist verfasst in einer alten Dämonensprache, also konnten wir es nicht übersetzen. Bei Harlows Massaker im Amazonen-Hauptquartier 1854 hätte er die Aufzeichnungen beinahe durch ein Feuer zerstört. Wir brachten daraufhin das Original – oder das, was davon übrig blieb – in Sicherheit. Dennoch ist es möglich, als hochrangiges Mitglied Zugang zu diesem Bereich zu erlangen. Meine Mutter gehörte zur Taskforce, die ihn verfolgte, also schrieb sie die Zeichen nieder. Es wurde überlegt, ob die Apokalypse darin erwähnt wird."

„Wenn ihr es nicht lesen konntet, wie konntet ihr es vermtuten?" fragte Áine.

„Der Sage nach haben meine Schwestern einen Dämon entführt und es ihn übersetzen lassen. Jedenfalls soweit er es schaffte."

Áine nickte. Sie schaute auf die Zeichen, die auf dem Blatt geschrieben standen, entzifferte jedoch nichts. Für sie waren es komische Kringel, die hin und wieder mit Zacken versehen wurden. Es ähnelte eher einer Zeichnung als einer Schrift. „Ich gehe davon aus, dass dem Informant mit dem Tode gedankt wurde, was?"

Linnea zuckte mit den Schultern. „Glaube mir, Dämonen sind nie unschuldig."

Áine erwiderte nichts. Luke hingegen schüttelte den Kopf. „Ich sage ja, eine ganz schlechte Idee, mit seinem Feind zu arbeiten."

Daraufhin sah er sich die Zeichen in dem Büchlein genauer an. „Bist du dir sicher, dass es eine Dämonensprache ist?" Er klang misstrauisch.

Linnea schnaubte. „Was soll es sonst sein? Spanisch?"

„*Lo siento, muchacha*, aber das hier ist einfach zu entziffern." Luke neigte den Kopf. „Lapidar übersetzt steht da: Für die Durchführung des Rituals ist die Heilige Dreifaltigkeit von Nutzen: Der Tote. Der Dämon. Der Sterbliche. Eine Opfergabe, dessen Blut das Portal zur Unterwelt öffnet und den Gott der Götter, Astamephis, auferstehen lässt, damit dieser über jedes Lebewesen zu herrschen vermag."

Für einen Moment war es still im Raum. Áine tauschte einen Blick mit Linnea. Luke zog die Stirn kraus. „Was?!"

„Das hast du lesen können?" fragte die Banshee erstaunt.

„Jap. Du nicht?"

Áine schüttelte den Kopf. Woher zum Teufel war Luke fähig, dieses Kauderwelsch zu entziffern? „Äh, *nein*! Und du solltest das erst recht nicht."

Luke wirkte perplex. „Aber ... jetzt verarsch mich nicht. Klar, kann man lesen."

„Was ist hier los?" Misstrauisch entriss Linnea Luke das Buch und nahm es an sich. Sie wirkte genauso verwirrt wie Áine.

Diese sagte: „Wir müssen das Graeme zeigen. Er wird wissen, was damit gemeint ist."

„Ich werde ganz sicher nicht zulassen, dass dieses Buch meine Wohnung verlässt. Und ganz bestimmt nicht in den Händen eines Dämons", stellte Linnea direkt klar.

„Okay, fein. Aber irgendwie muss ich es ihm zeigen."

„Was ist mit einem Handy? Hast du nicht eins mit Kamera?"

Warum war sie da nicht vorher drauf gekommen? Klar, ihr neues Klapphandy hatte eine integrierte Kamera. Graeme hatte es ihr nach ihren bestandenen Abschlussprüfungen geschenkt und bisher hatte sie sich noch nicht ganz daran gewöhnt. „Gute Idee, Luke! Darf der böse Dämon dein Buch abfotografieren?" fragte Áine. „Nicht, dass ich seine Seele klaue."

Wenigstens das ließ Linnea zu. Nachdem Áine das Foto knipste und das Handy wieder einsteckte, machte sie sich zum Gehen auf. „Am besten laufen wir sofort zurück nach Hause." Sie wollte just aufbrechen, da wandte sie sich der Amazone zu. „Möchtest du mitkommen?"

Diese nickte. „Klar. Wenn ihr mich schon hineinzieht."

Während Luke bereits voranging, bemerkte Áine den ihr so vertrauten Geschmack auf der Zunge. Genau wie am Vortag, spürte sie plötzliche Bitterkeit in ihrem Mund, gepaart mit dem Aroma von Blut. Dazu lag Schwefel in der Luft. In diesem Moment überkam sie eine dunkle Ahnung, die ihr die Haare zu Berge stehen ließen. Luke, der unerwartet unsterblich schien. Luke, der antike Dämonensprachen las ... Konnte er etwa etwas mit dem Ritual zu tun haben?

18

„Was sollen wir mit ihm machen?" Mateo sah nachdenklich auf den Dämon herab, den sie als Geisel von ihrem Museumsbesuch in die Höhle brachte. Dort fesselte Graeme den Mottenmann an einen

Stuhl, nachdem Mateo seine Versteinerung löste. Er war einer von Harlows engeren Gefolgsleuten, begleitete ihn seit geschätzt etwa einhundert Jahren. Er würde eine Menge über den großen Dämon wissen. Vor allem, wie er es schaffte, trotz mehrmaligen Kontaktes mit einem Blutdiamanten am Leben zu bleiben.

„Wir könnten ihn foltern", schlug Graeme vor, sein Blick lag auf der Geisel, ein leichtes Lächeln umspielte seinen Mund.

„Ich springe nicht auf Folter an", erwiderte der Gefangene eisern.

Ranas Antwort klang schnippisch. „Dich hat niemand gefragt!". Sie wandte sich mit leiser Stimme an Graeme. „Wobei ich wirklich nicht glaube, dass wir eine gute Chance haben, ihn zum Reden zu bringen."

Der Berserker zuckte nur mit den Schultern. „Sofern er nicht redet, werden wir ihn töten."

„Graeme!" Mateo wirkte unglücklich. Er mochte es nicht, wenn sein Freund zu Mordlüstern war.

„Ich weiß nicht, wo euer Problem liegt. Harlow hat meine Frau getötet. Er will meine Tochter töten und dazu die gesamte Welt versklaven. Und der Kerl hilft ihm. Für mich liegt die Sache klar. Oder wollt ihr ihn gehen lassen?" Er drehte sich zu dem Gefangenen um. „Also, rede!"

Die Geisel schaffte es nicht, zu antworten, denn in dem Moment traten Áine, Luke und Linnea in die Höhle ein. Graeme, der annahm, Áine würde in ihrem Zimmer sein, zog maßregelnd eine Augenbraue in die Höhe.

Diese hob warnend den Finger. „Fang gar nicht erst an!" Sie schaute sich im Raum um. „Ich sehe keinen Diamanten. Ich gehe davon aus, dass ihr es nicht geschafft habt?"

Rana nickte knapp. „Richtig geraten."

Obschon es ihm schwerfiel, Áine nicht zurechtzuweisen, presste der Berserker die Lippen aufeinander. Erst dann fiel ihm Linnea auf. „Was ist mit ihr?"

„Sie hilft uns." Áine lächelte. „Siehst du, wie schnell ich eine Truppe auf die Beine stellen kann?"

„Ganz die Mutter", murmelte Rana. „Ihre eigenen, kleinen Walküren."

„Ich gehöre nicht zu irgendeiner Truppe", erwiderte Linnea schnippisch.

Áine seufzte. „Egal, was sie ist, sie hat interessante Informationen. Schau." Daraufhin holte sie ihr Handy hervor, klappte es auf und suchte die passenden Fotos heraus. „Kannst du es erkennen?"

„Wenn du es größer machst."

„Hast du deinen Laptop hier?"

Áine wartete, bis Graeme seinen Computer holte. In der Zwischenzeit bemerkte sie den gefesselten Mann in der Ecke des Zimmers. „Wer ist das?"

Rana lächelte. „Unsere Geisel. Mein Mateo hat ihn versteinert. So konnten wir ihn herbringen."

„Eure *was*?" Mittlerweile sollte sie sich eigentlich daran gewöhnt haben, mit stetig neuen Informationen überschüttet zu werden. Trotzdem überraschten die drei Erwachsenen Áine immer wieder. Sie wusste nicht, dass die Gruppe plötzlich Gefangene nahm.

„Wir haben gegen Harlow gekämpft. Und ihn haben wir dabei mitgenommen." Etwas zu grob schlug Rana der Geisel ihm auf den Rücken.

Áine runzelte die Stirn. „Ich finde, wir sollten uns die Sachen ohne ihn ansehen."

„Keine Sorge, er wird den Tag nicht überleben." Dieser Satz stammte von Linnea. „Niemand wird vorhaben, ihn zu befreien. Und genau das weiß er auch. Weswegen er keine Notwendigkeit sehen wird, mit euch zu sprechen. Jedenfalls nicht ohne Motivation."

„Und du bist?" Die Geisel schnalzte herablassend mit der Zunge.

„Eine Amazone."

Er lachte. „Ja, so siehst du aus. So welche wie dich esse ich zum Frühstück."

„Und doch bin nicht ich diejenige, die gefesselt auf einem Stuhl sitzt. Ich glaube, die Nahrungskette hat sich gerade zu meinem Vorteil entwickelt, nicht?"

„Miststück!"

„Hey! Freundlich sein!" Rana schlug ihm auf den Hinterkopf. „Er ist ein Mottenmann. Kennst du die Art?"

Linnea zuckte mit den Schultern. „Ich kenne die Möglichkeit, ihn möglichst fies zu foltern, wenn Sie das meinen."

Irgendwie schien das Gespräch in die falsche Richtung abzudriften, fand Áine. „Was zum Teufel?!" stieß sie aus.

Mateo seufzte schwer. „Lass gut sein, Áine. Du kämpfst hier gegen Windmühlen."

„Foltern ist jetzt die Antwort?"

„Wenn er nicht anders redet. Wir sprechen hier schließlich von der verfluchten Apokalypse." Graeme kehrte zurück, fuhr seinen Laptop hoch, danach holte er ein Kabel aus der Hosentasche heraus und stöpselte Áines Handy in den PC ein. Es dauerte nicht lange, da konnte er auf die Fotos zugreifen.

„Sie sind nicht von bester Qualität", stellte er fest.

„Linnea wollte das Original nicht mitnehmen. Was aber auch nicht schlimm ist, denn aus irgendeinem Grund kann Luke die Sachen lesen."

Graeme wirkte weder überrascht noch besonders angetan von der Tatsache. „Ich, äh, nun, wie?"

Luke zuckte mit den Schultern. Ihm schien die Situation langsam zu belasten, denn er wischte sich eine gehörige Menge Schweiß von der Stirn. Graeme bemerkte es und für einen Moment glaubte Áine, er sei deshalb besorgt. „Keine Ahnung. Einfach so", sagte Luke.

Im Hintergrund lachte der Mottenmann. „Wie ich sehe, kommt alles zusammen, was zusammen gehört."

Die Situation schwang daraufhin gefährlich um. In Rage geraten sprang Graeme auf die Füße und rannte in Richtung des Dämons. Grob umfasste er sein Gesicht mit seiner rechten Hand. Seine sonst grünen Augen nahmen die Farbe von Whisky an. Auch seine Haut veränderte sich, wurde haariger, ein dunkles Grölen entsprang seiner Kehle.

„Was passiert hier?" fragte Linnea, holte vorsichtshalber ein Messer hervor. „Er transformiert sich, nicht wahr? Was ist er?"

„Ein Berserker", erklärte Mateo ruhig, zuckte mit den Schultern. „Eine Bärenkreatur. Und dazu leicht cholerisch veranlagt."

„Ich werde niemandem wehtun, außer diesem Scheißkerl!" Versprach Graeme den Umherstehenden. „Sag uns, was du weißt! Sofort."

Die Geisel schien keine Angst zu haben. „Und warum sollte ich das tun? Nichts, was ihr mir antätet wäre schlimmer, als das, was Harlow mit mir machen würde."

Graemes Transformation stoppte. Er wurde wieder zum Menschen. Abrupt wandte er sich an Linnea. „Du weißt, wie man ihn am besten foltert?"

Diese nickte, stets ein wenig misstrauisch. „Haben Sie Mottenkugeln da? Wenn Sie die Kugeln zerstoßen und ihm eintrichtern, wird er schneller quatschen, als Sie es sich vorstellen können."

Graeme schien zufrieden. „Na dann, auf ans Werk."

1998

Ein Jahr lang lehrte Graeme Áine alles, was sie über das Dämonendasein wissen musste. Zu seiner großen Freude lernte sie schnell. Sie war ein sehr talentierter Dämon, der seine Kräfte rasch beherrschte. Nur wenn es um Ritualzauber oder Zaubertränke ging, verließ sie der Ehrgeiz. Áine machte es Spaß, endlich zu wissen, wer sie war und vor allem, wie sie mit ihren neuen Kräften umging. Ein Grund, warum sie ihre Zeit gerne mit Graeme verbrachte.

Es dauerte auch nicht lange, bis sie Rana und Mateo kennenlernte. Die drei verstanden sich auf Anhieb und die Erwachsenen fingen an, die Lehrstunden untereinander aufzuteilen. Während sich Graeme und Mateo eher auf das Bücherwissen konzentrierten, kümmerte sich Rana um die Kampferfahrung. Selbstverteidigung war eines der wichtigsten Themen. Schließlich kam es nicht selten vor, dass man sich in einem Kampf wiederfand.

Seine Tochter kennenzulernen, bedeutete Graeme eine Menge. Sie erinnerte ihn in so vielen Momenten an Aífe. Es fiel ihm immer schwerer, die Scharade aufrecht zu erhalten. Das bemerkte auch Rana, weshalb sie ihm stetig ins Gedächtnis rief, vorsichtiger zu sein und sich keine falschen Hoffnungen zu machen. Jedenfalls, solange Áine nicht über alles Bescheid wusste.

„Möchtest du ihr nicht endlich die Wahrheit sagen?" fragte sie ihn irgendwann. An jenem Tag schenkte Graeme Áine ein kleines Messer mit Blutdiamanten. Es war seit mehreren Generationen in seinem Familienbesitz – natürlich hielt er dieses Geheimnis für sich, als er es Áine übergab. Rana aber kannte die Wahrheit um die Waffe.

„Ich kann es ihr nicht sagen. Sie würde mich hassen."

„Sie wird dich hassen, wenn sie es erfährt, nachdem du sie Jahre belügst. Noch ist die Zeit da." Rana straffte die Schultern. „Wie lange möchtest du die Scharade spielen?"

„Ich bin nicht bereit, Rana. Sie ... sie wird alles über Aífe erfahren wollen. Was soll ich ihr sagen?"

„Die Wahrheit."

„Das Einhorn ist nicht einmal in ihr durchgedrungen. Wer weiß, vielleicht ist sie es nicht einmal. Warum die Pferde scheu machen."

„Wovor hast du Angst, Graeme? Sie hat ein Recht auf die Wahrheit. Es ist ja nicht so, dass Harlow wieder lebendig wird. Sie wird nicht kämpfen müssen, der Kelch ist an ihr vorbeigegangen. Sie wird es verstehen."

„Meinst du? Obwohl ich sie nicht zurückholte, als er tot war?"

„Mit Zurückholen meinst du, sie aus dem Haus kidnappen, in dem sie mit ihren Adoptiveltern wohnt? Herrje, Graeme, wenn es darum geht ... Nein, wirklich, sie wird dir sicher nicht vorwerfen, sie nicht gekidnappt zu haben. Und ihre Adoptiveltern scheinen doch ganz nett zu sein."

Er schnaubte. „Sie akzeptieren sie nicht."

„Sie *verstehen* sie nicht. Es ist keinesfalls einfach, eine Dämonin zu erziehen, ohne überhaupt zu wissen, was sie ist. Vergiss nicht, sie sind Menschen. Dämonen sind in ihrer Einstellung Höllenwesen ohne Sinn für Recht und Ordnung. Und eine transformierte Banshee ist ziemlich angsteinflößend. Wie bitte sollen sie begreifen, was sie ist? Sie haben sich Hilfe geholt. Und du hast ihr gezeigt, wie sie sich einfügt. Und ihr nebenbei zu verstehen gegeben, dass du sie akzeptierst. Die Baileys kümmern sich und versuchen alles zu tun, damit es ihr gut geht."

„Ich..."

„Du hast Angst, sie mache dir Vorwürfe, Graeme, aber ihr Leben stand damals auf dem Spiel. Harlow hat ihre Mutter im Glauben, sie sei schwanger, getötet. Dieser Dämon machte vor nichts halt. Niemand kann dir vorwerfen, sie ohne Grund weggegeben zu haben."

Tatsächlich spielte er seit einiger Zeit mit dem Gedanken, Áine die Wahrheit zu sagen. Er wollte ihr so gerne erzählen, ihr leiblicher Vater zu sein. Dennoch, die Angst, sie könne ihn für seine Tat hassen, saß tief. Obwohl er sie nicht direkt zur Adoption freigegeben hatte, hätte er sie zu sich holen können, nachdem man sie fand. Stattdessen ließ er sie bei den Baileys. Bis heute verzieh er sich diese Entscheidung nicht. Obschon er im Grunde nichts falsch gemacht hatte.

„Graeme, du bist hier nicht der Böse", beharrte Rana energisch.

„Vielleicht sollte ich es ihr sagen", beschloss er, fuhr sich nervös durchs Gesicht. „Bei unserem nächsten Treffen. Ich könnte auf das Messer zu sprechen kommen, ihr sagen, dass es meiner Großmutter gehörte. Einer Banshee."

Rana nickte erleichtert. „Das könntest du."

Graeme lächelte. „Ich werde es ihr sagen. Ja, ich denke, die Zeit ist endlich gekommen."

Doch aus dem Treffen wurde nichts. Eine Stunde, bevor sie sich wiedersehen sollten, erhielt er einen Anruf aus dem Krankenhaus. Áine wurde aufgrund eines Nervenzusammenbruchs eingeliefert. Der Grund: Ihre Eltern waren mit einem Flugzeug abgestürzt und noch an Ort und Stelle gestorben.

Gegenwart

„Das gefällt mir nicht. Es gefällt mir ganz und gar nicht. Áine, das hier ist nicht richtig! Die Sache eskaliert schneller, als mir lieb ist."

Áine erging es ähnlich wie Luke. Folter ging ihr zu weit und doch hatte sie das Gefühl, dass Graeme wusste, was er tat. Nun, wie es schien, wussten alle in der Höhle, was sie taten. Außer Luke und Áine. Genau aus diesem Grund zogen sich die beiden zurück und versuchten, mehr über Linneas Aufzeichnungen herauszufinden.

Es missfiel ihr, dass Graeme so reserviert auf Lukes neuerworbene Talente reagierte. Er besaß die Fähigkeit, eine antike Dämonensprache zu verstehen. Vielleicht wäre dies der Durchbruch, bei ihrem Kampf gegen Harlow. Warum wollte Graeme das nicht ernstnehmen? So oder so, es war Áine, die Luke letzten Endes dazu überredete, die Zeichen zu übersetzen und niederzuschreiben. Sie war nicht dumm. Der Berserker wusste etwas, was er ihr verschwieg. Übersetzt hieß das, dass er sie erneut belog. Mittlerweile fragte sie sich ehrlich, was er ihr alles so vorenthielt. Obwohl es momentan wichtigere Dinge gab, so hatte sie ihm längst noch nicht verziehen, dass er ihr seine Vaterschaft unterschlagen hatte. Und jetzt schien er ihr weitere Informationen vorzuenthalten.

Eine dunkle Vorahnung machte sich in ihr breit. Vor allem, nachdem sie wahrnahm, wie stark Luke zu schwitzen anfing, obwohl es keinen Anlass dafür gab. Die Höhle befand sich so weit unter der Erde, der Sommer heizte ihre Wohnung für gewöhnlich nie auf. Seit etwa einer Stunde wurde er stetig blasser, seine Augen glasiger. Dazu wirkte er immer abgelenkter. Ihr wurde mulmig bei dem Gedanken, dass seine unerwartete Fähigkeit vielleicht etwas mit der bevorstehenden Apokalypse zu tun hätte. Das würde auch Graemes Verhalten erklären. Schließlich kannte er alle Zeichen. Und von einer Art Opfergabe, wie es in Linneas Aufzeichnungen hieß, hatte er nicht gesprochen – oder ihr knallhart verschwiegen.

„Wenn ich doch nur wüsste, was sie mit einer Dreifaltigkeit meinen. Ein Mensch, der ein Dämon ist?"

Luke riss sie aus ihren Gedanken. Áine wollte gerade etwas antworten, als ein Schrei die Luft zerfetzte. Beide Teenager rannten zurück ins Wohnzimmer, wo der Rest der Gruppe den Mottenmann folterte. Erfolgreich, wie sie feststellte. Denn mittlerweile war seine Haut extrem gerötet. Das kam hauptsächlich von mit Mottenkugeln versetztem Wasser, das ihm über den Kopf geschüttet wurde.

„Fein. Fein. Fein. Ich sage es, ich sage alles. Ja, ja, Harlow ist verdammt noch mal nicht fähig zu töten!"

Linnea legte die Schale mit den zerbröselten Mottenkugeln zur Seite, die sie ihm sonst in den Mund gesteckt hätte. „Und warum nicht?"

„Weil er einen Tausch gemacht hat." Sein Blick suchte Áine. „Ihre Mutter gegen seine größte Leidenschaft: Das Töten. Er hat dafür einen Deal gemacht."

Graeme beugte sich zu ihm vor, sodass sich ihre Nasen beinahe berührten. „Und für wie lange hält dieser Deal an?"

„Er hat es so geplant, dass es mit der nächsten Höllenfahrt übereinstimmt. Er wird die Fähigkeit zurückerlangen, kurz bevor das Ritual beginnt."

Graemes Nase berührte die des Dämons. „Und wann ist das?"

Der Gefangene schluckte hart. Als er nichts sagte, schüttete Linnea das Pulver der Kugeln in eine Gießkanne hinein und hielt sie ihm über den Kopf. „Wann ist die beschissene Apokalypse?!" schrie sie. „Ich erhöhe die Dosis der Kugeln."

„*Morgen*! Morgen. Bitte, ich kann nicht mehr!"

„Morgen?" Rana seufzte. Für eine Millisekunde schwenkte ihr Blick in Richtung Luke. Dieser schien es nicht zu bemerken, Áine dafür umso mehr. „Das haben wir schon selbst errechnet. Geht es genauer?"

Der Mottenmann schüttelte den Kopf. „So weit informiert er mich nicht. Wir haben die Anweisung ab Mitternacht bereit zu sein. Aber das ist die normale Vorgabe, wir sind doch nie dabei."

„Wie können wir ihn töten?" Graeme knurrte ungehalten. „Ich habe mehrmals auf ihn eingestochen, er trug den verdammten Blutdiamanten in seinen Händen und trotzdem ist nichts passiert!"

„Ich weiß es nicht. Wirklich. Keine Ahnung."

„Gehört diese Nebenwirkung auch zu seinem Deal?"

Moment – Harlow war unsterblich *und* konnte nicht töten? Wow, Áine schien eine Menge verpasst zu haben, während sie über dem antiken Text büffelten. Dinge, die alles nur komplizierter machte. Wie tötete man einen immortalen Dämon?

„Du weißt es!" Graeme ohrfeigte ihn hart. Sein Kopf schnellte zur Seite. „Sag es mir oder ich hole den verdammten Trichter und mache dein Ende ganz besonders schmerzhaft!"

Erneut schaute der Mottenmann in Richtung Áine. Die Panik, weiter gefoltert zu werden, sah man ihm in seinen Augen an. Beinahe hatte die Banshee Mitleid mit ihm. Bis sie sich daran erinnerte, wie viele unschuldige Leben er auf dem Gewissen hatte. „Sie! Ihre Mutter! Er hat das Einhorn getötet."

Die Stimmung im Raum kühlte merklich ab. Dabei hätte Áine nicht geglaubt, dass sie noch weiter sinken konnte.

„Fahr fort!" knurrte Graeme.

„Die Legende besagt, dass ein reiner Dämon, der regelmäßig Einhornblut trinkt, für eine Weile unsterblich wird. Schafft er es jedoch, das Blut des letzten Einhorns zu trinken, hält die Unsterblichkeit an. Aífe war das letzte Einhorn - das letzte *Vollbluteinhorn*." Er schnalzte mit der Zunge. „Ihr Tod hat ihm gleich mehrere Möglichkeiten offeriert. Da schien der Preis, den er zahlen musste, erträglich."

Áine machte einen Schritt auf den Mottenmann zu. Das, was sie gerade hörte, ließ sie erschaudern. Und doch ... irgendwie ergab alles einen Sinn. „Deshalb ist er nicht persönlich gekommen, um seinen Dreck wegzumachen, nicht wahr? Er kann mich nicht töten?"

Der Mottenmann schüttelte mit dem Kopf. „Nein. Nicht bis morgen."

Áine hielt dem bohrenden Blick des Dämons stand. Sie würde niemals zulassen, dass Harlow gewinnen würde. Er hatte ihr so viel genommen. Er sollte ihr nicht auch noch das Leben nehmen! Ganz geschweige dessen, die Welt in eine verdammte Apokalypse stürzen. „Das wird er nicht schaffen. Denn morgen werde ich diesen widerlichen Mistkerl seine Scheißhöllenfahrt in den Arsch stecken."

Ihre Worte brachten den lädierten Mottenmann zum Lachen. „Und wie willst du gegen einen unsterblichen Dämonen antreten, kleines Mädchen?"

„Das geht dich einen feuchten Kehricht an!" Ihre Augen wurden schwarz.

Eine Sekunde später ging der Dämon in Flammen auf, den Graeme tötete ihn mit einem Blutdiamanten besetzten Messer.

Für einen Moment schwiegen alle im Raum. Bis Rana die Frage stellte, die sie alle beschäftigte: „Ich will deine Motivation nicht bremsen, aber *wie* willst du es tun?"

Der Sanddämon, der Harlows großen Plan umsetzen sollte, verweilte die meiste Zeit seines Lebens in der Statur eines älteren Mannes. Er sagte stets, der Großteil der Menschen interessierte sich so weniger für ihn. Ergo wanderte er recht sicher vor Amazonen oder anderen Dämonen durchs Leben. Sein Sicherheitsverlangen war nicht weit hergeholt, denn der Sandmann besaß bereits eine lange Reihe von diversen Kampfsouvenirs am Körper. Am offensichtlichsten war sein fehlendes Ohr. Erinnerte sich Harlow richtig, verlor er es vor Jahren bei einem Kampf. Harlow wäre dekadent genug, den Körperteil nachwachsen zu lassen, doch der Sandmann dachte nicht einmal daran.

„Wie war der Flug?" fragte Harlow seinen Gast, während dieser sich es sich auf einem Sessel gemütlich machte. Er kam just von seinem kleinen Museumsausflug nach Hause, um dann zu erfahren, dass der Endpart seines Plans eingetroffen war. Perfektes Timing.

Er ging überhaupt nicht auf seine Frage ein. „Tee?"

Harlow rollte zwar mit den Augen, gleichzeitig schnippte er nach einem seiner Schergen. Als einer seiner Männer an ihn ran trat, meinte er: „Er will Tee."

„W...was für Tee?" Der Dämon wirkte unsicher. Er war noch ein junger Bursche, wahrscheinlich in seinem ersten Zyklus. Harlow kannte seinen Namen nicht. Wenn er sich recht erinnerte, begann er mit dem Buchstaben D.

Harlow blickte seinen Gast an. „Was für Tee?"

„Überraschen Sie mich."

„Du hast ihn gehört." Ungeduldig lehnte sich Harlow im Sessel zurück. „Sirka, wir haben nicht ewig Zeit."

„Ich heiße nicht mehr Sirka. Seit etwa zwei Jahren laufe ich unter dem Namen Behemoth."

„Kreativ."

Der Sandmann zuckte mit den Schultern. „Würde ich nicht sagen. Vor langer Zeit trug ich den Namen schon mal."

„Okay, fein, Behemoth. Die Zeit läuft uns davon."

Harlows Gegenüber schnalzte lediglich mit der Zunge. „Dir vielleicht. Ich, für meinen Teil, habe es nicht eilig."

Meine Güte, sobald er wieder töten könne, würde Harlow dem Idioten den Hals umdrehen. „Wo bleibt der verdammte Tee?!"

„Hier ist er, hier ist er!" So eilig, wie man mit einer vollen Tasse Tee nur konnte, eilte der Scherge zurück zu Harlow und übergab

Behemoth sein heißersehntes Getränk. Dieser nippte einmal kurz an der Tasse, schloss die Augen und atmete durch. „Eine hervorragende Mischung."

Der Scherge nickte. „Gerne."

Harlow hatte genug. „Hau ab!" fauchte er dem Teebringer zu. Dieser tat wie ihm geheißen. „Also", er wandte sich an Behemoth. „Ich brauche das große Paket. Eine ganze Stadt im Schlaf."

„Jeder?"

Er nickte. „Ich weiß nicht, wo sich Graeme und seine Bande aufhält. Ich muss auf Nummer sicher gehen. Und mich und meine Männer musst du für die Zeit immun machen."

Behemoth schaute ihn an. „Ich brauche dafür gewisse Hilfsmittel."

„Alles schon da."

Harlows Gast hob überrascht die Braue. „Du scheinst es tatsächlich eilig zu haben."

„Diesmal stehe ich kurz davor. Alles läuft perfekt ... Und das Einhorn? Ha! Es ist jung, es ist dumm! Und es ist zur Hälfte ein Dämon! Dieses Jahr wird es klappen."

„Und was ist mit den Walküren? Hatten sie nicht ebenso einen eigenen Schläferdämon in ihrer Gruppe?"

Harlow winkte sofort ab. „Vergiss sie. Sie wird es nicht rechtzeitig schaffen."

„Und da bist du dir sicher?" Behemoth hob eine Augenbraue. „Bisher kam das Schicksal dem Einhorn immer zu Hilfe."

Harlow mochte es nicht, wenn man seine Pläne infrage stellte. Missmutig schnalzte er mit der Zunge. „Falls es dir so wichtig ist, dann fang sofort an. So können wir sicher sein."

„In Ordnung. Ich stehe immer gerne zur Verfügung. Ein halber Dämon, sagst du?"

Harlow nickte. „Ja."

„Aber dennoch ein Einhorn?" Behemoth neigte den Kopf. „Du weißt, der Zauber wirkt nicht bei einem echten Einhorn. Es könnte sein, dass sie nicht einschläft."

„Und wenn schon! Sie ist allein. Und sie hat so gut wie keine Kampfpraxis. Es ist Aífes Tochter. Aber so unfähig wie Cathmor."

„Aífe?" Unterbewusst rieb sich Behemoth über die Stelle mit seinem fehlenden Ohr. Erst da fiel es ihm wieder ein, dass sie diejenige gewesen war, die es ihm vor rund zweihundert Jahren abtrennte. „Ich lasse dir ein Stück von ihr über, wenn du deinen Zauber in der nächsten halben Stunde durchführst."

„Ein wahrhaft motivierendes Ziel."

Harlow zuckte mit den Schultern. „Ich will nicht länger warten. Sowie die Uhr Mitternacht schlägt, bleiben mir vierundzwanzig Stunden. Je eher, desto besser. Also, wie schnell schaffst du es?"

„Die erste Phase kann ich in einer halben Stunde schaffen. Aber die gesamte Stadt wird mit Sicherheit in sechs Wellen und dahingehend drei Stunden dauern. Ich bin Sandmann. Kein Zauberer."

Harlow nickte. Drei Stunden war eine gute Dauer. Bis zum Morgengrauen wäre die Welt bereits ins Unglück gestürzt und Astamephis würde auf Erden wandeln. „Dann auf ans Werk!"

Um Áines bohrenden Fragen zu entgehen, zog sich Graeme zusammen mit Mateo zurück, um die Überbleibsel ihrer Geisel zu entsorgen. Da der Dämon bloß noch aus Asche bestand, hieß das, ihn aufzufegen und nach draußen zu bringen. Ihre Situation wurde einfach nicht besser. Vor allem vor dem Hintergrund, dass Harlow jetzt auch noch unsterblich war, standen sie vor mehr Problemen als am Anfang. Sicher, der Vorteil war, dass er nicht töten konnte. Aber dieser Spruch sollte sich ab morgen erübrigen. Beide Männer waren bei ihrer Arbeit die gesamte Zeit still, bis es aus Graeme herausbrach: „Ich glaube, wir brauchen Luke."

„Was?" Mateo schaute ihn an, legte den Handfeger auf den Boden. „Was meinst du, wir brauchen ihn?"

„Bislang hat Áine keine Visionen gehabt, die uns zur Höhle bringen. Ich habe die Befürchtung, dass die Banshee in ihr das Einhorn einschränkt. Wenn wir die Höhle nicht finden, haben wir ausgedient. Harlow wird das Portal öffnen und Astamephis freilassen."

„Und da willst du Luke vorschicken?"

Graemes Miene wurde hart. „Einer muss die unangenehmen Fakten aussprechen. Er führt uns zu Harlow. Das Menschenopfer folgt seinem Ruf. Komme, was wolle."

„Theoretisch ja. Doch erst, wenn er aktiviert wird."

„Was nicht mehr lange dauern wird. Das kann man sehen."

Mateo seufzte. „Das könnte dennoch zu spät sein. Außerdem, wie willst du das Áine erklären?"

„Ich weiß es nicht." Er zuckte mit den Schultern. „Wie soll ich ihr erklären, dass sie nicht mitkommen soll."

Mateo schnalzte mit der Zunge. „Nicht nur das Opfer wird dem Ruf folgen, auch das Einhorn wird da sein. Jedes Mal." Als Graeme etwas sagen wollte, hob Mateo beschwichtigend die Hand. „Einer muss die unangenehmen Dinge aussprechen, Graeme."

Sein Freund benutzte seine eigenen Worte gegen ihn – er hasste es.

Mateo fuhr fort: „Ich weiß, du willst sie da raushalten, aber das wirst du nicht schaffen. Es ist ihr Kampf, nicht deiner."

„Aífe –"

„Bei aller Liebe, Graeme. Beim letzten Mal wurden wir alle vor dem großen Finale ausgeknockt. Wie lange hast du in der Arena gestanden, bevor du ohnmächtig wurdest?"

„Das wird nicht noch einmal passieren!"

„Sieh es ein, es ist nicht unser Schicksal, sondern ihres!" Mateo fluchte. Eine Eigenschaft, die man sonst nicht von ihm kannte. „Ich habe lange meinen Mund gehalten, Graeme, aber jetzt ist Schluss! Áine ist kein Kind mehr! Spätestens morgen muss sie sich einer Kraft stellen, die stärker, brutaler und gnadenloser ist, als alles, was sie vorher kannte. Sie in Watte zu packen, hilft ihr nicht! Das ist jetzt vorbei."

„Du bist dir da ja sehr sicher, was?!"

Mateo nickte. „Wenn ich eines gelernt habe, dann, dass man seinem Schicksal nicht entkommt. Frag Luke."

Damit machte Mateo kehrt, um wieder zurück in die Höhle zu gelangen. Sowie Graeme ihm folgte, galt sein erster Gang in Áines Richtung. „Wir müssen reden", sagte er.

Sie nickte. „Ja, das müssen wir."

Die letzten zwei Tage zerrten arg an ihren Nerven, dennoch glaubte sie nicht, dass dies sich so rasch ändern würde. Morgen stünde die Höllenfahrt bevor und Graeme machte weiterhin keinerlei Anstalten, sie aktiv daran teilhaben zu lassen. Sie brauchte kein Einhorn mit Visionen zu sein, um sicher zu sein, dass es niemals gut war, gegen besseres Wissen zu handeln. Wenn sie da sein sollte, würde sie da sein. Das Schicksal funktionierte so. Genau aus diesem Grund wunderte es sie, als Graeme sie um ein Gespräch unter vier Augen bat. „Ich werde nicht hierbleiben, wenn du das von mir verlangst. Ich habe keine Angst vor Harlow."

„Ich weiß. Aber genau das solltest du, Áine. Er ist unsterblich."

„Man findet immer einen Weg, die Regeln zu umgehen." Sie verschränkte die Arme voreinander. „Moment, du hast nicht ausgeschlossen, dass ich mitkomme."

Er stapfte unsicher auf dem Boden herum. „Mateo hat mir ins Gewissen geredet. Es gefällt mir nicht, aber er hat Recht. Du wirst da sein. Das ist dein Schicksal."

Sie schluckte. Warum fühlte sich ihr Sieg plötzlich so schal an? „Hat es mit meinem Blut zu tun? Funktioniert es nur frisch?"

Er zuckte mit den Schultern. „Ich weiß es ehrlich gesagt nicht. Da bin ich überfragt." Daraufhin fuhr er sich durchs Gesicht. „Herrje, ich hoffe, dein Blut ist überhaupt genug. Ein halbes Einhorn hat mitunter nicht die Kraft eines ganzen." Er schaute sie an. „Hattest du noch eine Vision?"

Sie schüttelte den Kopf. „Nein."

Er nickte enttäuscht. „Wir kennen immer noch nicht seinen Aufenthaltsort. Er hat sich eine höhlenlastige Stadt ausgesucht und deine Mutter wurde meistens durch eine Vision dorthin geführt."

„Ich erinnere mich an Hitze. Und einen komischen verbrannten Geruch. Um mich herum war Lava." Daraufhin holte sie ihren Trumpf heraus. „Während ihr versucht habt, den Blutdiamanten zu finden, sind Luke und ich losgezogen und haben im Internet recherchiert. Und ich glaube, wir haben die Höhle gefunden."

Graeme hob überrascht den Kopf. „Ehrlich?"

Áine nickte und berichtete ihm kurzerhand von dem Ort, an dem sie glaubte, dass dort das Ritual stattfinden sollte.

Graeme schien überzeugt. „Der Aufenthaltsort würde passen."

„Wir haben noch etwas herausgefunden. Anscheinend gab es vor ein paar Jahunderten schon mal einen Versuch, dort eine Höllenfahrt durchzuziehen. Angeblich haben *weißhaarige Engel* den Weltuntergang verhindert."

Graeme runzelte die Stirn. „In derselben Höhle?"

„Jedenfalls so nah, dass die Höhle mit dem Ereignis in Verbindung gebracht wurde. Kann das sein?"

Der Berserker zuckte mit den Schultern. „Möglich ist alles."

„Besitzt Harlow bestimmte Kräfte? Also welche, die über seinen Dämonenstatus hinausgehen?"

Graeme schüttelte den Kopf. „Nein. Nicht direkt. Man sagt nur, dass seine Gruppe zu den Dämonen gehörte, die aus der ersten Kreation Astamephis' entstammten. Ergo wurden sie nicht geboren, sondern erschaffen. Natürlich sind ihre Kräfte so stärker und dunkler. Aber sie tragen keine gottesgleichen Fähigkeiten in sich."

Áine nickte nachdenklich. „Man sprach von einem Erdbeben, als das Ritual im Mittelalter durchgeführt wurde. Vielleicht wurde das Ritual damals nicht ganz fertiggestellt und die Einhörner mussten das Siegel nicht schließen."

„Vielleicht. Oder es gibt ein zweites. Nicht umsonst heißt die Stadt Hel. Womöglich finden wir hier mehrere Siegel. Wir haben schließlich auch eine horrende Anzahl von Höhlengebieten. So oder so, wichtig ist das Siegel zu finden, an welchem er das Ritual durchführt. Nur das ist zu versiegeln. Du musst dich um kein anderes kümmern."

Áine nickte. „Okay."

Leicht ungeduldig checkte Graeme seine Armbanduhr. „Das Ritual wird in binnen der nächsten vierundzwanzig Stunden stattfinden."

Obschon ihr allein bei dem Gedanken anders wurde, nickte sie tapfer. „In Ordnung." Sie holte tief Luft. „Theoretisch findet es also irgendwann zwischen Mitternacht und, äh, Mitternacht statt."

Er nickte. „Ja."

„Gut, wenn wir schnell aufbrechen, schaffen wir es noch bis zur Höhle. Eventuell ist er schon dort und der Spuk ist vor dem ganzen Tohuwabohu vorbei."

Ihr Vater nickte erneut. „Wir sollten so bald wie möglich aufbrechen. Ich schreibe Oona eine SMS. Sie müsste eigentlich bald da sein."

Bevor er das tun konnte, musste Áine etwas anderes mit ihm besprechen. „Graeme, es gibt da noch was. Wir wissen beide, dass du mir etwas verschweigst und es geht um diese Opfergabe. Man spricht von einem Dämon und Mensch. Was ist damit gemeint?"

Er schluckte hart. „Es geht um ein Menschenopfer."

„Und?"

„Es ist kompliziert."

Er druckste herum. Aber damit würde er nicht mehr durchkommen. „Sprich aus, was du sagen möchtest, Graeme." Ihre Nerven waren zum Zerreißen gespannt.

„Das Menschenopfer wird in den nächsten Stunden aktiviert."

Aktiviert. Ein schöner Euphemismus von *Zum-Tode-Geweiht*. „Und"?

„Das Opfer wird direkt zur Höhle laufen."

„Fein. Okay! Dann holen wir es! Ich meine, können wir es nicht auspendeln oder so?" Als Graeme nichts sagte, bestätigte sich ihre dunkle Vorahnung. Tränen sammelten sich in ihren Augen. Tapfer blinzelte sie diese fort. „Was weißt du, Graeme?" Sie brauchte ihm nicht in die traurigen Augen zu blicken, um zu wissen, was er zu sagen hatte. „Du weißt bereits, wer es ist, nicht wahr? Deshalb wolltest du Linneas Text nicht lesen."

„Irrtum. Ich wollte, dass *du* Linneas Text nicht liest", verbesserte er sie. „Aber ja, ich weiß es. Und ich weiß, dass es nicht mehr lange dauern wird, bis er aktiviert wird."

„Luke." Sie fluchte ungehalten. „Das kann nicht sein!"

„Er schwitzt schon. Die bleiche Haut. Glasige Augen."

„Weil es heiß ist! Er ist am Leben! Er ist nicht tot."

„Wir haben draußen nicht einmal zweiundzwanzig Grad, Áine. Ich kenne die Zeichen, glaube mir."

„Du lügst! Du musst lügen!" Überrascht bemerkte sie, dass ihre Wangen nass waren. Wütend wischte sie die Tränen mit der Hand fort. „Hör auf zu lügen! Ich werde ihn auf keinen Fall in diese Höhle mitnehmen."

„Es tut mir leid." Er wollte sie in den Arm nehmen, aber Áine stieß ihn von sich. „Harlow hat ihn nicht bekommen! Er kennt ihn nicht einmal."

„Das muss er auch nicht."

„Was ist, wenn wir ihn weit wegbringen?"

„Das bringt nichts. Glaube mir, ich weiß wozu Harlows Zauber fähig sind. Außerdem müssen wir uns jetzt auf andere Dinge konzentrieren. Durch die Kenntnis um die Höhle, können wir deinen Plan in die Tat umsetzen. Wir können schon früher zur

Höhle und den Stein holen. Solange wie Harlow unfähig ist, uns zu töten, haben wir gute Chancen. Zum ersten Mal haben wir einen Vorlauf. Wir wären in der Lage, es eventuell vor Mitternacht zu schaffen."

„Und dann finden wir eine Möglichkeit, Luke zu helfen."

Graeme antwortete nicht, biss sich auf die Unterlippe. Stattdessen hüllte er sich in bedeutungsschwangeres Schweigen. Es tat ihm im Herzen weh, sie so leiden zu sehen. Und doch gab es nichts, was er tun konnte.

„Ich lasse das nicht zu! Ich lasse nicht zu, dass du ihn den Wölfen zum Fraß vorwirfst!"

„Áine, ich sage dir nur die Wahrheit!"

„So wie die Wahrheit, dass du mein Vater bist?!" Sie schnaubte.

„Denkst du, es macht mir Spaß, einen achtzehnjährigen zu opfern?" Nun brodelte Zorn in ihm hoch.

„Keine Ahnung, Graeme! Denn anscheinend kenne ich dich überhaut nicht!"

„Áine, Luke ist nur am Leben, weil Harlow sein Blut mit seinem vermischt hat und ihn so am Leben hält. Der Spruch wird morgen erlöschen. Höllenfahrt oder nicht!"

„Ich werde einen anderen Weg finden!" Sie wollte sich zum Gehen aufmachen, doch Graeme hielt sie zurück. „Ich will das hier auch nicht! Aber es ist sein Schicksal, wie es deins ist! Als ich gestern herausfand, dass er das Opfer ist, habe ich mir selbst den Kopf zerbrochen –"

Es war, als habe sie einen Stromschlag bekommen. Áine zuckte zusammen. Grob riss sie sich vor ihm, schoss tausend giftige Pfeile aus ihren Augen. „Du wusstest es seit *gestern*?! Du wusstest seit gestern, dass er der Auserkorene ist?!" Ihre Stimme war ruhig. Sie stand kurz vorm Explodieren.

Graeme nickte knapp. „Als er nach dem Dorndämon von den Toten wiederaufstand, ja. Und nach dem Gesetz der drei Tage, können wir davon ausgehen, dass die Apokalypse morgen stattfindet. Was denkst du, warum ich das ganze so schnell in die Wege leiten will?"

Die Wahrheit machte sie sprachlos. Wie konnte er nur?! „Warum hast du mir nichts gesagt?"

„Ich wollte dir nicht noch mehr antun. Dazu ist alles aus dem Ruder gelaufen. Der Dorndämon, dann der Diamant ... so etwas kann man nicht einfach zwischen Tür und Angel regeln."

„Möglich. Aber vor fünf Jahren hätten wir Zeit gehabt, Graeme. Vor fünf Jahren wäre alles einfacher gewesen. Verdammt, vielleicht hätten wir das mit Luke schon früher gewusst und einen Weg gefunden, ihn doch zu retten!"

„Wir wollten einfach nicht –"

„*Wir*?!"

„Rana, Mateo und ich."

„Wie schön, das Trio weiß mal wieder alles! Und wieder einmal wurde ich außen vor gelassen?! Und Luke dazu? Dabei sind wir Hauptcharaktere dieser Apokalypse?! Habt ihr euch eigentlich schon mal gefragt, was passiert, wenn euer Plan nicht funktioniert? Wenn ihr mir nicht helfen könnt? Was soll ich tun? Was soll Luke machen?"

„Würdest du wissen wollen, dass du morgen stirbst?"

Mit diesem Satz brach es aus ihr heraus. „Genau das kann mir morgen passieren!" schrie sie. „Ich weiß nicht, ob ich den morgigen

Tag überlebe, Graeme! Keiner weiß es! In vierundzwanzig Stunden kann der Teufel bereits auf Erden wandern! Aber anstatt dass wir konsequent zusammenarbeiten, belügst du mich am laufenden Band! Verschweigst mir wichtige Fakten!" Pure Enttäuschung stand ihr im Gesicht geschrieben. Sie schüttelte den Kopf. „Wie soll ich dir jemals wieder vertrauen?"

„Es ist nicht so einfach –"

„Es ist verdammt einfach!" fauchte sie. „Für euch ist alles einfach, denn die Last dieser Höllenfahrt liegt auf meinen Schulter und nicht auf euren!"

„Ich verprehe dir, dass wir das regeln. Zusammen werden wir es schaffen!"

„Alle außer Luke!"

Er kam zu ihr, legte ihr die Hände auf die Schultern, doch Áine stieß ihn von sich. „Ich will nicht, dass er dich mir wegnimmt. Du bist das einzige, was mir wichtig ist, auf dieser Welt. Ich bin dein Vater und ich werde diesen Kampf für dich gewinnen."

„Bisher sehe ich nur, wie prächtig du alles verbockt hast."

„Áine, ich wollte dich nur beschützen."

Sie lachte lustlos auf. „Super gemacht! Mein bester Freund stirbt, die Welt geht unter und ich werde höchstwahrscheinlich gleich mit erledigt. Aber ja, super Arbeit, Graeme, klasse gemacht!"

Aufgebracht drehte sie ihm den Rücken zu und begab sich auf den Weg zurück ins Wohnzimmer. „Wo willst du hin?"

„Ich muss hier raus! Ich brauche Zeit zum Nachdenken!"

„Es ist zu gefährlich für dich alleine, da draußen! Bleib bitte hier!"

Sie schaute ihn an. Ihre Miene starr. „Ich ertrage deine Nähe momentan nicht!" Sie sah Luke an und war den Tränen nahe. Seine

Augen waren rot und der Schweiß rann ihm mittlerweile übers Gesicht. Er sah krank aus. Es brach ihr das Herz. „Kommst du mir mir?"

Dieser nickte. „Klar."

„Ich hau auch ab." Die Amazone machte sich bereit zu gehen. „Nicht, weil ich ihr folgen will. Aber ich sehe keinen Grund mehr, länger hier zu bleiben." Sie holte ihren eisernen Handschuh heraus und stülpte ihn über ihre Hand. „Ich muss meine Vorgesetzte anrufen." Sie lächelte. „Bald werden ein paar mehr Amazonen die Straßen sauberhalten."

„Bleib hier, Áine! Du wirst dich nicht von ihm umbringen lassen!" Graeme blieb hart. Er wollte sie aufhalten, aber sie schüttelte ihn ab.

Demonstrativ verließ Áine die Höhle. Bewusst, dass Rana und Mateo ihr hinterherblickten. Draußen vor der Wohnhöhle angekommen, holte Áine tief Luft. Sie wusste nicht, was sie machen sollte. Auf der einen Seite wollte sie nichts mehr mit Graeme zu tun haben, doch auf der anderen, hatte sie keine Ahnung, wie sie allein gegen Harlow bestehen konnte.

Sie sah zu Luke, der ein wenig von ihr entfernt stand. Seine Atmung beschleunigte sich und im Tageslicht wirkte seine Haut bereits viel gräulicher als noch vor ein paar Stunden. Trotzdem konnte und wollte sie sich nicht vorstellen, ihren besten Freund für immer zu verlieren. Vor allem nicht durch Harlows Hand! Wenn er schon starb, sollte er es nicht als Menschenopfer tun. Luke musste unbedingt in Sicherheit gebracht werden. Sofern sie als Einhorn das Portal beschützen konnte, dass die Unterwelt öffnete, wäre sie theoretisch auch in der Lage, das Opfer zu schützen und ihn schlicht vom Ort des Geschehens fernhalten.

Im Waldstück vor der Höhle angekommen, räusperte sich Linnea. „Also, es war nett mich euch, aber ich werde meiner Mentorin die neusten Neuigkeiten durchgeben. Als Amazonen sollten wir in Hel eine Mannschaft aufbauen – wenn Astamephis wirklich aus der Unterwelt aufersteht. Und hey, da dieser Harlow mich nicht töten kann, haben wir alle einen großen Vorteil. Also ... mal sehen, welches Team zuerst eintrifft."

„Warte!" Bevor die Amazone verschwinden konnte, wollte Áine sie um eines bitten. „Ich brauche deine Hilfe."

Linnea musterte sie abschätzig. „Ich habe dir schon genug geholfen", sagte sie. Als Áine näher kommen wollte, streckte sie den Arm mit dem eisernen Handschuh aus. Die Banshee blieb zwar stehen, trotzdem würde sie nicht aufgeben.

„Es geht nicht um mich", sagte sie. „Es geht um Luke. Er ist ein Mensch!"

„Und?"

„Er kann nicht hierbleiben. Nicht bei mir. Du musst ihn beschützen."

Linnea senkte den Handschuh. Beide Frauen schauten in Lukes Richtung, dieser saß mittlerweile auf dem Rasen. Es schien, als würde er von Minute zu Minute schwächer. Panisch fragte sich Áine, ob dies bereits der Beginn sei. Wie würde er sterben? Und vor allem, wie würde Harlow ihn zu sich holen, wenn er sich kaum auf den Beinen hielte?

„Bitte, lass uns reden."

Man konnte es der Amazone ansehen, wie sie mit sich kämpfte. Und doch, am Ende nickte sie knapp.

„Ich verstehe ihre Frustration aber sie kann nun mal nicht dagegen tun. Luke ist dem Tode geweiht Was hätte es gebracht, es ihr früher zu sagen?"

Rana lauschte Graemes von Selbstmitleid durchzogenen Monolog und bemühte sich, nicht auszurasten. „Ich finde, wir sollten das Thema wechseln", meinte sie. Gleichzeitig hörte sie, wie ihr Telefon vibrierte. „Oona ist auf dem Weg. In etwa einer Stunde wird sie hier sein."

Graeme nickte. „Es ist positiv, dass die alte Truppe vereint ist. Wir haben endlich einen Vorteil. Sag ihr, wir treffen uns an der Höhle." Er lächelte traurig. „Ich gehe Áine holen."

„Lass sie abkühlen. Das hat sowohl bei Aífe wie bei dir immer funktioniert", schlug Mateo vor.

„Ich weiß, dass du auf ihrer Seite bist!" Graeme wirkte angespannt.

„Es ist verdammt unwichtig, wer auf welcher Seite ist!" mischte sich Rana an. „Die Vergangenheit ist vergangen!"

In dem Moment, wo die Worte gesprochen waren, spürte sie ein leichtes Unwohlsein in ihrem Körper aufsteigen. „Ich gehe mir einen Tee machen", sagte sie. Hörte sich ihre Stimme etwa undeutlich an?

„Alles in Ordnung, Rana?" fragte Graeme.

Rana schaffte es nicht mehr, zu antworten. Eine nie dagewesene Müdigkeit überkam sie. Sie spürte noch den unsanften Knall auf dem Boden, bevor ihr die Augen zufielen.

Und merkte nicht mehr, wie Mateo und Graeme ihr gleichtaten.

Nachdem Áine Linnea alle Informationen mitteilte, die sie über Lukes Schicksal erfahren hatte, schien die Amazone ein bisschen ihrer aufgesetzten Arroganz zu verlieren. Aus zusammengekniffenen Augen beobachtete sie Luke auf dem Rasen sitzen. Es war, als bemerke sie seine Veränderung schlagartig. „Vor einer Stunde sah er noch frisch aus."

„Nach dem Gesetz der drei Tage ist es morgen so weit. Besser gesagt, die Höllenfahrt ist ab Mitternacht möglich. Fakt ist, er muss hier weg." Und bis Mitternacht blieben ihnen nur noch ein paar Stunden.

Linnea nickte. „Damit Harlow ihn nicht in die Finger bekommt."

„Er ist die einzige Zutat, die in unseren Händen ist. Vielleicht kommen wir nicht an den Blutdiamanten, aber wir haben ihn. Ohne ihn kann er das Ritual nicht beginnen."

„Und doch wird er sterben."

Áine wollte nicht auf das Thema eingehen, dennoch erwiderte sie: „Wenn er umfällt wird es deutlich schmerzfreier werden, als wenn Harlow wer weiß was mit ihm anstellt."

„Und wir wissen, dass er nur umfällt?" Linnea schaute sie durchdringend an. „Ich brauche den Gewinn mit Harlow, um meinen Ruf bei den Amazonen aufzupolieren. Ich kann unmöglich den Babysitter für eine wandelne Leiche spielen. Vor allem, wenn ich nicht weiß, ob diese Leiche noch gefährlich werden kann. Also, kann sie?"

Entschlossen ignorierte sie die Frage. „Ich brauche jemand, der in der Lage ist zu kämpfen. Ich brauche jemand, der ihn beschützen kann."

„Warum?"

Áine schluckte hart. „Weil ich die einzige bin, die das Siegel schließen kann. Und ich muss es tun. Je mehr Siegel verschlossen sind, umso weniger Möglichkeiten bleiben Harlow, eine weitere Höllenfahrt durchzuziehen."

„Nichts gegen deinen Mut, Áine, aber wie zum Teufel willst du das alleine schaffen? Hast du jemals gegen einen Dämon gekämpft? Einen mit deinen eigenen Händen getötet?"

Sie schüttelte den Kopf. „Nein." Dann seufzte sie. „Aber Graeme, Mateo und Rana haben es."

Linnea zog überrascht eine Augenbraue in die Höhe. „Du willst mit ihnen kooperieren?"

„Mir bleibt nichts anderes übrig."

„Und warum hast du dann Luke aus der Höhle geschafft?"

„Ich brauche Zeit, um nachzudenken. Und ich will nicht, dass Graeme es ihm sagt, ihn vielleicht als Köder oder anderes benutzt."

„Wie bitte?! Dein ... *Vater*?" Als Áine nickte, fuhr Linnea fort. „Dein Vater will deinen besten Freund opfern?"

„Er sagt, Luke hat keine andere Möglichkeit. Keine Ahnung, was es noch für Möglichkeiten gibt, denn ich erfahre alles zum Schluss. Graeme wird alles versuchen, um die Apokalypse aufzuhalten. Und doch tut er nichts, um den Status Quo zu ändern. Wir können es auf andere Weise schaffen, Linnea. Ich weiß, dass es anders geht. Wenn wir jetzt nichts verändern, wird es in einhundert Jahren erneut passieren. Und dann gibt es mich vielleicht nicht mehr. Und selbst jetzt bin ich nur halb so stark wie meine Mutter. Weil der Dämon in mir ruht."

„Aber?"

„Aber der Weg wird lang, wenn er weit genug fort ist. Ich kann ja verstehen, dass man diese Idee noch nie versucht hat. Ich meine, noch vor hundert Jahren hatte man kaum Möglichkeiten, schnell abzuhauen. Aber heute schon. Du könntest in wenigen Stunden einmal um die Welt gereist sein."

„Und warum sagst du es Luke nicht einfach? Warum soll ich mit ihm gehen?"

„Erstens, weil ich glaube, dass Luke mir nicht glauben wird. Und zweitens, weil ich nicht weiß, ob Harlow nicht irgendwo seine Schergen versteckt, die ihn überwältigen und zu ihm bringen. Du kannst kämpfen, Linnea. Und dazu wird niemand glauben, dass eine Amazone uns Dämonen hilft. Ich muss hierbleiben, denn ich will meinen Plan verfolgen und die Höllenfahrt noch heute aufhalten."

„Ich arbeite nicht mit Dämonen."

„Luke ist ein Mensch. Arbeite mit ihm."

Für eine gewisse Zeit schwieg Linnea. Es schien ihr nicht zu gefallen, dennoch gab sie sich einen Ruck. „Okay, fein. Ich gehe mit ihm in die Stadt, kauf uns ein Zugticket und schaue, für was meine Kohle reicht. Aber du zahlst es mir zurück!"

Erleichtert, endlich eine Sorge weniger zu haben, nickte Áine. „Klar. Ich laufe noch ein Stück mit euch. Dann gehe ich zurück und werde versuchen, das alles hier aufzuhalten, bevor Harlow mit dem Ritual beginnen kann."

Linnea nickte. „Gut. Dann nichts wie los. Ich hoffe nur, ich kann meine Waffen mitnehmen." Bevor sie sich zu Luke aufmachte, musste sie der Banshee aber noch eine letzte Frage stellen. „Du bist dir also sicher, die richtige Höhle gefunden zu haben? Denn so wie es aussieht, kann dir am Ende nur Luke helfen, sie zu finden, wenn du nicht langsam mehr Visionen erhältst."

Sie seufzte „Da zu sein ist mein Schicksal. Ich weiß, ich bin auf der richtigen Fährte."

„Ich weiß nicht, ob das mutig oder dumm von dir ist."

Áine lächelte. „Ich glaube, es ist beides."

19

Die Banshee in ihr spürte den Tod nahe an ihrer Seite. Seitdem die drei Teenager sich in Richtung Stadt aufmachten, um Luke in Sicherheit zu bringen, fühlte Áine die aufkommende Gefahr immer mehr. Sie brauchte ihren besten Freund nur anzusehen und sie erkannte die dunkle Aura um ihn herum. Tatsächlich hielt er sich beim Laufen kontinuierlich schwerer auf den Beinen. Er sprach kaum noch und wurde stetig blasser. Es besorgte Áine zutiefst. Sie schluckte den bitteren Geschmack des Blutes herunter, der sich auf ihrer Zunge breitmachte und immer wiederkehrte, sowie sie in Lukes Nähe kam. Genau aus diesem Grund hielt sie den Kopf gesenkt.

„Ich nehme nicht an, dass ihr Amazonen Waffen mit Blutdiamanten habt?" Áine versuchte, auf andere Gedanken zu kommen. Sie wandte sich mit ihrer Frage an Linnea.

Diese runzelte die Stirn. „Blutdiamanten, wie der, den Harlow besitzt?"

„Ja. Jeder reine Dämon geht bei Kontakt in Flammen auf. Außer natürlich, er hat eine Überdosis Einhornblut getrunken." Áine seufzte. „Dein Handschuh ist hauptsächlich für uns Konvertierte. Es verbrennt uns die Haut, tötet aber nicht."

Linnea musterte auf ihren eisernen Handschuh, den sie weiterhin trug. „Ich habe gemerkt, dass er nicht bei jedem seine volle Kraft entfaltet. Manchen tut er weh und andere fühlen überhaupt nichts."

„Ist unser Feen-Erbe", erklärte sie. „Bevor wir zu Dämonen gemacht wurden. Wir mögen kein Eisen. Reinen Dämonen ist es egal."

„Verstehe." Plötzlich holte die Amazone einen Revolver vor. „Hier drin sind Eisenkugeln. Sie zwiebeln richtig, wenn man euch damit trifft." Als sie Áines erschrockenen Gesichtsausdruck sah, unterdrückte sie ein Grinsen. „Ich habe nicht vor, dich damit zu erschießen." Sie zuckte mit den Schultern. „Noch nicht."

Wie immer ein Herzchen, die Amazone. „Das kannst du auch nicht."

„Okay." Linnea schaute sie an. „Zurück zu deiner Frage. Nein, keiner von uns arbeitet mit Blutdiamanten. Ich wusste nicht einmal, dass es so etwas gibt."

„Komisch."

„Nun, uns ist klar, dass Dämonen andere Waffen besitzen, aber wir nahmen bisher stets an, dass die Steine mit Zaubern belegt sind. Wie gesagt, wir reden nicht viel mit Dämonen, sondern handeln."

Áine wollte etwas erwidern, doch stoppte, sowie sie ihr Blick gen Luke schweifte. „Wir müssen schneller machen", sagte sie zu Linnea. „Luke, geht's dir gut?"

Er nickte. Doch man sah ihm an, wie er mit sich kämpfte. „Es geht mir gut. Ich, äh, ich sollte nur vielleicht ein bisschen Rast machen."

Linnea tauschte einen vielsagenden Blick mit Áine aus. Beide Mädchen wussten, dass die Chance, Luke aus der Stadt zu kriegen, mit jeder Sekunde geringer wurde.

Hel war keine Stadt, in die sich Oona zurücksehnte. Zu viele dunkle Erinnerungen jagten durch diese Straßen. Und doch war sie immer da, wenn Graeme und die Gruppe sie brauchten. Genau wie heute. Sie gab einen Haufen Kohle für den Flug aus, der sie nach Hel brachte. Aber hey, da sie ein zweihundert Jahre alter Dämon war, hatte sie genug Geld gespart. Jetzt war sie endlich angekommen. Und beschloss, den Weg zur Höhle durch den Wald zurückzulegen.

Obwohl jeder aus ihrer Gruppe davon ausging, dass das Ritual zur Höllenfahrt nach Harlows Tod nicht mehr stattfinden würde – jedenfalls für ein paar Jahrhunderte – überraschte sie es trotzdem nicht, dass die Realität anders aussah. Um ehrlich zu sein, war Oona niemals hundertprozentig von Harlows Todesnachricht überzeugt gewesen. Innerlich bereitete sie sich stets auf sein Comeback vor. Sie hatte genug in ihrem Leben erlebt, um misstrauisch zu werden, wenn ein mächtiger Dämon urplötzlich den Löffel abgab. Und was sollte sie sagen? Sie hatte recht.

Vollgepackt mit Waffen begab sie sich zu Graemes Höhle durch den Wald. Neben diversen Messern und ein bis zwei Macheten, trug sie ebenso ein ganz besonderes Schwert mit sich. Es gehörte ihrer Freundin Aífe. Vor über sechzig Jahren hatte sie Oona gebeten, dass – sollte ihr etwas passieren – sie das Schwert an sich nehmen und es ihrer Tochter schenken solle, sobald diese bereit dazu schien. Tja, da die arme Áine heute direkt ins Abenteuer geworfen wurde, gab es keinerlei Grund mehr, ihr das Schwert jetzt noch vorzuenthalten.

Sie hielt sich keine zehn Minuten im Wald auf, als sie beinahe über ein altes Ehepaar stolperte, welches bewusstlos auf dem Waldboden lag. War sie überrascht? Nein. Verwundert? Womöglich ein bisschen. Glaubte sie an einen Zufall? Niemals. Sofort begab sich Oona auf die Knie, fühlte den Puls der Frau. Er schlug gleichmäßig. Dazu keine Anzeichen auf einen Kampf oder Ähnliches. „Du wirst mir doch nicht einfach so eingepennt sein, oder?" murmelte sie. Daraufhin hob sie ein Augenlid. Die Augen waren lila. Genau wie erwartet. Hier war ein Sandmann in Gange. Es sah nach Harlows Modus Operandi aus. Er versuchte sich mit einem Dornröschenzauber. Interessant. Er musste doch wissen, dass Einhörner immun waren. Wobei, konnte sie sicher sein, dass der halbe Dämon in Áine wirklich nicht davon betroffen war?

Sie seufzte. „Der Kerl ist eine Plage." Kopfschüttelnd lief sie weiter. Theoretisch könnte sie das Ehepaar aufwecken, sah aber keinen Grund darin. Würde Harlow seine Höllenfahrt durchziehen, wäre es besser, sie stürben bewusstlos.

Oona folgte dem Waldweg, bis sie zu einer Abzweigung gelangte. Von hier wären es knapp fünfzehn Minuten, bis zu Graemes Wohnhöhle. Sie wollte ihren Weg just fortsetzen, als ein Schrei an ihre Ohren drang. Instinktiv riss sie ihren Kopf herum. Im selben Augenblick traf sie ein harter Stoß, der sie brutal auf den Boden warf. Sie blinzelte verwirrt und entdeckte einen Jungen, etwa eins siebzig, mit fahler, grauer Haut und rotunterlaufenden Augen, der grölend in die entgegengesetzte Richtung lief.

Sie seufzte schwer. „Es geht los, nehme ich an."

Und sowie sie sich aufrappelte und sich zum Weitergehen entschloss, dauerte es auch nicht lange, bis sie auf eine weitere Ohnmächtige stolperte. Ein Lächeln umspielte ihre Lippen, sobald sie in das Gesicht der ihr eigentlich Unbekannten schaute. „Meine Güte, du siehst deiner Mutter zum Verwechseln ähnlich. Keine Sorge, ich wecke dich sofort auf."

Ein paar Minuten zuvor

„Also, wie funktioniert so eine Knarre überhaupt?"

Da Luke nach Rast fragte und offensichtlich auch welchen benötigte, versuchten Áine und Linnea die Wartezeit mit losem Geplänkel zu vertrödeln. Und da die Banshee immer schon neugierig war, wie man richtig mit Waffen umging, nahm sie die Gelegenheit beim Schopfe und fragte eine, die es wissen musste.

Linnea schaute Áine mit zusammengekniffenen Augen an. „Sag bloß, das weißt du nicht? Hast du nie eine benutzt?"

„Nein. Denn, weißt du, es ist nicht normal, eine Waffe in meinem Alter abzufeuern."

„In deinem Alter habe ich so gut wie jedes mögliche Kaliber abgefeuert."

Áine rollte mit den Augen. „Und du bist wie alt?"

Die Amazone holte ihre Knarre aus dem Waffenhalter. „Zwanzig." Daraufhin zeigte Linnea ihr die Waffe genau. „Soll ich dir erklären, wie es funktioniert?"

„Bitte. Eine kleine Einführung reicht."

„Wow!" Luke schüttelte den Kopf. „Ich sehe uns schon alle bei dem Meister krepieren, so wenig wie du über ihn weißt."

„Den wer?" Linnea runzelte fragend die Stirn.

Luke blinzelte. „Harlow."

Die Banshee tauschte einen vielsagenden Blick mit der Amazone aus. „Was geht hier vor?" fragte diese. „Wird er böse?"

„Wie funktioniert eine Waffe?" entgegnete Áine rasch.

„Kann er uns gefährlich werden?"

„Zeig mir einfach, wie sie funktioniert. Sicher ist sicher."

Obwohl sie weiterhin misstrauisch blieb, erklärte Linnea Áine die Funktion der Waffe mit simplen Worten. Diese hörte zu, doch je mehr sie darüber nachdachte, umso mehr Zweifel kamen an ihrem Plan auf. „Ich glaube, wir schaffen es nicht mehr, oder? Ihn in Sicherheit zu bringen?"

Bevor Linnea antworten konnte, beobachteten sie, wie sich Luke an einen Baum anlehnte. Seine Atmung ging deutlich schneller und der Schweiß tropfte ihm aus jeder Pore.

„Das Schicksal kann gemein sein." Das war alles, was Linnea erwiderte. Und damit sagte sie genug.

„Er wird aktiviert."

Linnea nickte. „Es scheint dein Schicksal zu sein, seinem zu folgen. Du hattest Recht, du wirst gegen Harlow antreten. Aber mit ihm."

Áine fluchte. „Ich sollte zurück zu Graeme gehen."

„Das solltest du tun, ja."

„Versuchst du alleine weiterzukommen?"

Linnea nickte. „So weit wie ich komme. Aber ich kann dir nichts mehr versprechen."

„Ich weiß." Áine nahm ihr Handy zur Hand, doch sowie sie Graeme anrief, folgte nur die Mailbox. Dasselbe galt bei Rana und Mateo. „Es geht keiner dran."

„Vielleicht sind sie beschäftigt. Suchen uns."

Áine schüttelte den Kopf. „Unmöglich. Sie würden immer drangehen. Wir stehen kurz vor der Apokalypse." Sie runzelte die Stirn. „Er hätte ohnehin längst anrufen sollen. Wir sind doch schon ne Weile unterwegs."

Linnea zog die Stirn kraus. „Glaubst du, ihnen ist was passiert?"

Áine zuckte mit den Schultern. „Moment!"

„Was?"

„Meine Uhr. Auf dem Handy. Sie steht immer noch auf sieben. Dabei war es ungefähr sieben als wir losgingen."

Linnea zog ihr eigenes Handy heraus. Sie stutzte. „Du hast Recht. Sieben Uhr. Bei mir auch."

Eilig kontrollierte Áine ihre Armbanduhr. Panik wallte in ihr auf. „Sieben Uhr. Was ist hier los?"

Es gab nur eine Erklärung. Linnea schluckte hart. „Ich glaube, es geht los."

Oh nein! Verdammt! Nein! Das konnte nicht sein! Hieß das etwa, dass sie alleine in den Kampf zog? „Aber wir haben nicht einmal richtige Waffen!" stieß Áine hysterisch aus. „Wir müssen zurück!"

„Luke kann nicht zurück. Sieh ihn dir an! Er ist fertig. Und ganz im ernst, Áine, wenn er weg ist, bevor wir die Waffen haben, schaffst du es vielleicht niemals zur Höhle." Sie blinzelte. Ihre Stimme klang ein wenig undeutlich.

„Alles okay?" wollte Áine wissen. Auf einmal wirkte die Amazone ein bisschen weggetreten.

Linnea schüttelte mit dem Kopf. „Mir ist plötzlich so anders. Ich ... vor meinen Augen dreht sich alles!"

Áine wollte ihr just vorschlagen, sich kurz zu setzen, als sie auf ein lautes ein Grölen aus Lukes Richtung aufmerksam wurde.

Sie drehte den Kopf. „Luke? Alles in Ordnung?" fragte sie, derweil sie Zeugin wurde, wie er seinen Mageninhalt auf dem Waldboden entleerte. Er stand weiterhin mit dem Rücken zu ihr. Sie wollte Linnea gerade etwas fragen, doch die Amazone schien verschwunden.

„Linnea?" fragte sie. Ein Blick auf den Boden genügte. Die Amazone lag rücklings ausgestreckt auf dem Waldboden. Sofort war Áine zur Stelle, fühlte ihren Puls, schlug ihr auf die Wangen. Ihre Banshee-Augen sahen keinerlei Todesnebel und da auch ihr Puls normal war, gab es keinen Grund, warum sie einfach so umgefallen sein konnte.

„Luke?! Luke, hilf mir!"

Aber Luke tat nichts. Panisch drehte Áine ihren Kopf. Doch dort, wo vorher ihr bester Freund stand, war niemand mehr zu finden. Erschrocken sprang sie zurück auf die Füße, drehte sich einmal im Kreis. Irgendwo musste er doch sein. „Luke?"

„Der Meister will dein Blut!"

Schmerz durchfuhr ihren Körper, als etwas ihren Arm wie in einem Schraubstock gefangen hielt. Ein Schrei entrang sich ihrer Kehle, denn das, was sie sah, warf sie beinahe aus ihren Schuhen. „Oh mein Gott, Luke?!"

Oder das, was von Luke übrig war. Seine rosige Haut war grau und mit dunklen Flecken übersäht. Seine Augen leuchteten rot, seine Fingerspitzen bestanden nur noch aus Knochen. Dazu seine Stimme, sie klang überhaupt nicht mehr wie er, sondern finsterer ... gefährlicher. „Der Meister will dich und ich werde dich ihm bringen."

Es tat ihr in der Seele weh, ihn so zu sehen. Was ihr nicht wehtat, war allerdings das, was folgte. „Sag ihm, ich entscheide selbst, wann ich zu ihm komme!" Damit schlug sie ihm mit der Faust direkt ins Gesicht.

Luke stolperte nach hinten, ließ von ihr ab. Diese kurze Zeitspanne nutzte Áine, um zu fliehen. Genau wie erwartet folgte Luke ihr. Es überraschte sie, dass er recht flink war, bedachte man die Tatsache, dass er jetzt zu den lebenden Toten gehörte.

Áine folgte dem Waldweg tiefer in den Wald hinein. Nach etwa zwei Minuten Fußweg bemerkte sie, dass sie Luke abgehängt hatte. Jedenfalls verfolgte sie niemand mehr. Weitere fünf Minuten später erreichte sie endlich eine Lichtung. Von dort aus führte ein Weg direkt in die Stadt. Theoretisch könnte sie so über das städtische Tunnelsystem zurück zu Graemes Höhle gelangen. Selbst wenn er nicht mehr zuhause wäre, gäbe es dort jede Menge Waffen, die sie mitnehmen konnte. Sicher, folgte sie Luke, wüsste sie mit Gewissheit, wo das Ritual stattfände, aber ganz im ernst ... ohne Waffen? Wie lange könnte sie da überleben?

Sie machte einen Schritt nach vorne, als sie bemerkte, wie ihre Füße den Halt verloren. Eine bisher ungeahnte Müdigkeit überkam sie. Sie schaffte es kaum noch, die Augen aufzuhalten.

Was war hier los?!

„Ich muss wachbleiben! Große Güte!" Hilflos wie sie war, fühlte sie sich unfähig, sich gegen die Müdigkeit zu wehren. Ihre Füße knickten ein, unsanft glitt sie auf den Boden. Und ehe sie sich versah, schlitterte sie direkt in eine tiefe Traumwelt.

20

Mit einer Mischung aus Neugier und Vorfreude sah Oona auf die schläferige Áine herab. Sie war ihrer Mutter aus dem Gesicht geschnitten und ihr Herz schmerzte allein bei ihrem Anblick ein wenig. Aífe war Oonas beste Freundin gewesen und ihr Tod hatte sie schwer getroffen. Dass ihre Tochter nun demselben Schicksal ausgesetzt war, tat ihr in der Seele weh. Sie wusste, Aífe wollte alles tun, um genau das zu verhindern. Und trotzdem wurde Áine nicht verschont. Sie hoffte nur, sie würde es endlich schaffen, diesen Albtraum zu beenden. Wenigstens für die nächsten einhundert Jahre.

Oona seufzte. Es war Zeit, das Mädchen aus ihren Träumen zu holen. Normalerweise funktionierte das schnell. Da sie eine Sandfrau war, konnte sie jeden aus dem Dornröschenschlaf befreien. Um das zu schaffen, musste sie Áine ihren Atem einhauchen. Behutsam umfasste Oona ihr Gesicht, blies ihren Atem sachte in

Richtung von Áines Mund, und schenkte ihr so ein wenig Luft. Nach einigen Sekunden beobachtete sie, wie Áines Augenlider zu flattern anfingen. Sie wachte auf, es hatte funktioniert.

Womit sie weniger rechnete, war der direkte Schlag in ihr Gesicht, der folgte, sowie Áine das Bewusstsein erlangte. Oona fluchte ungehalten, hielt sich ihre Nase.

„Glaube mir, ich hatte eine scheiß Woche", knurrte Áine gefährlich. Ihre Hand an ihrem Knie. Sie zog ein mit Blutdiamanten bestücktes Messer aus dem Knieholster.

Oh ja, die Verbindung zu Graeme und Aífe war unmissverständlich. Beschichtend hob sie die Hände. „Hey, ruhig, Kleines! Ich will dir nichts tun, sondern dir helfen. Ich heiße Oona." Sie versuchte, ein wenig Abstand zwischen sich und dem Mädchen zu schaffen.

„Oona?" Áine zog die Stirn kraus. Der Name schien ihr etwas zu sagen.

Die Sandfrau nickte, fasste sich an ihre Nase, die leicht blutete, wie sie nun feststellte. „Freundin von Graeme, Rana und Mateo. Und deiner Mutter."

„Ach ja? Woher soll ich wissen, dass du nicht einer von Harlows Schergen bist, der das sagt?"

„Hat dir Graeme nicht gesagt, dass ich komme?"

„Hat er. Obschon er auch eine Menge gelogen hat. Trotzdem kannst du dich als sie ausgeben, oder?"

Oona zuckte mit den Schultern. Das Mädchen war keck. „Theoretisch."

„Was ist Graemes Lieblingsfilm?"

Diese Frage überraschte die Sandfrau. „Ich wusste nicht, dass er überhaupt Filme guckt."

Áine nickte. „Tut er nicht. Ranas Lieblingsfilm?"

„Oh, also das letzte Mal, wo ich sie sah, hat sie diese Molly-Ringwald-Filme verschlungen. Mitgeschleppt ins Kino hat sich mich aber dann zu *Beetlejuice.*"

„Oh! Christina Ricci war gut, nicht wahr?"

„Fangfrage, verstehe." Oona nickte. „Du meinst Winona Ryder. Aber das könnte theoretisch auch einer von Harlows Schergen wissen." Sie überlegte kurz, schürzte die Lippen. „Ich weiß, dass Mateo Eiskrem hasst. Ist das eine gute Info?"

„Es ist eine Info." Áine zuckte mit den Schultern. „Der Mann ist irre."

„Finde ich auch. Eiskrem mag doch jeder." Sie lächelte.

Die Banshee kniff die Augen zusammen. „Warum wolltest du mich angreifen?"

„Das habe ich nicht. Ich habe dich aus dem Dornröschenschlaf geholt, den Harlow über die Stadt gelegt hat."

„Dornröschenschlaf?"

Oona nickte. „Ein Sanddämon ist dafür verantwortlich. Das erkennst du, wenn du die Augenlider der schlafenden Personen hebst. Sofern die Augen eine bestimmte Farbe haben, ist das ein Zeichen. Ich habe Leute mit lila Augen gefunden. Ich gehe davon aus, dass es Sirka ist, den Harlow engagiert hat. Oder Behemoth, wie er sich mittlerweile nennt. So oder so, der Typ ist die reinste Plage."

Der Schlafzauber schien Áine immer noch etwas verwirrt zurückgelassen zu haben. „Lila...Meine auch?"

Oona zuckte mit den Schultern. „Wahrscheinlich. Ich habe nicht geschaut. Normalweise sind Einhörner gegen so einen Spruch immun, aber na ja, du bist eine halbe Banshee."

„Und warum schläfst du dann nicht?"

„Sanddämonen sind ebenfalls bis zu einem gewissen Punkt immun. Ich, äh, schlafe nicht ein, wenn ich nicht direkt vor Ort bin, wenn der Zauber losgelassen wird."

Oona half Áine auf die Füße. „Ich verstehe nicht. Wozu soll dieser Schlafzauber gut sein?" Sie klopfte sich den Dreck von ihrer Kleidung.

„Ich gehe davon aus, dass er deine mangelnde Erfahrung ausnutzen möchte. Er hat die Hoffnung, dass deine Armee damit funktionsuntüchtig wird und er dich so einfacher töten kann."

„Meine Armee?"

„Na, du weißt schon. Graeme, Rana, Mateo...*mich*. Es ist eine kleine Armee, aber mit ziemlich guten Kämpfern."

Áine seufzte. Sie hatte noch so viel zu lernen, bis die Apokalypse ausbrach. Zum dumm nur, dass ihr bloß Stunden blieben. „Ich weiß nicht, was ich mir gedacht habe. Wie soll ich es schaffen? Ohne auch nur einen Funken Können in den Knochen?"

Oona schürzte die Lippen. Dann lächelte sie, als sie sich an den Schmerz in ihrer Nase zurückerinnerte. „Du hast eine ganz gute Rechte. So unfähig bist du überhaupt nicht."

„Und Luke?"

„Wer ist Luke?"

„Mein bester Freund. Er ist das Menschenopfer."

Diese Neuigkeit ließ Oona aufhorchen. „Oh. Äh, nun, das tut mir leid. Ich denke nicht, dass wir noch viel für ihn tun können." Sie räusperte sich, wechselte das Thema. „Am besten brechen wir sofort auf und gehen in Richtung Wohnhöhle, okay? Ich weiß nicht, wie viel Zeit uns bleibt. Aber es sieht alles danach aus, dass Harlow diesmal genau Mitternacht anpeilt. Und da bleibt uns wirklich nicht mehr viel Zeit."

„Luke ist verloren."

Sie klang resigniert, was Oona verstand. „Du kannst den Ruf nicht aufhalten, Áine." Die Sandfrau sah das Mädchen mit einer Mischung aus Mitgefühl und Unnachgiebigkeit an. „Er wird nichts bemerken, denn er ist tot. Deine Mutter hat in der Vergangenheit eine Menge versucht, die Opfer zu retten, aber normalerweise kriegen sie nie etwas mit." Oona vermied es, Áine zu erzählen, dass Luke durchaus zu den glücklicheren Kandidaten gehörte. Denn es gab Menschenopfer, die noch recht menschlich waren, wenn Harlow sie opferte. Lukes fortgeschrittene Verwesung war ein Vorteil. „Bis zum Finale ist dieses Spielchen sehr gut durchgespielt."

„Ich hoffe nur, ich habe die richtige Höhle. Wenn wir zu zweit sind, könnten wir ihm folgen und nachschauen. Du hast doch Waffen."

„Die Chancen stehen schlecht, dass du ihn noch einholst. Außerdem müssen wir den anderen Bescheid geben. Wenn sie schlafen, können wir sie nicht mehr warnen. Ich muss sie aufwecken."

Wo sie recht hatte ... Áine gab nach und gemeinsam begaben sie sich auf den Rückweg zur Höhle. Dort trafen sie erneut auf die bewusstlose Linnea. Sie schlief friedlich und lag noch genau da, wo Áine sie verließ.

„Vorsicht!" Oona stoppte abrupt, hielt beschützend ihren Arm vor Áine. „Der Handschuh lässt auf eine Amazone schließen."

„Ihr Name ist Linnea. Sie gehört zu mir."

Oona zog eine Augenbraue in die Höhe. „Eine Amazone? Und Graeme hat nichts dagegen?"

„Graeme hat mir nichts zu verbieten." Sie schnalzte mit der Zunge. „Keine Sorge, sie beißt nicht."

„Hoffen wir's. Soll ich sie aufwecken?"

Áine nickte, derweil Oona sich sofort an die Arbeit machte. Während die Banshee ungeduldig wartete, wurde sie schlagartig auf kleine Pilze aufmerksam, die neben ihren Füßen aus dem Boden empor sprossen. Was zum Teufel sollte das den werden? Woher kamen die Pflanzen so plötzlich her und warum schossen sie in dieser Eile aus der Erde hervor? Áine blinzelte verwirrt.

Im nächsten Augenblick befand sie sich an einem vollkommen anderen Ort. Der Wald war einer breiten Wiese mit bunt blühenden Blumen gewichen. Große, mit vielen Blättern bestückte Bäume säumten ebendiese Wiese ein. Weiden, Apfelbäume ... jeder von ihnen stand in voller Blüte. Die Luft war angenehm, eine leichte Brise umwehte ihren Körper und der Duft der Pflanzen zauberten ihr ein Lächeln auf die Lippen. Wo war sie?

Áine senkte den Blick. Um ihre Füße herum spross der Kreis aus Pilzen weiterhin empor. Ebendiesen wollte sie nun mit einem Schritt voraus verlassen, als eine weibliche Stimme sie in ihrer Bewegung einhalten ließ.

„Ich würde das lieber nicht tun. Verlässt du den Kreis, bist du Teil der Anderswelt. Und hier willst du noch nicht hin."

Ein Schauer durchlief ihren Körper. Obschon sie die Stimme nie zuvor in ihrem Leben hörte, wusste sie instinktiv, zu wem sie gehörte. Ihr Atem setzte aus, ein dicker Kloß machte sich in ihren

Hals breit. Als Áine schließlich die dazugehörige Frau zur Stimme erblickte, wurde sie von ungeahnten Emotionen übermannt. Tränen sammelten sich in ihren Augen, das Gefühl von Adrenalin, gepaart mit Sprachlosigkeit überkam sie. Große Güte, sie war es! Aber wie konnte das nur möglich sein?

Die fremde Frau lächelte breit. Ihre langen, weißen Haare lagen auf ihren Schultern, ihre Haut rosig und ihre Augen strahlten voller Leben. „Ich wusste, dass du bald kämst. Meine Güte, du bist ein großartiges Mädchen, Áine."

„Mom?"

21

1998

Er vermutete bereits, dass das Krankenhaus übermäßig überfüllt war, angesichts der Tragödie, die sich nur wenige Stunden zuvor abspielte. Der Absturz, in dem sich auch Áines Eltern befanden, fand kurz nach Abflug statt. Zwar überlebte etwa die Hälfte der Passagiere das Unglück, die andere Hälfte fand den sicheren Tod. So auch die Baileys.

Die meisten Überlebenden wurden in das Krankenhaus gebracht, indem sich Áine aufhielt. Es befand sich deutlich näher als andere Kliniken an der Absturzstelle und beherbergte eine gute Notfallambulanz, wie die Banshee selbst erfahren durfte. Während der

Abwesenheit ihrer Eltern lebte sie bei einer Freundin ihrer Mutter. Diese brachte ihr schließlich auch die Nachricht ihres Todes bei, weshalb sie kurze Zeit später zusammenbrach und ebenso medizinisch untersucht werden musste. Da Graeme offiziell als ihr Therapeut galt, rief Áines Bekannte ihn als Erstes an. Daraufhin machte er sich sofort auf den Weg, um nach seiner Banshee zu sehen.

Wie Graeme erfuhr, sollte Áine sich die Schuld an dem Absturz geben. Angeblich habe sie ihre Eltern nicht davon abhalten können, das Flugzeug zu besteigen, obschon eine dunkle Vorahnung sie beschlichen hatte. Letzten Endes steigerte sich Áine so sehr in ihre Trauer hinein, dass die Ärzte beschlossen, sie mit einem Cocktail von Beruhigungsmitteln stillzulegen.

Während sich die Freundin ihrer Adoptivmutter um alle möglichen Papiere kümmerte, blieb Graeme an Áines Krankenbett, um ihr beizustehen. Nach der Vergabe der Medikamente schlief sie zwar, dennoch wollte er nicht von ihrer Seite weichen.

Mitten in der Nacht passierte es dann und Áine wachte aus ihrem tiefen Schlaf auf. Sowie sie Graeme sah, fing sie an zu weinen. „Ich habe sie warnen wollen, Graeme. Ich habe gesagt, fliegt nicht. Der Geschmack war komisch. Und ihre Aura! Ihre Aura war nicht ..."

Er nickte. Dunkel genug. Alles Indizien, dass sie nicht hätten sterben müssen. Er hielt ihre Hand. „Áine, es ist nicht immer so einfach. Aber dich trifft keine Schuld. Du hast getan, was getan werden musste. Du hast sie gewarnt."

„Ich hätte sie retten können!"

„Nein. Das hättest du nicht. Sie wollten fliegen. Mehr als vorwarnen, kannst du die Menschen nie. Es ist ihr freier Wille, ob sie auf dich hören."

Ein weiterer Schwall Tränen löste sich aus ihren Augen. Graeme nahm sie fest in den Arm, wiegte sie in und her. Es dauerte eine ganze Weile, bis sie sich wieder beruhigt hatte. Sie so zu sehen, brach ihm das Herz. Ihre Trauer durchschüttelte ihren gesamten Körper. Die Eltern zu verlieren, musste hart sein. Vor allem in ihrem jungen Alter.

„Wo soll ich denn jetzt hin?" fragte sie, ihre Stimme völlig monoton. „Ich will nicht ins Heim. Die stecken mich sicher ins Heim und da will ich nicht hin!"

Er nickte. Alles sah danach aus, denn die Freundin von Áines Mutter sagte ihm deutlich, dass sie das Mädchen nicht aufnehmen konnte – oder wollte. „Ich weiß."

„Glaubst du, ich könnte meine echten Eltern finden und bei ihnen wohnen?"

Verdammt, wie gerne wäre er aufgesprungen und hätte ihr die Wahrheit erzählt! Doch Graeme bezweifelte, dass sie die Wahrheit in ihrer jetzigen Situation gut aufnähme. Wahrscheinlich würde er sie nur überfordern. Stattdessen brauchte sie seine Unterstützung. „Ich, äh, Áine ... Ich versuche, etwas für dich zu finden." Er wollte alles tun, damit sie wieder glücklich würde.

Áine schien ihm etwas sagen zu wollen, denn sie spielte nervös mit ihren Händen. Sie räusperte sich verlegen. „Und was ist, wenn ich bei dir bleibe?"

Ihre Frage löste fast einen Herzinfarkt bei ihm aus. Sie wollte zu ihm? „Wie bitte?"

„Kann ich nicht bei dir bleiben? Oder bei Rana und Mateo? Ich will nicht ins Heim. Und ich will nicht zu Fremden. Niemand würde mich verstehen. Ich ertrage es nicht mehr, ständig meine Banshee zu unterdrücken. Mit wem soll ich denn reden? Ich habe doch niemanden mehr!" Erneut bildeten sich Tränen in ihren Augen.

„Ich weiß es nicht, wir müssen schauen, was möglich ist. Ich meine, ich wohne in einer Höhle und die Freundin deiner Mutter..."

„Hält mich für eine Irre. Sie haben alle Angst vor mir. Denken, ich sei ein Freak."

„Und der Rest deiner Familie? Vielleicht hast du Onkeln und Tanten?" Nicht, dass er sie nicht sofort zu sich nehmen wollte, denn genau das würde er tun. Allerdings wusste er nicht, wie er das Jugendamt überzeugen sollte, sie zu ihm zu geben. Unter anderem, da er in einer Höhle wohnte. Er bräuchte Zeit, alles in seinem Leben zu regeln.

„Es gibt niemanden, der mich will." Sie senkte das Haupt. „Aber es ist okay, wenn du nicht möchtest."

„Doch! Also, ich ... ich will nur, dass du dir sicher bist. So lange kennen wir uns noch nicht." Er wollte alles tun, um sie nicht zu verlieren. Nicht ein zweites Mal!

„Vielleicht nicht. Aber du bist der erste, der mich nicht für einen Freak hält." Ein trauriges Lächeln umspielte ihre Lippen. „Ich verspreche auch, mich zu benehmen. Ich kann dir ne Menge über TV-Serien beibringen."

Wie konnte er da Nein sagen? Seine Tochter wollte bei ihm leben! Danach sehnte er sich fast sechzig Jahre lang. Sie endlich aufwachsen zu sehen. „Lass mich schauen, was ich tun kann", versprach er.

Und genau so wurde es gemacht.

Es dauerte keine Woche, da zog sie bei ihm ein. Und er brauchte nicht einmal eine neue Wohnung dafür. Was eine beste Freundin bei der Polizei so alles regeln konnte!

Gegenwart

Drei. Zwei. Eins.
Er war frei!
Voller Vorfreude starrte Eoin Harlow auf seine Hände herab. Seine langen, echsenartigen Finger fühlten sich nicht anders an als vor wenigen Augenblicken. Und doch lief gerade die letzte Minute aus, indem er dazu gezwungen war, ohne die Fähigkeit zu töten zu leben.

Harlow holte tief Luft. Endlich! Sechzig Jahre Kastration waren widerrufen. Jetzt durfte er wieder seiner Lieblingsbeschäftigung nachgehen. Passender konnte es gar nicht laufen, vor allem, da die Höllenfahrt dieses Mal zum Greifen nah schien. „Dieses Jahr wird mein Jahr."

Da es nicht mehr lange bis zum Ritual dauerte, hatte er es sich bereits in der Ritualhöhle gemütlich gemacht. Um ihn herum brodelte ein See aus Lava. Große Blasen platzten und bliesen sich wieder auf. Die Luft war heiß und feucht. Nur Kerzenlicht erhellte die Höhle. Es war der perfekte Ort, um den Gott der Götter zu befreien. Um das Ende seines Fluchs zu feiern, platzierte er sich direkt auf dem Portal, welches bald die Unterwelt öffnen würde. Es war kein Geheimnis, dass er die unbändige Macht Astamephis' spürte, allein wenn seine Füße das Siegel berührten. Nach all diesen langen Jahren fühlte er sich endlich wieder wie er selbst. Und sobald sein Menschenopfer die Höhle erreicht hätte, würde er mit dem Ritual beginnen.

Jetzt wollte er aber erst einmal ein wenig Spaß haben. „Hey! Du! Wie heißt du noch mal?"

Zwei seiner Schergen standen in unmittelbarer Nähe zu ihm. Der eine war ein großer, schlanker Bursche. Derselbe Kerl, der Behemoth seinen Tee gebracht hatte. Blonde Haare, graue Augen. Er war ein wenig schüchtern, doch ihm stets treu ergeben. Der andere war ein deutlich drahtiger, älterer Dämon mit blau schimmernder, lederiger Haut und kleinen Hörnern an der Schläfe. Beide wussten noch nicht, dass er das Ritual immer alleine durchführte. Er hatte sie lediglich aus einem Grund hergeholt.

„M...mein Name?" stotterte der schlanke Bursche. „Devon."

„Devon." Harlow grinste. „Weißt du, was heute für ein Tag ist?"

„D...die Höllenfahrt. Sie wollen Astamephis auferstehen lassen."

„Richtig, Devon! Einhundert Punkte. Aber nun folgt die Bonusfrage: Was bekomme ich noch geschenkt?!"

„Ich weiß es nicht." Der Dämon lächelte scheu.

„Ich kann wieder töten!"

Harlow handelte rasch. Devon war ein guter Junge, er sollte nicht leiden. Genau aus diesem Grund packte er seinen Kopf und zog ihn ihm von den Schultern, noch bevor der etwas bemerkte oder es gar schaffte, vor Schmerz zu schreien.

Meine Güte, fühlt sich das gut an!

Zufrieden warf er Devons Kopf zur Seite, während der Rest seines Körpers in sich zusammenfiel. Der andere Scherge riss erschrocken die Augen auf.

„Keine Sorge, ich wollte nur meine Reflexe testen. Du brauchst keine Angst zu haben", meinte Harlow, bevor er mit einem Ruck dem Dämon in den Bauch griff und seine Gedärme mit einer einzigen Handbewegung aus dem Körper holte.

Der arme Bursche sackte zusammen, bevor ihm wirklich bewusst war, was da gerade mit ihm passierte. Zufrieden begutachtete Harlow die Gedärme in seiner Hand. Der Dämon zuckte weiterhin. Wahrscheinlich würde er noch eine ganze Weile weiterleben, bis sein Körper aufgab und starb. „Du hast drei Mägen? Was zum Teufel bist du? Ein blauer Kuhdämon? Das sieht man auch nicht alle Tage." Angewidert ließ er die Organe auf dem Boden fallen.

Im selben Moment trat Filidor zu ihm. Er achtete darauf, dass er nicht über die Leichen seiner beiden Männer stolperte. „Wie ich sehe, ist der Spruch abgeklungen." Hörte Harlow etwa Angst aus seiner Stimme heraus? Fantastisch!

„Ich bin bereit zu töten", antwortete Harlow fröhlich. „Neuigkeiten?"

„Der Sandmann beginnt gleich mit der dritten Welle. Wir wissen, dass das Opfer auf dem Weg ist. Es dauert nicht mehr lange."

„Gut." Zufrieden klopfte er Filidor auf die Schulter. Dieser zuckte zusammen. Ganz zur Harlows Freude. „Dann starten wir den Countdown."

Sprachlos starrte Áine auf ihr Gegenüber. Obschon ihr die Frau vollkommen unbekannt war, wusste sie instinktiv, dass sie ihrer Mutter gegenüberstand. Genau wie man von einem Geist erwarte, trug sie eine helle Robe, die sich bis zum Boden erstreckte. Ihre Haare hatten dieselbe Farbe wie die von Áine. Weiß, beinahe silbrig, lagen sie über ihrer Schulter und reichten fast bis zur Hüfte. Ihre Augen waren blau wie der Ozean und ihr Lächeln ... es sah so warm und herzlich aus. Sie schien sich zu freuen, sie zu sehen, und machte einen Schritt auf Áine zu, gerade, als diese den Kreis verlassen wollte, um zu ihr zu gelangen.

„Ich sage es dir kein weiteres Mal, Áine, bleib in dem Kreis!" Diesen Befehl schien sie ernst zu meinen, denn sie versperrte ihr den Weg.

„Bin ich tot?"

Aífe schüttelte den Kopf. „Du bist in der Anderswelt. Der Feenkreis kann dich hier hin bringen, auch ohne dein Ableben. Dieses Privileg ist normalweise nur magischen Kreaturen vorbehalten. *Fae*, wie man sie nennt."

„Das Einhorn in mir." Der Banshee schien es verwehrt zu sein.

Ihre Mutter nickte. „Es bricht in dir durch. Ich nehme an, es hat gedauert, weil du etwas zu lange im Baum des Lebens geschlummert hast und du die Banshee in dir eher zugelassen hast."

Áine verstand nur Bahnhof. „Baum des Lebens? Der Kreis kam nicht aus einem Baum."

Aífe nickte. „Vielleicht nicht, aber die Pflanzen sind alle untereinander verbunden. Ich habe angenommen, Cath habe dir alles erzählt." Als Áine schnaubte, verzog ihre Mutter das Gesicht zu einem Lächeln. „Ich sehe, er ist ganz der Alte. Der Grund, warum du nicht schon sechzig bist, ist, weil du im Baum des Lebens schliefst. Dieser ist mit der kompletten Natur verbunden. Auf der gesamten Welt. Seine Wurzeln knüpfen an alles Natürliche an: Andere Bäume, Pflanzen, Pilze. Er sitzt in der Anderswelt und verbindet die sterbliche Welt mit dieser. So bist du nicht gealtert."

„Und ich habe darin geschlummert?"

„Eine Weile. Zu deinem Schutz. Da du ein halbes Einhorn bist, war es möglich. Dieser Spruch funktioniert wieder nur bei einer Fae. Mit der Dämonisierung verloren beinahe alle Wesen dieses Privileg."

„Astamephis hat es nicht ohne Grund getan."

„Astamephis hat versucht, alles Gute aus uns herauszupressen und uns von unseren wahren Schöpfern getrennt. Alles, was wir geliebt haben, verehrt, angebetet, hat er zerstört. Er missbraucht alles nur zu seinem eigenen Nutzen. Und so einer nennt sich Gott." So schnell, wie sie sich aufregte, beruhigte sie sich wieder. Erfreut musterte Aífe ihre Tochter. „Lass dich ansehen! Wie groß du geworden bist! Eine wahre Schönheit. Hast du einen Freund? Bestimmt sind die Jungs ganz verrückt nach dir."

Sie wollte über Jungs mit ihr sprechen? „Hör zu, wir können das Gespräch gerne später weiterführen. Ich muss zurück –"

Doch Aífe winkte ab. „Noch nicht. Weißt du, in deiner Welt vergeht die Zeit deutlich langsamer als hier. Während wir hier sprechen, ist keine Sekunde vergangen. Bevor du gehst, musst du einige Dinge erfahren."

„Welche?"

„Du weißt, um was es geht. Anders als ich, hast du keinen Lehrmeister. Kein Einhorn, dass dir den Weg offenbarte. Einer der Gründe, warum ich mit dir reden darf, ist die Tatsache, dass du ohne Vorkenntnisse in den Kampf ziehst."

„Ja, weil Graeme es mir verschwieg."

„Graeme – oder Cath, wie ich ihn nannte – hätte dir auch nicht viel erklären können, wenn er es dir früher gesagt hätte. Ein Einhorn ist ein komplexes Wesen. Er weiß längst nicht alles über uns. Und das war mein Versäumnis."

„Warum?" Áine setzte sich in den Schneidersitz auf den Boden. Ihre Mutter tat ihr gleich.

„Lange hielt sich das Gerücht unter Dämonen, Einhornblut heile. Und das tut es. Einhornblut heilt besser als Tränen. Aber das hast du ja bereits bei der Amazone sehen können, nicht wahr?"

Áine erinnerte sich. Sie nickte stumm.

„Nun", fuhr Aífe fort, „die wenigsten kennen die Legende, dass wenn man das Blut des letzten Vollbluteinhorns trinkt, unsterblich wird. Genau das hat Eoin getan, nachdem er mich ermordet hat."

Áine senkte den Kopf. Ihre Mutter nahm ihr Kinn in die Hände und hob es wieder. „Keine Sorge, es kann mir nicht mehr wehtun." Sie zwinkerte ihr zu. „Sterben tut nicht weh."

„Sterben vielleicht nicht. Aber der Prozess dahin."

Áines Worte hatten nicht nur mit ihr zu tun, wurde Aífe bewusst. „Es geht um den Jungen. Deinen Freund Luke."

Mit aller Kraft versuchte Áine, ihre Tränen zu verdrängen. Dennoch ließ sie ihn schlussendlich freien Lauf, sowie ihre Mutter seinen Namen nannte. Zu ihrer Überraschung nahm sie Aífe daraufhin fest in den Arm. Die plötzliche Zuwendung schockierte die Banshee. „Wie machst du das? Du darfst nicht in den Kreis!"

Aífe lächelte traurig. „Ich kann nicht ein weiteres Mal sterben, Áine. Es ist egal, in welcher Welt ich stehe. Ich kann nicht mehr zurück. Ich muss für immer hier bleiben." Liebevoll wischte sie ihr die nassen Wangen. „Ich weiß, du mochtest den Jungen."

„Du weißt es?"

„Natürlich. Alle Einhörner sehen das Opfer eines Tages. Und als deine Mutter spüre ich ebenso, wie wichtig er dir war. Es ist ein kranker Schicksalsschlag, dass das Menschenopfer dein bester Freund ist. Aber Eoin hatte schon immer ein besonderes Verständis für Grausamkeit."

„Ich kann ihn nicht retten, oder?"

Aífe schüttelte den Kopf. „Nein."

„Aber –"

„Das Problem mit dem Menschenopfer ist, dass es bereits tot ist und daran kann man nicht rütteln. Sein Lebenssaft ist nur für eine gewisse Zeit, nun, aufgeladen."

„Genau wie bei einem verdammten Akku."

Aífe schaute sie verwirrt an. „Ein was?"

„Ein Akku ist eine Batterie. Etwas, was sich mit Energie auflädt und entlädt. Manche Batterien sind nur für eine einzige Nutzung gemacht und andere kann man wieder aufladen."

Ihre Mutter nickte. „Nun, dann sieh ihn als eine einzige Aufladung an."

Áine biss sich auf die Unterlippe. „Aber warum tut er das?"

„Magie hat immer einen Preis, Áine. In dem Fall ist das Problem, dass das Portal nur geöffnet werden kann, wenn der Dämon, der es durchführt, all sein Blut opfert. Auch ein Dämon stirbt an Blutverlust. Also nahm er ein Menschenopfer, um dieses Problem zu umgehen."

„Aber Harlow ist jetzt unsterblich. Er müsste bei dem Ritual nicht sterben."

„Das ist der Kniff, denke ich. Unsterblich oder nicht, er wäre nach dem Blutverlust geschwächt, obwohl er nicht daran stürbe.

Astamephis benötigt für die erste Zeit auf Erde einen Körper, da der Spruch nur seinen Geist befreit. Eoin wollte ihn in sich aufnehmen, um so zum mächtigsten Wesen der Welt werden. Wäre Eoin tot, hätte er nichts davon. Und wäre er zu schwach, würde sich Astamephis womöglich einen anderen Körper suchen oder den seinigen vollkommen unter Kontrolle halten, was seine Seele so gut wie auslösche. Und sein Ziel sieht ganz klar vor, die ultimative Macht zu erlangen. Über alles und jeden."

„Es stimmt also, dass Luke und Harlow dasselbe Blut teilen, solange Luke unter dem Zauber steht."

Aífe nickte. „Das Blut ist der Schlüssel. Es öffnet und schließt das Portal. Denn einmal geöffnet, kann es nur noch von dem Schlüssel geschlossen werden. Schon einmal kamen die Einhörnern beinahe zu spät. Das Erdbeben und der Vulkan erhoben sich bereits für seine Wiedergeburt."

„1303."

Aífe nickte. „Und die Einhörner schlossen es dennoch rechtzeitig. Damals war es nicht Harlow, sondern einer seiner Brüder, der das Portal in Hel öffnete. Früher versuchten es die Dämonen oft an diversen Stellen gleichzeitig. Vergiss das nicht, Áine. Auch deine Vorfahren schlossen das Portal mit einem Schlüssel wieder zu, erreichten den Erfolg, obschon jeder glaubte, es sei zu spät."

Áine fluchte. „Wenn ich zu spät bin, sind wir trotzdem gearscht. Wenn Luke nicht mehr genug Blut im Körper hat ..."

Ihre Mutter verzog das Gesicht zu einer Grimasse. „Deine Wortwahl ist sehr befremdlich. Erlaubt dir dein Vater so zu sprechen?"

Áine wollte lachen, doch das blieb ihr im Hals stecken. „Ich ... ich weiß nicht, wie ich es schaffen soll, ihn zu töten. Ich sollte Graeme bitten, es für mich zu tun."

„Das kann er nicht. Es ist nicht seine Aufgabe. Sondern deine."

„Es ist ohnehin sinnlos. Er ist unsterblich. Wie soll ich wissen, was zu tun ist?"

„Du wirst tun, was nötig ist. Denn wir sind bei dir. Die Kraft des Einhorns ist stärker als alles andere in der Welt. Genau aus diesem Grund konnte Astamephis uns nicht verwandeln. Blut ist der Schlüssel dieses Rätsels, Áine. Den Blut bedeutet Leben. Und Blut bedeutet Tod."

„Er ist unsterblich", wiederholte sie.

„Er ist vielleicht unsterblich aber nicht unbesiegbar. Das ist ein Unterschied. Verstehst du, was ich meine?"

Das tat sie nicht wirklich. „Du sprichst in Rätseln. Und das ist nicht vorteilhaft. Vor allem, wenn mir nicht genug Zeit bleibt."

„Mir bleibt leider nichts anderes übrig." Aífe neigte den Kopf. „Áine, wie gerne würde ich dir diese Last abnehmen, aber es geht nicht. Du wirst an dieser Aufgabe nicht zerbrechen, sondern wachsen. Ich weiß, dass du es schaffen wirst. Dass du die Antwort weißt."

„Es hat mit dem Schlüssel zu tun, nicht wahr?"

Aífe nickte. „Blut ist die Antwort, Áine. Den Rest musst du alleine herausfinden."

„Fein. Okay. Hört sich ja super einfach an. Wisst ihr, da will man, dass ich irgendwas Unmögliches schaffe, mir aber richtige Tipps geben, das könnt ihr auch nicht."

Aífes Mundwinkel zuckte vergnüglich. „Du wirst wissen, was zu tun ist. Wir alle sind bei dir. Und wir alle zeigen dir den Weg."

„Wir?"

„Die Einhörner jeder Generation. Die Walküren. Wir sind da. Und wir glauben an dich. Du wirst wissen, was zu tun ist, Áine. Denn du hast einen Vorteil, den niemand von uns hatte."

„Welchen?"

„Du trägst den Dämon in dir. Du verstehst beide Seiten. Wenn du beide Seiten umarmst, wirst du gewinnen. Und diesmal wirst du das schaffen, was keiner von uns konnte. Eoin Harlow besiegen. Ich liebe dich, Áine. Und ich bin so wahnsinnig stolz auf dich! Und das kannst du auch sein."

„Und wenn ich es nicht schaffe?"

Ihre Mutter lächelte einfach nur.

Im nächsten Moment stand sie wieder im Wald, genau dort, wo sie Linnea und Oona zurückgelassen hatte. Mit dem Unterschied, dass nun auch Oona bewusstlos auf dem Boden lag. Oder jedenfalls so gut wie. Sofort rannte Áine zu ihr hin, fühlte ihren Puls. Ihre Wangen weiterhin nass von ihrer Begegnung mit ihrer Mutter. „Oona?"

In dem Moment flogen Oonas Augen auf. Das Weiße um ihre Iris herum schimmerte bereits lila. „Der Zauber ... er hat mich übermannt."

„Aber wie?"

Sie leckte ihre Lippen. „Es passiert, weil ich hier bin ... wenn es passiert. Hier bin ich nicht mehr immun."

Panik durchströmte ihren Körper. Das durfte doch nicht wahr sein! „Ich kann das nicht ohne dich, Oona. Bitte, ich kann nicht alleine gehen! Du musst sie aufwecken!"

Im selben Moment spürte auch Áine die aufkommende Müdigkeit. „Oh nein."

„Du spürst sie auch."

Sie nickte. „Ich kann mich nicht wachhalten."

„Ich kann es aber. Mir bleibt die Möglichkeit, mich einmal aufzuwecken. Oder einen anderen."

„Dann weck dich auf und dann die anderen."

„Unmöglich. So funktioniert es nicht." Sie lächelte, ihre Lider flatterten. „Da ich bereits hier war, brauche ich meine gesamte Kraft dafür und Stunden, bis ich andere aufwecken kann. Ich bin momentan nicht wichtig, Áine. Sondern du. Nur du. Tritt ihm einfach in den Arsch. Und nimm ... nimm mein Schwert."

„Nein...bitte, Oona?" Ihre Stimme wurde träger. Die Müdigkeit schien sie zu übermannen.

„Es gehörte deiner Mutter. Sie wollte, dass du es bekommst. Es ist ... es gehörte den Einhörnern. Geschmiedet von Walküren. Deine Mutter sagte, du wirst es eines Tages brauchen. Sobald du zur Kriegerin wirst. Und heute ist der Tag."

Bevor Oona weg drifte, schenkte sie Áine ihre letzte Atemluft. Von der Kraft ihrer Magie fiel Áine beinahe hinten über. „Das war besser als ein Energydrink", meinte sie.

Und trotzdem fühlte sie sich einsamer denn je.

Für eine ganze Weile saß Áine starr auf dem Waldboden. Was zum Teufel sollte sie nur tun? Wie konnte sie alleine diesen Kerl aufhalten? War es ihr mit ihren siebzehn Jahren überhaupt möglich, die Apokalypse zu stoppen?

Die Antwort lag so simpel auf der Hand. Sie musste es einfach probieren. Was konnte schon passieren?, sagte sie sich. Dass sie stürbe? Nun, das passierte ohnehin, wenn sie gegen Harlow verlöre. Es würde auch nicht weniger schmerzhaft, egal, wann er sie in die Finger bekäme. Also warum nicht versuchen, ihn zu stoppen?

Sie nahm all ihren Mut zusammen, stand auf und durchsuchte Oonas Hinterlassenschaften nach dem versprochenen Schwert. Dieses war nicht schwer, zu finden, denn sie trug es auf dem Rücken. Sowie sie die Waffe aus der Scheide zog, spürte sie ein angenehmes Kribbeln im Arm. Es war, als würde es zu ihr gehören, als sei es ihr Schwert, geschmiedet allein für ihre Hand. Es fühlte sich nicht schwer an, im Gegenteil, es war federleicht.

Sie begutachtete die Klinge. Diese war mit roten Steinen geschmückt. Blutdiamanten. Erfreut hing sie die Waffe mitsamt Aufbewahrung um ihre Schulter. Sie wollte sofort aufbrechen, dann aber lief sie ein letztes Mal zu Linnea, wo sie ihr die Schusswaffe wegnahm, in der sich die Eisenkugeln befanden. Auch diese steckte sie ein. Man konnte schließlich nicht vorbereitet genug sein.

Daraufhin machte sie sich auf den Weg zur Höhle.

22

Áine befand sich seit etwa zehn Minuten auf den Weg in Richtung Süden. Die Nacht war mittlerweile eingetroffen, doch der Mond schien so hell am Himmel, dass sie den Boden unter ihren Füßen gut erkennen konnte. Instinktiv wusste sie, dass dieser Weg sie zum Ziel führen würde. Dort würde sie Luke wiedersehen. Leider zum letzten Mal, wie ihr schweren Herzens bewusst wurde.

Nach weiteren fünf Minuten erreichte sie eine Aussichtsplattform, die normalerweise für die Öffentlichkeit abgesperrt war. Áine nahm an, dass dort auch irgendwo der Eingang zur Höhle zu finden war. Die alte Lavahöhle war keinen Kilometer von diesem Standpunkt entfernt. Sie reichte tief bis in die Erde hinein. Die Plattform war durch einen Maschendrahtzaun von der Außenwelt abgeschottet. Ein großer Jägerzaun hielt bisher Eindringlinge fern. Doch genau dort musste sie nun irgendwie einen Weg hinein finden.

Ein kurzer Blick durch den Zaun hindurch genügte Áine, um zu wissen, dass sie nicht alleine war. Auf dem höchsten Punkt der Plattform standen zwei Männer, wie sie erkennen konnte. Ein Baustellenlicht schenkte ihnen genug Helligkeit. Einer von ihnen war wie ein Mönch gekleidet. Vor ihm war ein großer Kessel, aus dem Rauch aufstieg und in Richtung Stadt wehte. Der Sandmann.

Da braute er also seinen Schlafzauber zusammen, dachte sie.

Den anderen Kerl kannte sie persönlich. Er gehörte zu Harlows Männern und hatte sie vor zwei Tagen umbringen wollen. Manchmal konnte sie kaum glauben, dass dieser Vorfall erst zwei Tage her war. In der Zwischenzeit war so viel passiert, sie könnte ein ganzes Buch damit füllen.

Jetzt musste sie aber erst einmal ihren Angriff planen. Würde sie frontal angreifen, wäre sie innerhalb weniger Sekunden tot, dessen konnte sie sich sicher sein. Filidor war ein guter Kämpfer und der andere Kerl sah auch nicht ungefährlich aus. Sie war alleine. Und wer wusste schon, wer von dem Kampf noch aus der Reserve gelockt wurde.

Wie sollte sie also agieren?

Áine handelte augenblicklich. Es gab keine andere Möglichkeit, sie musste das Spiel der Bösen mitspielen. Aber nicht, ohne vorher ihr kleines Messer aus dem Knieholster zu holen und unter ihrer Jacke zu verstecken. Ab sofort befand sie sich im Kampfmodus. Von hier an gab es kein Zurück mehr. Versagte sie, stand die Welt am Abgrund. Sie machte einen Schritt vor, zeigte sich nun ganz offen und verließ damit die Sicherheit ihres Verstecks.

Der Serienkiller-Modus wurde aktiviert. Der Dämon in ihr herausgekitzelt. Wie eine Filmdiva der fünfziger Jahre ließ sie sich möglichst lautstark auf den Rücken fallen. Es dauerte nicht lange, da kam Filidor angelaufen.

„Na, wen haben wir den da? Dornröschen persönlich erweist uns die Ehre. Was für ein beschissenes Timing, was? Hat dich der Zauber genau vor unseren Augen ausgeknockt!"

Da Áine die Augen geschlossen hielt, konnte sie nur hören, was er sagte. Dennoch klang er zufrieden. Etwas brüsk trat er vor ihre Füße. „Es wäre so einfach, dich zu töten, aber der Meister will dich für sich."

Sie hörte, wie Filidor sich über sie beugte. Wahrscheinlich um sie aufzunehmen. Sowie sie seinen Atem an ihrer Haut spürte, tat sie, wofür sie da war. Eilig riss sie ihre Augen auf. Im selben Moment rammte sie ihm die Messerspitze ins Herz.

Die Blutdiamanten taten ihr übrigens. Filidor ging in Flammen auf. Sein Todesschrei brannte sich in ihren Ohren ein. Schwarzes Blut klebte an der Klinge des Messers. Áine wischte es ab, aber nicht ohne vorher zu bemerken, dass ihre Hände von seinem Blut verfärbt waren.

Genau wie in ihrer Vision. Sie schluckte hart. Daraufhin klopfte sie sich den Staub seiner Asche von der Kleidung. Die finsteren Gedanken von sich schiebend, sprang sie auf die Füße.

„Danke, dass du mir den Eingang aufgemacht hast", meinte sie. Sie packte ihr Messer weg und nahm Linneas Feuerwaffe zur Hand. Rasch entsicherte sie diese und schoss dem Sandmann in die Schulter, als dieser versuchte, eine erneute Welle seines Schlafzaubers über die Stadt zu schicken.

Dieser schrie schmerzhaft auf. „Das brennt!" Wütend fuhr er herum.

Für einen Moment war Áine erstaunt. „Du bist konvertiert!"

„Was für eine Überraschung!" Der Dämon rollte mit den Augen. „Konvertierte sind durchaus in der Lage, Böses zu tun."

Áine zögerte nicht lange. „Dann wird das richtig zwiebeln." Der nächste Schuss galt seinem Kopf.

Der Sandmann stolperte zurück. Schmerzensschreie ausstoßend, fasste er sich an den Kopf. Er fiel auf den Boden und zuckte. Doch er würde nicht sterben, dessen war sie sich sicher. Áine trat zu ihm heran. „Da ich eine Menge Horrorfilme sehe und weiß, dass das nicht alleine hilft, um die bösen Buben in Schach zu halten..." Sie zog ihr Schwert und köpfte ihn.

„Wow, hätte nicht gedacht, dass die Klinge so scharf ist!" Sie drehte sich zu dem Kessel um, trat mit voller Wucht dagegen, sodass die purpurne Flüssigkeit über den Boden lief, und langsam ins Gras einsickerte. Spätestens der Tod des Sandmannes würde ihre Freunde aufwecken, dennoch war sie auf der sicheren Seite, auch den Trank loszuwerden. Mit etwas Glück käme man ihr bald zur Hilfe. Sie hatte Graeme schließlich erzählt, wo sie das Ritual vermutete. Er würde sie nicht im Stich lassen.

Selbstbewusst machte sie sich zum Eingang der Höhle auf. Kurz vor der Öffnung entdeckte sie einen weiteren Dämon. Er schien jung und unerfahren, denn er rannte direkt in ihr Schwert. Einen anderen Dämon spießte sie von hinten auf, noch bevor er sie erblickte.

Danach gab es keinen mehr, der sich ihr in den Weg stellte. Jedenfalls sah sie niemanden, der ihr gefährlich werden konnte. Hocherhobenen Hauptes begab sie sich immer weiter in die Höhle hinein. Mittlerweile gab es keinerlei Außenlicht mehr. Nur Kerzen erhellten den Weg. Harlow war hier, das konnte sie spüren. Wer sonst sollte die Höhle beleuchten?

Irgendwann erreichte sie eine Abzweigung. Sie hielt sich links. Nur ein paar Augenblicke später, setzte sie ihren Fuß in den Altarraum.

Es war genau wie in ihrem Traum.

Die Höhle war groß. Lange, breite Stalaktiten und Stalakniten hingen von der Decke beziehungsweise wuchsen vom Boden in Richtung Decke. Gleichzeitig gab es eine riesige Plattform, die man über einen kleinen Pfad erreichte und von einer Art Lavafluss umrandet wurde. Die Luft war heiß und stickig, doch das interessierte Áine nicht. Ihr Blick galt einzig dem langen Pfahl, der auf der Plattform stand, an dem der tote Körper ihres Freundes hing. Aus seinem Torso floss Blut und ein mittelgroßer Mann mit weißem Haar und einer Art Priestertracht hielt sich in seiner unmittelbaren Nähe auf. Lukes Blut tropfte auf einen großen, roten Stein. Dem Blutdiamanten aus dem Museum. Dieser lag auf einem weiteren Stein. Besagter war groß und rund, doch ansonsten wirkte er unscheinbar. Sollte das das Siegel sein? Es kam ihr ein bisschen enttäuschend vor. Auf der anderen Seite, warum sollte es großzügig geschmückt werden, wenn es nur zum Ziel diente, sich zu öffnen?

Áine holte ein letztes Mal tief Luft. Daraufhin machte sie sich zum Angriff bereit.

„Du riesiges Arschloch!"

Von Rage getrieben rannte Áine mit ausgestrecktem Arm in Richtung der Plattform. Linneas Waffe in ihrer Hand schoss sie Harlow in den Rücken. Dieser zuckte nur kurz zusammen. Danach drehte er sich um. Ein breites Lächeln auf den Lippen.

Seine Haut war schon nicht mehr menschlich. Sie wirkte schuppig grün. Auch seine Zunge schnellte hervor, genau wie die einer Schlange. Dazu seine Augen ... glänzten wie ein Smaragd. „Ich wusste, dass du kommst. Das Einhorn kommt immer. Das ist Schicksal."

„Deine Männer sind tot."

Er zuckte mit den Schultern. „Ich kriege neue."

„Das was du bekommst, ist eine Kugel zwischen den Augen." Brutal drückte sie den Auslöser. Die Kugel traf Harlow direkt dort, wo sie es plante.

Er zuckte nicht einmal. Das Loch, was durch die Kugel entstand, heilte sofort. „Ich bin unsterblich, dazu ein reiner Dämon. Hat dir das deine Mutter nicht gesagt?" Er lachte. „Ach, ich vergaß, du hast ja keine Mutter mehr. Ich habe sie getötet. Und dann ihr Blut getrunken."

Áine warf die Waffe achtlos auf den Boden. Als Nächstes zog sie ihr Schwert hervor. „Halt deinen Mund, du Schwachkopf!"

Harlow aber schnalzte nur mit Zunge. „Man sollte dir den Mund mit Seife auswaschen." Auch er zog ein Schwert unter der Robe hervor. Es sah anders aus. Die Klinge war scharf, doch uneben. Dazu schimmerte sie weiß wie Elfenbein. „Das ist das Schwert, mit dem ich deine Mutter getötet habe. Die Klinge bestand aus dem Horn eines Einhorns. Besser gesagt, ich ließ es aus dem Horn herstellen, die der besten Freundin deiner Mutter gehörte." Er grinste. „Die heutige Klinge ist länger, als die vor sechzig Jahren. Mittlerweile besteht aus zwei Einhörnern. Du wirst es schon richtig vermuten. Das zweite gehörte deiner Mutter. Und mit diesem, werde ich dich heute töten!"

Voller Wut ballte sie ihre Hand zu einer Faust zusammen. „Das wollen wir sehen."

Áine griff zuerst an. Sie traf Harlow an der Schulter. Dieser aber verlor nur kurz die Balance und berappelte sich eilig. „Du kommst du spät, Áine. Dein Freund ist tot und sein Körper beinahe ausgeblutet. Um Mitternacht wird er das Portal öffnen. Und du kannst nichts dagegen tun."

Sein Schwert sauste auf sie nieder, aber sie wich ihm gekonnt aus. „Ich gebe nicht auf."

Die Klingen ihrer Waffen kreuzten sich, Áine wirbelte herum. Im nächsten Moment sauste ihr Schwert auf seine Schulter zu, traf ihn hart. Harlow schrie, doch die von ihr zugefügte Wunde schloss sich gleich wieder von selbst.

Áine fluchte innerlich. Wie zum Teufel sollte sie ihn besiegen, wenn sie ihn nicht töten, ihm keine Schmerzen zufügen konnte?

„Du kannst mich nicht töten! Du kannst mir nicht einmal wehtun!" Der Schall seines teuflischen Lachens hallte von den Wänden der Höhle wider.

„Und du mir auch nicht!"

Auf seinem Mund machte sich ein selbstgefälliges Grinsen breit. „Nun, technisch gesehen galt diese Bestrafung nur bis vor etwa einer Stunde. Seitdem bin ich wieder fähig, jeden zu töten, den ich will. Sieh in die Ecke. Ich habe gleich zwei meiner eigenen Männer aus reiner Freude getötet."

Sie machte den Fehler und schaute. Ein paar Meter vor ihren Füßen entfernt lagen tatsächlich zwei Dämonen auf dem Boden. Der eine war kopflos, während der andere, dessen Organe sich auf der Erde erstrecken, sogar noch zu atmen schien.

Harlow nutzte den kurzen Moment ihrer Unachtsamkeit, packte sie und zog sie eng an sich. Sein Atem streifte ihre Wange. Voller Siegeswillen zog er ihren Duft ein, weshalb Áine vor Ekel beinahe ihren Magen entleerte. „Ihr jungen Dinger passt einfach nicht auf. Es wird so schön werden, dein Blut zu trinken. Ich kann zwar nicht unsterblicher werden, aber allein der Sentimentalität habler werde ich es tun."

Im nächsten Moment stach die Klinge seines Schwertes in ihren Bauch. Áine schrie auf. Schmerz pochte durch ihren Körper.

Brutal stieß Harlow sie von sich. Áine brach auf der Erde zusammen. Ihr Schwert fiel scheppernd neben ihr auf den kalten Boden. Harlow packte sie, hob sie wieder auf die Beine und zog sie an sich. „Weißt du, warum man sagt, dass jemandem das Herz am rechten Fleck sitzt? Weil Einhörner ihr Herz genau dort haben. Auf der rechten Seite."

Erneut stach er in sie ein. Áine schrie auf. Es war kein menschlicher Schrei. Die Banshee in ihr meldete sich mit voller Wucht. Ihre Augen wurden schwarz, ihre Haut blasser. Sie spürte, wie sich alles in ihr zusammenzog. Sie würde sterben. Ein Blick auf ihre Hände genügte. Die Aura um sie herum war dunkel. Es sah nicht gut für sie aus.

Der Schrei der Banshee ließ den Raum beinahe vibrieren. Harlow fluchte, schubste Áine unachtsam auf den Boden. „Halt die Schnauze, Miststück!" schrie er. „Das wird dir auch nicht mehr halten. Deine Mutter wird sich vor Scham im Grabe umdrehen."

Angewidert wendete er sich von ihr ab, kickte ihr vorher aber noch mit dem Fuß achtlos in den Rücken, sodass sie bäuchlings auf dem Boden lag. Danach lief er zurück zu seinem Altar. Von ihren Verletzungen geschwächt, schaffte Áine es nicht mehr, sich aufzurappeln. Sie rollte sich auf die Seite, und es dauerte keine halbe Minute, da spürte sie panisch, wie der Boden unter ihrem Körper immer heißer wurde. Würde sie sich noch bewegen können, sie wäre aufgesprungen, da sich die Hitze unbarmherzig ihre Haut verbrannte. Hilflos beobachtete sie aus zusammengekniffenen Augen, wie Harlow das Ritual zu Ende führte. Lukes Körper blutete immer langsamer, er war fast ausgeblutet. Ein leichtes Beben ließ ihren Leib vibrieren. Als ob ... ein *Erdbeben*! Astamephis stand kurz vor der Auferstehung!

Nein! Áine wollte nicht aufgeben. Sie konnte Astamephis nicht auf die Erde loslassen. Auch wenn sie an diesem Tag ihr Leben verlöre, musste sie diesen Schweinehund – und vor allem Harlow – mit sich nehmen. Dieser schien sich gar nicht mehr um sie zu kümmern. Er glaubte längst, sie sei tot. Aber da hatte er sich geschnitten. So einfach ließ sie ihn nicht vom Haken.

Ihre Augen wanderten zu den Dämonen, die Harlow zur Feier seiner wiederkehrenden Mordfähigkeit als Opfer auserkoren hatte. Einer von ihnen hatte immer noch leichte Schwingungen um sich. Er lebte – auch wenn sein Tod kurz bevorstünde. Theoretisch konnte sie ein Teil dieser Energie in sich umleiten. Sie selbst war geschwächt. Sie brauchte nicht an sich herunterzuschauen. Ihre Aura wurde von Sekunde zu Sekunde dunkler. Sie lag im Sterben. Probieren ging über studieren. Sie musste einfach versuchen, sich wenigstens zum Teil zu heilen. Unter Schmerzen robbte sie zu den beiden Leichen, immer im Ungewissen, ob Harlow sie entdecken würde. Sie biss sich fest in die Unterlippe, unterdrückte jeglichen Wunsch, ihre Pein laut herauszuschreien. Wäre sie weniger stark verletzt, könnte sie kleinere Wunden mit dem toten Dämon heilen. Jetzt benötigte sie vor allem den Lebenden. Stähle sie seine Energie, würde sie ihm das Leben nehmen. Aber das war ihr mittlerweile egal. Insbesondere, da der Dämon selbst ungeheuer leiden musste. Letztlich lagen seine Organe neben seinem Körper. Wahrscheinlich wäre er ihr noch dankbar. Jede ihrer Bewegungen schien die Verletzungen weiter aufzureißen, verursachten ihr größere Schmerzen.

Stück für Stück kroch sie zu dem Dämon, alles in ihr schrie vor Qual auf. Schließlich erreichte sie die Dämonen – gerade in dem Moment, wo ein lautes Grölen in der Höhle ertönte.

„Meister! Meister, großer Gott! Steige empor!" Harlows Stimme drang dumpf an ihre Ohren. Obschon sich alles in ihr sträubte, legte sie die Hand auf den Körper des Dämons und entzog ihm den letzten Hauch Lebensenergie. Harlow hatte ihn ausgeweidet! Seinen eigenen Soldaten! Was würde er dann mit den Leuten tun, die sich ihm in den Weg stellten? Das würde sie nicht zulassen. Die Banshee in ihr zog jeden Tropfen Energie gierig auf. Der Dämon starb kurze Zeit später, aber Áine bemerkte, wie sich – wenigstens ihre Bauchwunde ein wenig verbesserte. Ebenso heilte die andere Wunde an ihrem Torso ein bisschen. Wenn auch nicht komplett. Dafür war das Opfer schon zu schwach.

Im selben Moment spürte sie, wie ein weiteres Beben die Höhle erschütterte. Ein heißer Wind stieg aus einem Loch im Boden hervor. Der Pfahl mit Luke fiel um, zerquetschte seinen Körper. Áine wollte den Blick abwenden, doch sie tat es nicht. Egal wie furchtbar es aussah, sie würde Harlow nicht wieder aus den Augen lassen. Sie lernte aus ihren Fehlern. Während der Schweinehund jubelte, ließ das Erdbeben die Erde so vibrieren, dass sie tatsächlich kurz wie ein Flummi auf und ab hüpfte.

Oh nein! Das Portal war geöffnet!

„Auf die Knie!" Die Stimme klang laut. Dunkel. Und voller Kraft.

Und vor allem klang sie wie etwas, was sie nie zuvor hörte. Etwas Unmenschliches.

Astamephis.

Er stand kurz davor die Unterwelt zu verlassen. Nur noch Minuten trennten ihn von seiner Auferstehung. Die Erde war nur einen Hauch davon entfernt, für immer vernichtet zu werden. Verdammt! Es durfte nicht zu spät sein.

„Auf die Knie, Untertanen!"

Auf einmal drang Harlows Schmerzensschreie an ihre Ohren. Áine schaute und sah, wie eine unbekannte Kraft Harlows Beine in zwei Riss, sodass er auf die Knie sank. Er konnte nicht anders. Er war Astamephis Untertan, er musste ihm widerstandslos gehorchen. Selbst die Knie der bereits toten Dämonen brachen in zwei. Áine wartete, bis auch sie die schmerzhafte Erfahrung machen musste, aber nichts passierte.

Warum? Die Erkenntnis brach über ihr zusammen. „Weil ich ein Einhorn bin!"

Astamephis war nicht ihr Gott. Jedenfalls nicht komplett. Sie musste ihm nicht gehorchen. Nur wie konnte sie ihn aufhalten?

Blut! Blut war die Antwort.

Wenn Luke und Harlow das Blut teilten und Lukes Blut wie ein Schlüssel wirkte ... ein Schlüssel schloss das Schloss auf und zu ... Harlows Blut könnte es demnach schließen. Er müsste nur genauso ausbluten wie Luke. Genau das war der Grund, weshalb er das Menschenopfer überhaupt aussuchte. Damit er nicht bluten musste! Aber wie konnte sie möglichst rasch einen hohen Blutverlust in die Wege leiten?

Die Halsschlagader!

Ein allerletztes Mal sammelte sie all ihre Kraft. Unter Schmerzensschreien begab sie sich auf die Beine, nahm ihr Schwert mit, dessen Klinge sie auf der Erde hinter sich her schleifte und schleppte sich in Richtung Harlow.

Als dieser sie erblickte, schienen ihm fast die Augen aus den Höhlen zu fallen. Vor ihm war ein etwa ein Meter großes Loch, welches immer größer wurde. Dort stieg die Wärme empor und eine unbändige Macht war spürbar, die sie nie zuvor gefühlt hatte. Die Hitze ließ ihre Haut beinahe verbrennen. Es dauerte nicht mehr lange und Astamephis stiege aus diesem Loch empor.

Also wurde es Zeit, das Loch wieder zu stopfen.

„Aber .... aber du müsstest tot sein! Ich habe dir das Horn eines Einhorns ins Herz gerammt."

Sie lächelte schief. „Was soll ich sagen? Eine Banshee hat das Herz am linken Fleck."

Er hatte Angst. Sie sah die Panik in seinen Augen. „Du kannst mich nicht töten! Ich bin unsterblich! Du kannst es nicht mehr aufhalten. Astamephis wird auferstehen."

„Ach halt die Klappe, du Schwachkopf."

Der Boden vibrierte ein weiteres Mal, warf sie beinahe von den Füßen. „Auf die Knie! Alle!" Astamephis klang zornig.

In ihren Beinen spürte sie leichtes Zittern. Sie wusste nicht, ob es daher kam, weil Astamephis sie auf die Beine zwingen wollte oder ob es ihre diversen Stichverletzungen waren, aber es kümmerte Áine einen Dreck. Das Zittern wurde stärker, je länger sie am Abgrund stand. Sollte er ihr doch ihre Beine brechen, es war ihr egal! Sie würde nicht zulassen, dass er die Erde in Schutt und Asche legte!

„Du bist nicht mein Gott, du Arschloch!"

„Du kannst die Welt nicht mehr retten! Du kannst mich nicht töten!" Harlows Stimme zitterte, wie der Banshee auffiel.

Áine lachte. „Du scheinst gar nicht mehr so sicher zu sein, was Eoin?"

Das Einhorn stellte sich hinter Harlow, packte ihn am Kopf und zog diesen nach hinten. Sie sah ihm direkt in die Augen. „Es geht nicht darum, dich zu töten. Es geht nur um dein Blut."

Damit zog sie die Klinge des Schwertes tief über sein Hals.

Dunkles Blut spritzte wie eine Fontäne aus ihm heraus.

Achtlos warf Áine Harlows Körper in den Höllenschlund. Mit einem letzten Fluch auf den Lippen fuhr er direkt in die Hölle.

Was dann folgte, war ein lauter Schrei, gefolgt von einem starken Windstoß. Das Erdbeben kam zurück, erschütterte die Wände. Der Lavasee schwabbte hoch. Ein Schwall erreichte beinahe ihre Haut, verbrannte einen Teil der Steinplatte. Der Wind pfiff um sie herum, warf sie fast um. Der Pfahl mit Lukes Körper schoss sich in ihre Richtung, schlurfte seinen toten Leib mit sich. Áine schaffte es gerade noch, rechtzeitig auszuweichen, und riss damit ihre Wunden ein weiteres Mal auf.

Sie fühlte ihre Verletzungen stärker denn je. Doch sowie sie nach unten in die Hölle schaute, sah sie, dass das Loch kleiner wurde, das Portal schloss sich. Bis nur noch ein winziges Siegel übrig blieb. Ein kleiner, runder, glattgeschliffener Stein. Etwas, was man normalerweise niemals wahrnehmen würde. Und doch, beinahe hätte es das Ende der Welt gebracht.

Sie lächelte. Tränen rannen ihre Wangen herunter.

Im nächsten Moment fiel sie bäuchlings auf den Boden, direkt auf das Siegel der Unterwelt, während ihr Blut erbarmungslos aus ihrem Körper pumpte. Bevor sie das Bewusstsein verlor, versiegelte sie damit das Portal für alle Ewigkeit.

23

1998

Etwa ein Monat nach dem Tod der Baileys betrat Áine zum ersten Mal Graemes Wohnhöhle. Etwas überwältigt schaute sie sich um, doch es schien ihr zu gefallen. Er hatte sie noch nicht hergebracht, da er es nicht als angemessen ansah, sie für Trainingsstunden in seine Wohnung mitzunehmen. Innerlich wusste er, dass er sie bisher auf Abstand setzte. Er war nicht ihr Vater. Nicht offiziell.

Bis jetzt.

Jetzt lebte sie bei ihm. Eingetragen als seine Pflegetochter. Dank Rana, die all ihre Kontakte bei den hiesigen Ämtern dafür einsetzte. Er konnte kaum mehr Glück empfinden.

„Wo ist der Fernseher?" fragte sie sofort.

Er wusste, dass sie das fragen würde. Ebenso war ihm klar, dass er sie jetzt enttäuschen würde. „Ich habe keinen."

Diese Antwort ließ ihr den Unterkiefer nach unten klappen. „Wie bitte? Wie siehst du dann Fernsehen?"

„Gar nicht."

„Weißt du denn nicht, was du verpasst?"

„Nein."

„Sag bloß, du kennst nicht einmal Urkel?"

„Urkel?"

„Aus *Alle unter einem Dach*."

„Ich weiß nicht, wovon du sprichst."

Áine seufzte schwer. „Dann brauche ich wohl gar nicht nach einem Videorekorder fragen, oder?"

„Ich dachte, dass dreizehnjährige Kinder lieber auf Bäume klettern, als vor der Flimmerkiste zu sitzen."

„Ja, vielleicht im Jahr 1950, aber nicht 1998. Du kannst froh sein, dass ich nicht süchtig nach Videospielen bin. Ein wenig Fernsehen hat noch nie jemandem geschadet." Sie zuckte mit den Schultern. „Außer vielleicht Billy Loomis." Sie schaute ihn aus dem Augenwinkel an. „Können wir einen Fernseher haben?"

Er war über dreihundert Jahre alt und lebte bislang problemlos ohne Flimmerkiste. Und doch, nach all den Jahrzehnten der Trennung, konnte er nur erwidern: „Sicher."

Daraufhin setzte er sich auf einen der Stühle, die um den großen, runden Tisch vor dem Bücherregal platziert standen. „Denkst du, du könntest dich hier wohl fühlen?"

Áine zuckte mit den Schultern. „Morgen kommen meine CDs und meine Videosammlung an. Frag mich dann."

„Wenn du über deine Eltern sprechen möchtest ..."

Sie schüttelte den Kopf. „Nicht unbedingt." Ihre Stimme klang belegt. Das Thema Eltern umging sie, sooft wie sie konnte. Graeme vermutete, dass sie mit ihrer Trauer eher privat beschäftigte. Trotzdem würde er sie dahingehend beobachten. Sie räusperte sich. „Ich, äh, würde das Thema lieber nicht ansprechen."

Er nickte. „Okay." Da daraufhin ein unangenehmes Schweigen aufkam, versuchte er, die Stimmung wieder zu heben. „Also", sagte er und haute auf den Tisch. „Lust, dir einen Fernseher auszusuchen?"

Der Vorschlag ließ ihre Augen aufleuchten und Graeme fühlte sich wie ein echter Held.

Seine Tochter war endlich nach Hause gekommen.

Gegenwart

„Bin ich tot?"

„Du nicht, aber ich."

Áine öffnete die Augen. Da war sie wieder. In dem Wald der Anderswelt. War es das Jenseits? Sie wusste es nicht. Nur, dass sie diesmal mit Luke da war. Sie saßen auf einem Felsen, der auf der Wiese stand. Er hielt ihre Hand und lächelte.

„Wie kann ich leben, wenn ich hier bin? Es ist kein Feenkreis da."

„Dies hier ist die Brücke zur Anderswelt. Ich werde in die eine Richtung gehen, du wirst zurückgehen. Du bist ohnmächtig, befindest dich daher in einer Zwischenebene."

„Nein!" Wütend entzog sie sich ihm, wischte sie sich die Tränen von den Augen. Luke schnappte sich ihre Hand erneut.

„Ich habe deine Mutter gesehen. Sie meinte, sie zeige mir alles. Sie ist cool."

Áine blinzelte. „Meine Mutter?"

Er nickte. „Als ich herkam, war sie da. Sie sagte, niemand solle alleine den Weg über die Brücke finden. Normalerweise steht dort immer ein Verwandter, aber sie bat meine Großmutter, dass sie es täte. Um sich bei mir zu bedanken."

„Bedanken?"

„Das ich dein Leben rette."

In dem Moment wusste sie, warum er ihre Hand hielt. Sie holte die letzte Energie aus seinem Körper, um nicht zu sterben. „Wie?"

„Graeme und der Rest sind angekommen. Sie heilen dich mit mir. Und für den Rest wird Graeme sorgen."

„Warum kommst du nicht einfach mit? Irgendwie finden wir einen Weg. Vielleicht können wir dich rechtzeitig in die Notaufnahme bringen."

„Nein, das tun wir nicht. Denn weißt du, als ich hier ankam, da erinnerte ich mich wieder, dass ich schon einmal in diesem Garten war."

„Warst du? Wann?"

„Als ich das erste Mal starb. Harlow hat mich zurückgeholt. Hat sein Blut in mich gepflanzt, um dem Kleingedrucken im Vertrag zu entgehen."

Áine lachte lustlos auf. „Selbst zu krepieren."

Luke nickte. „Áine, ich sage nicht gern postivies über ihn, aber nur durch ihn bekam ich drei weitere Jahre geschenkt. Jahre, in denen ich dich kennenlernen durfte."

Erneut übermannte sie ein Schwall von Tränen. „Sag so etwas nicht. Wir können dich retten!"

„Einen Toten kann man nicht mehr retten. Meine Zeit endete mit diesem Tag."

„Nein!"

Er ging nicht mehr auf ihren Einwand ein. „Sag meinen Eltern bitte, dass ich sie liebe. Und sie sollten nicht allzu traurig sein. Ich meine, sie werden es sein. Aber das sollten sie nicht. Ich mag es hier. Es ist friedlich. Sie scheinen eine gute Auswahl an Playstation zu haben. Jedes *Tomb Raider* Spiel, wie deine Mom mir sagte. Dazu kann man ne Menge anderen Spaß haben. Und hey, vielleicht sehe ich ja ein paar Prominente. Möglicherweise schleicht James Dean hier irgendwo rum. Wäre cool. Ich glaube, die Ewigkeit wird mir gefallen."

„Luke –"

Er beugte sich vor, seine Lippen streiften die Ihren. „Ich werde dich vermissen, Áine Bailey. Bitte, koste es aus. Für mich."

„Was?"

„Das Leben. Schließlich lebst du länger als jeder andere."

„Luke!" Schluchzer ließen sie kaum atmen. „Bitte. Nicht. Geh nicht."

„Ich muss." Er lächelte sie an. Pure Freude stand in seinem Gesicht. „Das hier ist mein Schicksal. Nimm dein Schicksal genauso an."

„Nein!"

Sie wollte ihm am liebsten nachrennen. Stattdessen riss sie ihre Augen auf und starrte in Graemes besorgtes Gesicht. Sowie er sah, dass sie lebte, senkte er den Kopf und weinte. „Sie lebt! Oh Gott, sie lebt!"

Das tat sie. Nur leider fühlte es sich überhaupt nicht danach an.

Epilog

Einige Tage später

Nach dem Tod des Sandmannes hatte es nicht lange gedauert, bis die Gruppe um Graeme zur Höhle aufbrach. Genau wie Áine es vorausgesagt hatte, waren sie ihren Angaben gefolgt und erreichten im Schnelltempo die Ritualhöhle. Doch die Szene, deren sie Zeuge wurden, sobald sie den Ort fanden, schockierte sie alle gleichermaßen.

Allein das Auffinden Behemoth zeigte deutlich, was Áine vollbracht hatte. Und es brachte ihr Respekt von allen Seiten ein.

„Ich glaube nicht, dass Harlow ihn umgebracht hat", meinte Oona, als sie seinen abgetrennten Kopf in die Höhe hob.

Linnea studierte die Kopfwunde. „Das ist meine Kugel. Dann war sie es also, die mir die Knarre gestohlen hat." Sie schnaubte.

„Wir sind hier richtig", stellte Graeme fest. „Gehen wir in die Höhle."

In der Höhle kamen sie recht schnell voran. Mit gezückten Waffen stürmten sie den Altarraum. Von Harlow gab es keine Spur.

Dafür aber von Áine. Schwerverletzt lag sie auf dem Siegel der Unterwelt. Neben ihr Luke. Seine Augen waren leer, der Körper blutleer. Er war tot, dessen war sich Graeme bewusst.

Áine hingegen besaß noch einen Puls.

„Ich brauche Hilfe!" schrie er.

Eilig drehten sie Áine auf den Rücken. Ihr Körper wies mehrere Stichwunden auf. Eine davon am Bauch und eine andere auf der rechten Torsoseite.

„Gut, dass Harlow nicht wusste, dass ihr Herz auf der linken Seite ist", bemerkte Rana. Sie hockte sich neben Graeme auf den Boden. „Wir sollten versuchen, ob sie durch Luke geheilt werden kann."

„Es wird nicht ausreichen", meinte Graeme knapp. „Ich gebe ihr meine Energie. Mir ist egal, ob ich sterbe, solange sie lebt!"

„Probieren wir beides", schlug Rana vor.

Derweil sahen sich Oona und Linnea im Altarraum um. Weiterhin gab es keinen Hinweis auf Harlows Aufenthaltsort, dafür aber lag ein altes Buch auf dem Boden. Oona hob es auf.

„Ich glaube, dass ist sie. Die Dämonenbibel", meinte sie. Ehrfürchtig strich sie über den Einband. Das wichtigste Buch, was man als Dämon besitzen konnte. Der Eigentümer des Buchs konnte die Welt mit einem Fingerschnippen in den Abgrund reißen. Harlow hatte es oft genug versucht. Sie spürte seine unbändige Macht allein beim Halten.

Nun trat Mateo zu den beiden Frauen. „Unfassbar! Er würde es niemals hierlassen. Bedeutet das etwa...?"

„Das Áine Harlow umgebracht hat?" fragte Rana erstaunt. „Möglich ist es. Ich frage mich nur wie, wenn er das Blut des letzten Einhorns trank."

„Meine Tochter hat es geschafft!" murmelte Graeme stolz. Doch seine Sorge wuchs stetig, da Áine nicht aufwachte.

Es dauerte eine halbe Stunde und eine wachsende graue Strähne in Graemes Haar, bis Áine endlich das Bewusstsein zurückerlangte. Sie war immer noch sehr geschwächt. Dennoch schaffte sie es mit wackligen Beinen und Hilfe von ihren Freunden nach Hause, wo sie Graeme die Zusammenfassung der letzten Stunden berichtete.

„Du hast Harlow in die Unterwelt geschickt?" fragte Oona. Selbst Linnea folgte den Dämonen in die Höhle. Anscheinend wollte auch sie wissen, wie die Story ausging. Alle Umstehenden waren mehr als begeistert, sowie sie ihren Teil der Geschichte preisgab.

„Ich hoffe es", erklärte Áine. Tränen rannen ihr über die Wange. „Ich musste das Portal schließen, um es versiegeln zu können. Lukes Blut war fort, also blieb mir nur noch Harlow. Und der war anderweitig beschäftigt."

„Du warst wahnsinnig mutig", erwiderte Oona. Hochachtung stand in ihrem Gesicht geschrieben. „Ich wusste, dass du es schaffen wirst."

Áine nickte nur. Sie hatte es vielleicht geschafft, doch ihren besten Freund hatte sie für immer verloren.

Rana und Mateo brachten Lukes Körper nur kurze Zeit später in die Gerichtsmedizin. Wie erwartet brachen seine Eltern bei der Nachricht um seinen Tod zusammen. Im offiziellen Polizeibericht hieß es, jemand habe das Trinkwasser der Stadt vergiftet, weshalb es zu einer kollektiven Ohnmacht gekommen war. Luke sei dabei ums Leben gekommen. Da der Pathologe, der Lukes Fall betreute, ebenfalls ein Konvertierter war, sorgte er auf Ranas Anweisung dafür, dass sein Bericht mit der Geschichte übereinstimmte. Den Leichnam ihres Sohnes sahen die Lukes Eltern nicht, da Rana ihn identifizierte. Es war besser so. Vor allem, da er kaum noch aussah wie ihr geliebtes Kind, sondern eher wie ein Zombie aus einem Horrorfilm.

Wenige Tage später stand Lukes Beerdigung an. Natürlich besuchte Áine die Trauerfeier, hielt sich jedoch die gesamte Zeit im Hintergrund auf. Sie wollte nicht sehen, wie der Körper ihres besten Freundes zu Grabe getragen wurde. Meine Güte, sie wusste nicht einmal, was sie ohne ihn machen sollte. Wie sie mitbekam, verkauften Lukes Eltern ihr Haus und zogen in die Nähe seines älteren Bruders. Áine verstand, warum sie nicht mehr in Hel bleiben wollten. Sie selbst legte auch keinen allzu großen Wert darauf. Neben ihr waren auch Graeme, Rana und Mateo bei der Beerdigung anwesend. Ebenso Oona. Obschon sie Luke nicht einmal kannte, so wollte sie ihm die letzte Ehre erweisen.

Nachdem die Trauergemeinde den Friedhof verließ, beschloss Áine letztlich, ein wenig Zeit allein an Lukes Grab zu verbringen. Liebevoll bettete sie einen Blumenstrauß auf den ausgehobenen Erdhügel. Viele Menschen hatten Blumen und Kränze geschickt. Das zeigte, wie wichtig er für all diese Leute gewesen war. Doch ganz besonders für Áine. Er war der beste Freund, den sie sich wünschen konnte.

Es dauerte nicht lange, da spürte sie jemanden hinter sich stehen. Sie schaute sich um.

Linnea.

„Wie geht es dir?" Die Amazone trat einen Schritt vor, legte ebenso einen Blumenstrauß auf das Grab.

„Schlecht."

„Einen Krieger zu verlieren schmerzt immer."

„Er war ein Junge, kein Krieger! Er wollte doch nur zur Uni, stattdessen verrottet er in einem Grab. Es ist so unfair!"

„Ich weiß." Unbeholfen tätschelte sie Áine die Schulter.

„Wenigstens konnte ich Harlow in die Unterwelt schicken. Mit etwas Glück hilft ihm dort seine Unsterblichkeit nicht mehr."

Linnea zuckte mit den Schultern. „Eingesperrt ist er auf alle Fälle." Dann seufzte sie. „Du hast verdammt viel Mut bewiesen, Áine."

„Ich habe getan, was ich tun musste. Hatte keine Wahl."

„Die hat man immer. Du hättest schließlich auch aufgeben können, aber du hast dich für den Kampf entschieden. Egal, wie es ausgegangen ist oder wäre, du hast meinen Respekt."

„Danke." Áine wischte sich die Tränen von der Wange. „Ich weiß, du hängst nicht mit Dämonen herum, aber ... hast du Lust ins *Insomnia* zu gehen? Ich brauche ein wenig Ablenkung."

„Luke?"

„Auch. Aber auch wegen Graeme. Es fällt mir immer noch schwer, in seiner Nähe zu sein. Ich brauche jetzt einfach jemandem zum Reden." Sie senkte den Kopf. „Luke ist schließlich nicht mehr da."

Zuerst glaubte Áine, Linnea würde sie enttäuschen. Doch am Ende nickte sie. „*Insomnia* klingt gut. Bezahlst du wenigstens?"

„Ich rette die Welt und muss dafür noch zahlen?"

„Du hast meine Waffe gestohlen. Sagen wir, danach sind wir quitt."

Bevor Áine Luke endgültig den Rücken zuwandte, drehte sie sich ein letztes Mal in Richtung seines Grabes. „Auf Wiedersehen, Luke. Ich werde dich vermissen."

Keins der beiden Mädchen bekam mehr mit, wie die Erde auf dem Grab, nur wenige Minuten später, zu vibrieren begann.

Das Ende?

Anmerkungen

Liebe Leser,

vielen Dank, dass Sie Áine bei ihrem ersten Abenteuer begleitet haben. Ich hoffe, das Buch hat Ihnen genau so viel Spaß beim Lesen gemacht, wie mir beim Schreiben.

Wie immer gilt auch hier: Das Buch, die Geschichte und Charaktere entspringen allein meiner Fantasie. Ähnlichkeiten mit realen Menschen, Orten und Vorkommnissen wären rein zufällig.

Kleine Information am Rande: Die Erstausgabe dieses Buches erschien allein unter meinem Pseudonym L.C. Carpenter. Die Folgeromane werden mit dem Namen Pola Swanson erscheinen.

Bis zum nächsten Mal!
Pola Swanson

Folgende Fantasy-Romane sind erhältlich:

The Converted Ones - Die Höllenfahrt;

Folgende historische Romane sind unter dem Namen **Pola Swanson** erhältlich:

Die Ära der schweigenden Muse;
Doppelgänger – Das Gesicht der Anderen;
Flapper! Das Leben der Theda McGuffin;

Dazu die Bookisode-Reihe

Die Adaire Chroniken (Staffel 1):

Was vom Tage übrig blieb (Bookisodes 1 – 8);
Ein Hauch von Geheimnis (Bookisodes 9 – 17);
Haben Sie das von den Adaires gehört? (Bookisodes 18-27);

Neugierig geworden?

Für weitere Informationen besuchen Sie **www.pola-swanson.com**.
Ebenso kann man mir auf Facebook und Instagram folgen.

Alle meine Bücher und E-Books sind im BoD-Onlineshop erhältlich sowie in vielen anderen bekannten Verkaufsstellen.

Glossar

Einige Charakternamen haben einen irischen Ursprung. Diese unterscheiden sich oft in ihrer Aussprache und Schreibweise. Deswegen dachte ich, wäre eine kleine Erklärung gut:

Áine: ausgesprochen im Englischen: „awn-ye". Auch „aun-ya".

Graeme: ausgesprochen im Englischen: „Gray-um".

Eoin: ausgesprochen wie der englische Name Owen.

Aífe: ausgesprochen im Englischen: „Ee-fa".

Oona: ausgesprochen wie „Oo-n-uh". Im Deutschen etwa „Una".